도끼봉에 해가 떴다 1

장회(章回) 본격소설
도끼봉에 해가 떴다 1

초판 1쇄 인쇄일_2010년 12월 15일
초판 1쇄 발행일_2010년 12월 22일

지은이_한동국
펴낸이_최길주

펴낸곳_도서출판 BG북갤러리
등록일자_2003년 11월 5일(제318-2003-00130호)
주소_서울시 영등포구 여의도동 14-5 아크로폴리스 406호
전화_02)761-7005(代) ㅣ 팩스_02)761-7995
홈페이지_http://www.bookgallery.co.kr
E-mail_cgjpower@yahoo.co.kr

ⓒ 한동국, 2010

값 10,000원

* 저자와 협의에 의해 인지는 생략합니다.
* 잘못된 책은 바꾸어 드립니다.

ISBN 978-89-6495-008-1 04810
ISBN 978-89-6495-007-4 (전3권)

장회(章回) 본격소설

도끼봉에 해가 떴다 1

한동국 지음

BG 북갤러리

인생살이란 오르막이 있으면 내리막도 있는 법이다.

그래서 '흥진비래 고진감래' 요, '부불삼세 빈불삼세' 라던가, '기와장도 번져 누울 날이 있다', '쥐구멍에도 볕들 날이 있다' 는 등등의 잠언들도 층생첩출했으련만, 돌대문촌은 그게 아니었다. 어쩌면 천의와는 무관하게 자자손손 대를 이어 번한 날이 하루 없이 가난만을 악지부리고 있는 건지 알다가도 모를 일이다.

돌대문촌은 가난하기로 유명한 특빈촌이다.

아무리 못 살기로서니 원숭이처럼 엉덩이를 들어 내놓고 땅곰처럼 발바닥을 핥으며 사는 것도 아니언만 소문은 고양이의 발소리처럼, 물고기의 숨소리처럼 소리 없이 비단을 짜고 무늬를 떠서 화려한 신화인 양 무성하게 연변 대지를 진감했다.

못사니까 당연히 흉허물도 많은 법이다. 돌대문촌에서 웬만히 약삭빠른 사람들은 썰물처럼 진작 싹 빠져 달아나고 맹탕 숙맥들만 남아서 그럭저럭 살아가는 '바보왕국' 이기에 그럴 만도 하다면서 사람들은 입을 비틀었다.

글쎄, '아니 땐 굴뚝에 연기 나랴' 고 사람의 사색을 자아내는 드라마틱한 에피소드가 모멘트로 되어 두메안골에서 새처럼 쥐처럼 조용히 살아가는 돌대문촌 사람들이 세인들의 혀끝에서 개껌처럼 씹히게 된 것만은 사실이다.

때는 바로 등소평 총서기의 남방시찰과 더불어 개혁개방의 보조가 열병식의 발걸음처럼 드높아지기 시작했던 시기였다.

중국판도 동부연해지구에서는 이미 '만원 호는 빈곤호, 십만 원이 탈빈호. 백만 원이 다 뭐랴, 천만 원이 부유호'라는 민요가 자랑스레 전해지고 있었건만, 지리적인 우세와 환경의 혜택을 점하지 못하고 있는 대륙의 깊숙한 오지에서는 만원 호가 쳐다보지도 못할 나무였다. 특히 대서남과 대서북 지구의 부분적 산골에서는 두 대의 나무기둥으로 지붕을 받치고 돌덩이 세 개로 부뚜막을 쌓고 살아가고 있는데, 온 가정의 모든 재산을 다 털어야 5원어치도 안 간다고 매스컴에서는 경악하고 있었다. 광동성이라고 할지라도 수십만에 달하는 월북 석회암 지구의 농민들은 빈곤의 검은 늪 속에서 앙금처럼 갈앉아 신음하며 살아가고 있는 현실이었다.

이렇게 빈곤에 허덕이며 근근득식으로 살아가고 있는 인구가 자그마치 8,000만이었다. 전국적으로 이 많은 인구의 먹고 입는 문제를 해결하기 위하여 국무원에서는 골머리를 쥐여 짜고 있었고, 항간에서는 인구당 순수입을 초요실현 목표에 도달시킨다고 파죽지세로 충천하고 있었다.

그래서 어떤 곳에서는 땀을 흘려 벌어왔던, 이슬을 맞으며 후무려왔던, 불문곡직하고 지표를 완성한 호에는 불고 뚜드려대며 커다란 붉은 꽃을 덩두렷하게 삽작문에 달아주기도 하였고, 미완성 호에는 안반짝만한 옐로카드를 내걸어 황패 경고를 선고하는 치욕을 주기도 했었다. 고로하여 참괴하고 모멸감을 느낀 여느 미완성 호에서는 친지거나 지기더러 돈을 빌려다 놓고 "우리도 만원호요" 하고 눈감고 아웅하는 해프닝을 벌이기도 했다.

그즈음, 우리 연변 룡정현에서도 주에서 낙실(落实)한 경제지표 완성 여부를 둘러싸고 농촌 3급 간부회의를 소집하고 있었다. 3급 간부회의란 빈곤촌의 촌 간부와 그 소속 향의 향 간부들이 현에 집결하여 사업정황을 검토하고, 금후 대책을 설정하는 농촌기층 간부 회의였다.

회의실의 스모그 공해는 곰잡이를 할 지경이건만 입가진 건 저마다 보일러 굴뚝처럼 시커먼 연기를 풀썩풀썩 토해내고 있었다. 회의에서는 느닷없이 빈곤촌의 이름이 하나하나 화제에 올라 갈치자반이 되어 이리 엎치고 저리 뒤집히고 있었다.

키포인트인 즉 이런 빈곤촌들이 전 현의 경제지표 완성에 뒷다리를 끌어당기는 걸림돌이라고 역설하면서 도둑놈 딱장받듯, "어느 때면 완수할 수 있느냐. 그 조치가 뭐냐"고 닦달질하고 있었다.

돌대문촌의 본토박이 노서기이자 촌장인 장대록은 숨도 크게 쉬지 못하고 식혜 먹은 고양이처럼 한쪽 구석에 웅크리고 앉아있었다. 이제나 저제나 돌대문촌이라는 이름도 지적을 받고 칼도마에 오를 건 불 보듯 뻔한 사실인데, 차라리 올 건 빨리 왔다 지나갔으면 하는 심정이었다. 그래서 속을 바질바질 태우며 애꿎은 골초만을 연속 태우고 있었다.

그도 생각해보니 한심하기도 했다. '십년이면 강산도 변한다'는

데, 한 세기라는 세월이 흘렀으니 강산이 열 번이나 변하다 보면 이제는 번한 날도 있으련만, 돌대문촌은 해방 전이나 해방 후나, 집체 때나 개체 때나 외인의 변화와는 무관하게 가난만을 고집하고 있으니 이거야말로 코막고 답답한 일이 아닐 수 없었다.

이때 올 것은 끝내 오고야 말았다. 회의를 리드해 나가는 현 농업국 간부의 입에서 끝내 돌대문촌이라는 단어가 악센트로 강조되면서 튀어나왔다. 장 촌장은 말벌에 쏘인 듯이 움칠하며 정신을 가다듬었다.

"어이쿠, 골치야! 돌대문촌, 이걸 어떡허지?"

농업국 간부는 두 손으로 갈퀴를 만들어 가지고 머리 밑만 썩썩 긁고 앉았다가 별안간 설삶은 말고기처럼 푸르뎅뎅해서 테이블을 내리치면서 울뚝했다.

"여보게 쌍봉향 김 향장, 가부간에 무슨 대책이 있어야 할 것 아니냐구. '벙어리 속은 낳은 에미도 모른다'고 도대체가 무슨 궁리들을 하고 있는 건지 속 시원히 좀 털어 놓으라니까."

돌대문촌 소속 향의 김 향장이 소태 먹은 우거지상을 하고 후줄근해 앉았다가 닦달질에 못 이겨 마지못해 입을 열었다.

"글쎄, 난들 무슨 뾰족한 수가 있느냐. 가난 구제는 나라님도 못한다는데, 송곳도 끝부터 들어간다고 했다. 끝 부러진 송곳 갖고 나더러 어떻게 하라는 거냐. 돌대문촌에 한번 내려와 보라. 웬만히 온전한 사람들은 언녕 통발에 미꾸라지 빠지듯 다 빠져 달아나고 맨탕 불구자에 지력계수가 형편없는 사람들만 남아있다. 거기에다 농사일에는 숙맥불변에, 알코올 의존자 아니면 장기 환자, 그리고 외토리 신세에 타락하여 세상을 녹두알만큼 여기는 무지렁이들만 세상이 가는지 오는지도 모르고 눈이 멀뚱멀뚱해 있다. 이런 사람들을 갖고 난들 어떻게 하라는 거냐. 자신 있는 사람은 한번 나서보라고 해라."

이런 식의 발언이었다.

장내는 물 뿌린 듯 조용해졌다. 수긍이 간다는 듯 끌끌 혀 차는 소리와 가느다란 한숨 소리가 몇 오리 새어나오고 있었다.

김 향장이 또 담배에 불을 댕기고 나서 계속했다.

"그런데 나는 리해 안 간다. 우리가 왜서 남의 혹을 달고 있어야 하는 건지? 돌대문촌은 응당 태양향에 귀속되어야 한다. 왜냐하면, 첫째, 태양향에서 우리 돌대문촌에다 저수지를 구축하고, 그 아래 태양향 여섯 개 행정촌이 그 혜택을 보고 있다. 그 와중에 돌대문촌의 다섯 헥타르 되는 문전옥탑이 물귀신이 되어버렸고, 십여 호 되는 한 개 촌민 소조가 파가이주를 당했다. 그래 단물은 그 누가 빨아먹고 남이 싼 똥은 어찌하면 우리가 치워야 한단 말인가? 둘째, 태양향은 철로를 끼고 있는 성진 향이고, 우리는 두메산골 농촌 향이다. 그런 만큼 태양향은 농부산품 무역시장이 활발히 발전하고 경제실력 또한 우리 향은 비교도 할 수 없는 상황이다. 돌대문촌에서는 농부산품을 팔거나 농업물자와 생필품을 구입하는 등 일체 교역을 태양향에서 진행하고 있다. 교육면에서도 돌대문촌 사람들은 고중까지 겸비한 태양진에 아이들을 기숙사 생활을 시킬지언정 우리 향의 학교에는 보내려고 하지도 않는다. 셋째, 금방 얘기하다시피 태양향은 각 방면의 우세를 점하고 있는 만큼 정보가 빠르고 치부항목을 장악할 기회가 우리보다 퍽 우월하다. 그런 만큼 돌대문촌이 태양향에 귀속되면 탈빈치부 속도가 더 빨라질 수 있는 것 아니겠는가!"

이것이 쌍봉향의 김 향장이 앓던 이를 빼버리려는 세 가지 조건이었다. 물론 지당한 도리였다.

다 같은 농촌기층 간부라지만 시가지에서 굴러먹은 놈이 다르긴 달랐다.

'똥바가지'를 자기에게 들씌우려는 그 심보에 여느 사람 같으면 진작 맞붙어서 길길이 뛰었으련만 태양향의 서 향장은 용케도 자기 정서를 컨트롤하면서 도리를 내놓고 위엄 있게 답변을 했다.

"쌍봉향에서 돌대문촌이라는 이 거추장스러운 혹을 떼어버릴 궁리를 한 지는 퍽 오랜 사실이다. 제 대강이의 이를 잡아서 남의 머리에 올려놓으려는 그 심보 고약하기 그지없다. 그러나 그것도 될 말을 해야지, 남의 살이 내 몸에 붙을 수가 있느냐? 첫째, 역사적으로 볼 때 그 누가 맨 첫 사람으로 그 골 안의 나무를 찍어서 첫 오두막을 짓고 돌대문촌이라고 이름을 붙인 그날부터 돌대문촌은 쭉 쌍봉향에 귀속되어 있었다. 둘째, 지리상으로 봐도 돌대문촌은 우리와는 사십 리 거리에 있지만 쌍봉향과는 불과 시오 리 거리밖에 되지 않는다. 농민들이 해마다 공구량 바치려 태양진으로 온다는 건 삶은 호박에 이도 안 들어갈 소리다. 셋째, 너무 모진 말 같지만 쌍봉향 역차의 향간부들이 그러했듯이 종래로 돌대문촌을 부담거리거나 애물단지로만 간주하고, 그 혹을 떼어버릴 궁리밖에 안하고 있었으니 돌대문촌이 어떻게 늘어날 수 있었으랴. 쌍봉향 간부들의 사업 작품을 바로 잡았으면 좋겠다.”

서 향장은 이런 식의 방패를 내들고 있었다.

여기서 잠깐, 우선 독자들의 이해가 쉽도록 돌대문촌의 지리적 위치를 간단히 살펴보기로 하자. 먼저 동서로 뻗은 장도선 철로를 한 선분으로, 거기에 수직선을 그으면 그 교차점이 태양향이고, 수직선 우 5센티미터 되는 점이 쌍봉향이다. 컴퍼스로 태양향에서 서북쪽으로 4센티미터 되는 반경의 호를 긋고, 다시 쌍봉향에서 서남쪽으로 1.5센티미터 되는 반경의 호를 그으면 그 두 호가 만나는 점이 바로 돌대문촌이다. 비례척은 1센티미터 : 10리. 그러니까 돌대문촌은 태양향과는 사십 리 거리요, 쌍봉향과는 시오 리 거리다. 그런데 사십 리 돌대문골이 태양향에 속하면서도 유독 돌대문촌만이 중뿔나게 쌍봉향에 가 붙어 있었고, 그 아래 6개 촌은 모두가 태양향에 속해 있었다. 그런데다 태양향에서는 문화대혁명시기에 쌍봉향에 속하는 돌대문촌 마을에다 저수지를 구축하고, 그 아래 여섯 개 촌의 논밭관개와 식수문제를 풀어나갔던 것이었다.

그러고 보면 태양향에서 암만 역사요, 지리요 해도 쌍봉향에서 들이대는 예봉을 막아낼 만한 견고한 방패로 되기에는 역부족이건만, 두 향장은 계속하여 왈가왈부하고 갑론을박하면서 불꽃을 튕기고 있었다.

“쾅!”

별안간 천둥이 울었는지, 지둥이 쳤는지 무서운 굉음이 회장을 들었다 놓았다. 그 소리가 화약 냄새 자욱한 회장의 분위기를 작살내면서 사람들을 경악케 했다.

성정이 불도그 같은 돌대문촌 장 촌장이 해머 같은 주먹으로 테이블을 내리치며 벌컥 일어섰다. 찻잔들이 진둥한둥 튀어오르며 탭댄스를 어중간히 추고 나서 땅바닥에 굴러 떨어지며 산산조각이 났다.

여태껏 한마디 소리 없이 깊은 고안(考案)에 잠겨 있던 리 현장도 벌컥 놀라 근시안경을 벗겨 내리며 머리를 번쩍 쳐들고 장 촌장을 쳐다보고 있었다.

"어엉? 당신네들, 그래 우리 돌대문촌이 축구뽈이요, 탁구뽈이요? 이게 농민들을 위한 공산당 간부들의 사업 작풍이요? 어엉? 모두들 우리 돌대문촌이 그렇게 똥바가지 같고 혹 같으문 아예 없애 버리구 말 것이지. 성냥개비 한 가치믄 알아볼 걸 가지구 무슨 시비들이 그리 많소, 어엉? 잠깐만 앉아들 계시우. 내 담방 가서 집집에 불을 활 달아 놓구 모조리 때려 죽이구 올테니."

장대록이 의자등받이에 걸쳐 놓은 웃옷을 낚아채어 어깨에 홱 걸치고 발에 걸채이는 의자들을 걷어차면서 선불 맞은 호랑이처럼 포효하며 밖으로 내닫는다.

큰 코를 칠 태세였다. 모두들 달려들어 그를 붙들었다. 장 촌장이 몸을 빼내려고 악을 쓰고 기를 쓰며 콩 튀듯 팥 튀듯 생마처럼 날뛰고 있었다. 장내는 부서지고 깨어지는 소리와 고함소리로 아비규환이 메아리치고 있었다. 모두들 길길이 날뛰는 장 촌장을 요행 붙들어 눌러 앉혔다. 장내는 이제 다시 평온을 되찾고 있었다.

리현장은 이 천도깨비 같은 장 촌장의 행동거지를 이해해 줄 수는 있었으나 묵과해 버릴 수는 없었다. 그리하여 경거망동하는 그의 태도를 두어마디 엄숙하게 비평하고 또 두 향장의 사업 작풍을 당성에 높이 걸고 호된 비판을 내렸다. 그리고 상오회의를 끝냈다.

회의기간 삼시는 현정부 기관식당에서 집체화식으로 되어 있었다. 오찬 때 리현장은 장 촌장과 두 향장을 특별 초대하여 귀빈청으로 끌었다. 오찬에 음주는 금물이지만 이때만은 파격적으로 도수 낮은 배갈 한 병으로 식사를 함께 했다.

오후에 연석회의를 계속했다.

리 현장이 돌대문촌의 행정귀속 문제를 스케줄에 걸어놓고 열렬한 토론을 벌이게 했다. 그리고 광범위하게 의견을 청취하고 최후로 현정부 홍두문건을 하달했다. 리 현장이 선고했다. "오늘 이 시각부터 돌대문촌은 태양향에 귀속된다. 그러므로 태양향에서는 돌대문촌의 탈빈 치부사업을 당전 사업의 중점으로 다잡아야 한다."

어디 그뿐이랴. 장 촌장에게는 금후에 더욱 힘내라고 고무하는 한편, 돌대문촌의 실제 정황에 근거하여 금년 촌의 상납금을 면제한다고 선포했다.

장 촌장은 속에서 뜨거운 것이 울컥하고, 콧등이 시큰해졌다.

그는 슬로모션에 걸린 스크린 속의 인물처럼 천천히 자리에서 일어서더니 리 현장을 향하여 깊숙이 허리를 굽혀 절을 올리고 나서 다시 모든 사람들께 연거푸 사의를 표하는 것이었다. 그의 억실억실한 두 눈에서는 굵직한 두 줄기의 눈물이 실 끊어진 구슬처럼 주르륵 떨어져 내리고 있었다. 그는 몸을 돌려 밖으로 종종 걸어 나가더니 정원의 백양나무를 부둥켜안고 흐느끼고 있었다.

이때부터 장대록은 현장 앞에서도 언감생심 테이블을 꽝꽝 내리치는 배짱 센 놈이라고 해서 '장도깨비'라는 닉네임을 달게 되었고, 돌대문촌의 명물로 되었던 것이었다. 그 후부터 돌대문촌은 '바보 왕국'에 '도깨비왕'으로 소문이 파다하게 퍼지면서 유명해지기 시작했다.

오죽했으면 기를 쓰고 울어대던 아이들도 "저기, 돌대문 장도깨비 온다! 여기 우는 아이 있소. 애를 붙들어 가우!" 하면 그 아이도 울음을 딱 그치고 지어미 품속에 깊이 파고들며 숨도 크게 쉬지 못한다고 했겠는가.

이제부터 돌대문촌을 모델로 하여 벌어지는 인생 사투의 활극은 이로부터 6~7년이 지난 후의 일이었다. ♣

소설 속의 주요 등장 인물표

(본 도표 중의 연령은 1990년도를 기준으로 하였음)

이름	별명	인물관계	출생년월	연령
장대록	장도깨비	돌대문촌의 토박이 노간부	1930. 7.	
윤홍준	윤 촌장	채옥진의 셋째아들, 돌대문촌의 원촌장	1951. 6.	39세
윤영준		채옥진의 둘째아들.		
채옥진		우파분자 윤광조의 아내	1913. 6.	
리춘산	리 보토리	리창덕의 아들, 돌대문촌의 자천촌장	1952. 7.	38세
황 철	황 공정사	리춘산의 동창생, 태양향의 파견간부	1952. 4.	38세
박문철	박 향장	태양향 향장	1938. 2.	52세
김 석	금돌이	앵화의 보이프렌드, 돌대문촌의 회계	1968. 6.	22세
허앵화	리나	허준택의 일곱째 딸, 촌의 단지부서기	1971. 10.	19세
주장원	소경 영감	리춘산의 양아버지	1919. 8.	71세
김곱동녀	꼽추 노친	주장원의 노친	1925. 7.	65세
주갑룡		주장원의 맏아들, 노총각위원회 위원장	1949. 3.	42세
주을룡		주장원의 둘째아들, 노총각	1951. 9.	39세
주병룡		주장원의 셋째아들. 노총각	1954. 2.	36세
주정룡		주장원의 넷째아들, 노총각	1957. 10.	33세
천 금	면도칼	황철이의 아내	1955. 6.	35세

이름	별명	인물관계	출생년월	연령
양춘절	둘치	윤홍준의 아내, 돌대문촌의 부녀주임	1953. 1.	37세
리도욱	소뿔 빼는 장사	리춘산의 할아버지	1901. 8.	
리창덕		리춘산의 아버지	1928. 11.	67세
차달석	알코올	돌대문촌 촌민	1950. 10.	40세
배오복	로즈칭	차달석의 아내, 돌대문촌의 치보주임	1952. 5.	38세
허만택	거북살이 영감	돌대문촌 촌민, 허준택의 쌍둥이 형	1925. 10.	65세
홍 씨	거북살이 노친	허만택의 아내	1927. 3.	63세
허길녀	범벅이	허만택의 딸	1962. 11.	28세
허준택	예조리 영감	돌대문촌 촌민, 허만택의 쌍둥이 동생	1925. 10.	65세
방 씨		허준택의 아내	1928. 9.	62세
뻔들이	전투준비	한족 보토리	1929. 12.	61세
뚝길이		애숭이 총각, 돌대문촌의 민병련장	1973. 3.	17세
최뽕구	아이매쟁이	돌대문촌의 촌민	1964. 4.	26세
분 희		뽕구의 새색시, 돌대문촌의 위생원	1966. 10.	24세
능 실	판도라	앵화의 셋방 친구	1971. 9.	19세
후 남	건장	앵화의 셋방 친구	1971. 6.	19세

차례

차례

도끼봉에 해가 떴다 2

차례

도끼봉에 해가 떴다 3

〈제1회〉

촌구석을 벗어난 윤홍준은 금의환향을 하고,
에덴동산에서 아담과 이브는 미래를 동경하다

그해 무더위는 모질기도 했다.

하늘에서는 불침 같은 햇살이 마구 내리꽂기만 한지도 어느덧 두어 달도 웃돌았다. 대지는 불티만 만나도 확 하고 불이 붙을 지경으로 말라 있었다. 논밭의 물도 말라빠져 논바닥이 갈라 터질 지경이여서 지금 한창 줄기를 치고 뼈마디 늘어나는 소리가 우적우적해야 할 벼들이 아직 늘어날 줄 모르고 있었다. 더구나 한전밭에서는 곡식밭에 불이 붙는다고 농민들의 아우성소리 하늘가에 사무쳤다.

매스컴에서는 러시아 수입제 폭우가 낼 모레 동동하면서 수재에 유비무환하라고 큰소리 뻥뻥 쳐놓은 지도 언젠데?

오늘도 쨍쨍 내리쬐는 태양 열기에 타르머캐덤도로는 흐물흐물 녹아 있었다. 그 위로 디자인이 요란스럽고 아주 값져 보이는 오토바이

한 대가 스피드를 과시하듯 뻔질나게 달려가고 있었다. 타이어에 콜타르가 찐득찐득 붙어나는 감촉이 핸들을 잡은 두 손바닥에 전류마냥 전해오고 있었다.

노란 티셔츠에 잠방이를 입고, 헬멧을 쓴 오토바이 맨은 연길에서 떠나 잠깐 사이에 태양진에 들어섰다. 태양진은 비교적 큰 향진이지만 아주 한산한 편이었다. 버스터미널 앞에는 그래도 적지 않은 사람들로 붐비고 있었다.

"악!"

금방 터미널 앞 큰 길에 대기하고 서 있는 버스 옆에서 오토바이 맨은 스피드다운하면서 쭈욱 지나치려는 순간, 버스 앞에서 금방 유령처럼 불현듯 나타난 한 여자아이가 덴겁한 소리를 지르며 굳어져 버린다.

"끼익!"

급기야 브레이크를 건 모터사이클이 멈췄다.

하늘이 도왔다. 바퀴 달린 트렁크를 끌고 잔등에 책가방을 멘 웬 처녀애가 종주먹으로 입을 틀어막은 채 두 눈을 딱 감고 굳어져 있었다.

"와, 너 앵화 아녀?"

오토바이 맨이 헬멧의 방풍마스크를 올려 밀며 환호성을 터뜨렸다.

"우머, 윤 촌장….."

경악한 얼굴로 앵화가 그를 쳐다보며 이렇게 불렀다.

"너 많이 놀랐지? 어휴, 깜짝이야. 이것 십년감수했다. 너 땜에…."

윤 촌장이 헬멧을 벗어들고 손수건을 꺼내어 땀을 훔치면서 안도의 미소를 지어 보인다. 앵화도 쌍다듬이질하는 가슴을 지그시 누르고 얼굴을 능금 알처럼 익히면서 가느다란 한숨을 호! 내쉰다.

"야, 하마터면 사람 빚을 질 뻔했다. 허허. 근데, 너 졸업 핸?"

"네, 졸업했어요. 그래서 집으로 돌아가는 길인데요."

앵화는 손수건을 꺼내어 식은땀과 더운 땀으로 생쥐 잔치마당이 된 얼굴을 훔치며 조그맣게 대답했다.

"잘 됐다. 나도 지금 집으로 가는 길이니 우린 동행이야. 내가 실어 다 주지."

"우머, 좋네. 그렇잖아도 택시 잡을까 어쩔까 바장이고 있던 참인데 요."

윤 촌장이 오토바이를 밀고 건물 밑 그늘 속으로 들어선다. 그리고 아이스크림 행상께로 가더니 언 생수 두 병을 사들고 왔다.

"자, 받어. 우선 땀이나 들이고 가야지,"

앵화는 계면쩍게 언 생수를 받아들었다. 그리고 얼음덩이로 굳어진 생수를 홀짝거리며 녹여내고 있었다.

앵화가 탔던 현성에서 온 버스도 제 갈 데로 가버리고, 터미널 앞에 는 더위에 쫓긴 사람들이 쓸어버린 듯 자취를 감추고 있었다.

마시던 물로 얼굴까지 훔친 윤 촌장이 앵화의 트렁크를 모터사이클 의 적당한 부위에 부착시키고 비끄러맸다. 그러고 나서 헬멧을 눌러 쓰고 선글라스를 꺼내어 앵화에게 넘겨준다. 앵화는 선글라스를 받아 낀 후 책가방을 멘 채 모터사이클의 뒷자리에 올라앉는다.

"부르릉!"

시동을 건 오토바이가 스타트를 뗀다.

태양진의 단 한 갈래뿐인 포장도로를 벗어나서 진의 뒤안길에 있는

콘크리트 다리를 건너서면서부터 모터사이클이 산향길에 들어섰다. 타이어 밑에서 타래 쳐 오르는 뽀얀 먼지가 뒤에서 길게 늘어지면서 흩어지고 있었다.

윤 촌장이 백미러에 눈길을 돌렸다. 거기에 앵화의 얼굴이 비껴 있었다. 새하얀 여린 피부 밑에 빨간 속살의 색조가 안받침 된 앵화의 얼굴은 농익은 능금만 같았다. 작년에 보았을 때만 해도 시큼하고 텁텁한 풋 열매만 같던 애송이 소녀가 오늘은 금방 손대면 톡하고 터질 것만 같은 농익은 열매로 탐스럽게 성숙되어 있었다. 청춘의 자랑인 치렁치렁한 생머리는 새까만 면사포처럼 뒤에서 마구 흩날리고 있었다.

앵화는 윤 촌장의 시선이 따갑게 느껴왔다. 얼굴을 저쪽으로 따돌렸다.

"그간 한 량년 못 봤더니 너 제법 처녀티가 나는구나. 그래, 대학 입시는 언제 치르는 거지?"

"전 대학공부를 포기했는데요."

"포기하다니? 이르다 일러. 사회인이 되기엔 넌 아직 너무 어려. 이 세상이 얼마나 험한데 그래?"

"그래도 부딪쳐 봐야죠 뭐."

스피드를 올린 오토바이가 골짜기를 따라 올망졸망 모여 앉은 촌락들을 뒤로 뿌리치며 바람결처럼 내달리고 있었다.

"나 지금 말이야. 무역공사 꾸리고 있는데, 바로 주관회계 자리가 지금 비어있어. 너와 같은 인재를 필요로 하고 있는데, 너 생각 어때?"

앵화는 잠시 뜸을 들여 생각하고 나서 떠듬거리며 대답했다.

"감사해요. 전 아직, 우선 몇 달간 집에서 마음 정리부터 차분히 해야겠는데요."

앵화는 이렇게 윤 촌장의 요청을 가볍게 튕겨버리면서 얼굴을 붉혔다.

멀리서부터 바라보이던 도끼봉이 가까워질수록 점차 자취를 감추어 버리고 갈수록 산은 높아지고 골은 깊어지고 있었다. 산곡간의 골길은 산자락 밑에 숨었다가 허리를 쭉 펴며 불현듯 나타나기도 하고, 또 순식간에 정체를 감추기도 하면서 굽이굽이 뻗어 있었다.

산향길따라 졸졸 흘러내리는 청계수는 프리즘인 양 찬란한 햇빛을 듬뿍 안아다가 만방에 휘 뿌리고 있었다.

태양향의 여섯 개 행정촌을 다 지나치고 또 잠시 톺아 오르니 양옆의 산에서 병풍 같은 우람한 바위산이 산골짝을 꽉 조이면서 나오다가 약 백 미터 간격을 두고 서로 마주보며 뚝 멈춰 서서 곧게 세워 놓은 문설주를 형성하고 있었다.

여기가 바로 돌대문이다. 이 돌대문을 분계선으로 돌대문 안의 돌대문촌만이 뒷산 넘어 시오리 골짜기를 빠져나가 자리를 잡은 쌍봉향에 귀속되어 있었던 것이었다.

문화대혁명시기에 태양향에서 이 문설주 사이를 가로막아 높다란 댐을 구축하였는데, 그 댐이 불현듯 앞길을 꽉 막아버려 마치도 높다란 감옥 장벽을 마주선 듯하여 숨이 꺼억 막히는 그런 기분을 자아내고 있었다.

그러나 일단 댐에 올라서면 별유천지와도 같은 완전히 다른 경지에 심취되는 것을 또 어쩌랴!

넓게 확 트인 저수지가 시야가 모자라게 쭉 펼쳐져 있고, 팔을 뻗으면 금방 손에 잡힐 듯이 지척에 나타난 해발 800미터 높이의 우람한 도끼봉이 아틀라스처럼 북녘하늘을 떠받치고 우뚝 솟아 있다.

무심코 바라보면 별로 신기할 것은 없지만 만약 두 손의 엄지와 검지 네 손가락으로 액자틀을 만들어 그 속에 도끼봉을 포착시키고 보면 별반이다. 액자틀 속에는 분명 영웅의 화신이며 힘과 지혜의 심벌인 헤라클레스인 양, 튼실한 양 어깨위에 둥글넓적한 머리를 얹은, 실루엣으로 된 영웅의 초상화를 얻게 된다.

도끼봉 밑에서 태어나서 돌대문촌에서 세세대대 살아오면서도 아직 여태껏 그 누구도 이 도끼봉을 한낱 도끼와 같은 사물의 형상으로만 보아왔을 뿐, 그것을 만물의 영장인 인간의 형상으로 본 이가 일찍이 없었다.

그러고 보면 조물주는 이 돌대문촌을 디자인할 때 그 어느 때든 이곳에서 봉모린각(鳳毛麟角) 같은 인물의 탄생을 예고했는지도 모를 일이었다.

도끼봉 밑 이 골 저 골에서 흘러내리는 벽계수는 돌대문촌 마을에서 합류하여 이 저수지에 차곡차곡 저장되어 어머니의 유방인 양 지난한 돌대문골 사람들에게 생명의 유즙을 짜주고 있는 것이다.

판판한 저수지의 수면은 티끌 하나 없이 코발트색의 천체를 고즈넉이 담고 있어 위에도 하늘, 밑에도 하늘이었다. 그 수면위에 일엽편주가 두둥실 떠 있다. 거기에 몸을 싣고 노를 젓노라면 마치도 지구가 아닌, 무지무지 넓고 투명한 천구의 공간속에 들어있는 듯한 그런 심

적 감수를 받게 된다. 따라서 상상력도 어느덧 나래를 펼쳐 속세가 아
닌, 신들의 왕인 제우스가 살고 있는 천국 속에 노닐고 있는 듯한 그
런 영적 감수도 느끼게 되는 것이다.

물위에는 하얀 물새 떼들이 금쟁반에 옥구슬을 굴리는 듯 아름다운
목청으로 너도 나도 자유와 사랑을 노래하며 자기의 영지에서 평화롭
게 날아예고 있다.

저수지 동쪽 여울에는 백사장이 펼쳐져 있다. 거기로부터 유연하게
올리솟은 산자락에는 상록침록수가 푸르청청 인공림을 이루고 있으
니 이 인공림이 바로 그때 '장도깨비' 라는 별명을 달고 3급 간부 회의
에서 돌아온 장대록 주임이 촌마을의 자립할 수 없는 농호들로 '빈곤
호부축농장' 을 꾸리고, 그들을 이끌고 심은 5만 그루의 이깔나무 임
지이다.

서쪽 문설주로 해서 댐에 올라선 산길이 동쪽 문설주 안쪽을 지나
북쪽으로 굽어 들며 인공림 속을 꿰질러 마을로 올려 뻗어 있고, 저수
지의 서쪽은 물에 시원히 발을 담그고 있는 가파른 산기슭에 낙엽활
엽수가 울울창창한 자연림을 그대로 고즈넉이 간직하고 있다.

댐에서 저수지위를 바라보면 저수지가 왼쪽 가르마를 탄 듯한 개울
물을 끼고 게딱지같은 초가집들이 옹기종기 들어앉았으니 여기가 바
로 돌대문 촌락이다.

"윤 촌장, 오토바 좀, 멈춰 주실래요?"

모터사이클이 댐에 올라서자 앵화가 말했다.

"내릴려구? 마을까지는 아직도 한 숨 더 가야잖아."

"전 여기서 좀 쉬고 나서 천천히 갈 거예요."

오토바이가 브레이크를 걸자 앵화가 내려선다. 그리고 선글라스를 벗어 넘겨주며 청을 든다.

"트렁크는 그냥 갖다 주세요, 네?"

"응, 념려마라."

"고마워요."

앵화는 어느새 저만큼 튕겨간 모터사이클에 대고 인사를 올리고는 등에 멘 책가방을 추슬러 올리며 저수지의 물가 백사장으로 내려선다.

돌대문촌의 중심이 되고 있는 앞마을 강가에 한 세기의 풍운을 견증하고 있는 늙은 느티나무가 서 있었다. 나무줄기는 두 장정이 마주서서 팔을 벌리고 안아야 서로 손끝이 닿을 만큼 우람하였으며, 무성한 나뭇가지들은 널찍하고 검푸른 잎사귀를 덜퍽지게 누비고 있다. 나무는 그 밑에 널찍하고 서늘한 그늘을 던져주고 있어서 마을의 정자나무로 이용되고 있었다.

오늘도 그 옛날 집체 때 자동차 타이어 테가 목을 매고 디룽디룽 매달려 있던 그 느티나무 그늘 밑에서 몇몇 농촌 실업쟁이들이 애매한 장기짝을 죽여주고 있었다.

불미스레 '예조리'란 별명이 붙은 앵화의 아버지 허준택이가 다른 한 영감과 장기를 두고 있었다. 그 사이에 소경 영감 주장원의 셋째 아들 주병룡이 훈수꾼으로 한 옆을 차지하고 앉았고, 그 맞은편에 스물여섯 살 난 새 신랑인 뽕구가 금방 두 돌이 되는 아들애를 안고 앉아 구경하고 있다.

똑깍! 뚝깍! 장기판을 두드리는 소리가 고막을 들쑤시고 있는 그 와중에서도 여직까지 가시나 손목 한번 잡아보지 못한 불혹지년에 들어선 떠꺼머리총각 둘이 큰대자로 늘어져 제법 코까지 드렁드렁 골고 있다.

괴팍하고 옹고집이 세기로 천하 유명한 허 영감은 이미 국세가 기울어져서 별로 뾰족한 수가 없는 흘떼기장기건만 빅장을 친다며 야비다리를 치고 앉아 있다.

넌더리가 난 대방은 허 영감을 '똥물에 튀길 놈'이라고 속으로 저주를 퍼부으면서도 배포 있게 받아들이고 있다.

"앵화 아버지, 거기 가믄 안 됩꾸마. 여기다 놓읍소."

노총각 주병룡이 허 영감이 금방 쓴 장기짝을 옮겨 놓으며 하는 소리다.

"그랑 놔둬."

허 영감이 장기짝을 제자리에 되놓으며 그를 흘긴다.

"글쎄, 내 말 들읍소."

"그랑 놔두랑께."

병룡이 장기쪽을 움켜쥐고 몸을 비튼다.

"넌 삐치지 말란 기다."

허 영감이 달려들어 장기짝을 빼앗아서 다시 제자리에 놓는다.

"하 참, 그렇게 가믄 진단 데두 그럼두."

싱겁기는 고드름장아찌 같은 병룡이 또 장기쪽을 옮겨다 놓는다.

"야! 이 촉새 같은 놈아, 장기를 내가 두지 네가 두냐? 절루 가."

허 영감이 버럭 화를 내며 큰 소리로 역정을 낸다.

느티나무가 면비로 제공해 주는 그 그늘 밑에서 황량미몽을 꾸고 있
던 노총각이 병룡에게 볼 부은 소리를 친다.

"야 인마, 너 좀 작작 삐쳐라. 더운밥 먹구 식은 걱정은 그만하구."

이때, 뽕구 아들애의 고추자지가 꼿꼿하게 일어서며 몇 번 끄덕끄
덕하고 풋인사를 하더니만 오줌줄기를 쪼옹 내 쏘는데, 용케도 장기
판을 겨냥하고 갈기는 것 아닌가.

"야, 이놈 봐라."

뽕구가 무망 간에 아이를 안고 일어나며 돌아서는데, 아이의 오줌
줄기가 회초리처럼 허 영감의 낯을 갈기며 지나간다.

"야, 이게 워쩐 생벼락이냐. 이런 쌍꺼 새끼 봐라. 에, 푸푸…."

허 영감이 얼굴을 훔치며 벌떡 일어선다.

뽕구가 소경이 파밭 두드리듯 아들놈의 볼기짝을 짝짝 갈겨주자,
아이의 눈에서는 금새 소나기가 억수로 쏟아져 내리며 난동이 난 듯
이 고아대기 시작한다.

그늘 밑의 개 팔자지. 큰대자로 누워 있던 두 노총각이 벌떡 일어나
서, 남해바다 광리왕의 대증투제에 토끼 간을 얻으려 만경창파 헤어
나와 벽계산간에 들어선 별주부처럼 영문을 몰라 두리번거리는데 병
룡은 입을 싸쥐고 키득거리기만 하고 있다.

허 영감이 도둑놈 개 꾸짖듯 투덜거리며 강물에 들어서서 얼굴에 물
을 끼얹는데 바로 이때, 윤 촌장이 또 오토바이를 탄 채 뻔질나게 강
을 건너면서 시원한 물갈기를 그의 몸에 덮씌워 준다. 그 물벼락에 허
영감이 뒤로 주춤하더니만 물밑 자갈돌을 밟은 몸이 균형을 잃으며
개울물에 풍덩 물앉고 말았다.

더는 참을 수 없는 폭소가 터진다.

윤 촌장이 모터사이클에서 내려 송구스레 두 손을 썩썩 비비며 사과하는데 허 영감은 '한강에서 뺨 맞고 서빙고 와서 눈을 흘기는 격'으로 윤 촌장한테 버럭 화를 낸다.

"쌍꺼 새끼덜, 그까짓 방귀 뀌는 쟁고나 탔다구 불알이 깨지는 줄두 모르구 설치는기여. 어엉?"

허 영감은 윤 촌장을 흘기며 윗도리를 벗어 물에 쥐여 짠 후 풀밭에 내친다. 그리고 바지까지 벗어서 물에 헹구어 비틀어 짜서 툭툭 턴 후 다리를 꿴다.

윤 촌장이 계면쩍어 어쩔 바를 모른다. 너무도 약이 올라 윗도리를 어깨에 휑하니 걸친 채 풀풀거리며 집으로 향하는 허 영감의 등 뒤에 대고 윤 촌장이 부른다.

"앵화 아버지, 앵화 트렁크 가지구 가십소."

윤 촌장이 트렁크를 끌어 내린다. 허 영감이 트렁크를 받아 들고 뭘 물으려다 말고 그를 흘겨보며 돌아선다.

"앵화 아버지, 저녁에 제가 한 턱 내겠으니 우리집에 오십소, 예?"

허 영감이 개방귀 아니냐는 듯 응대도 없이 종종 가버리자 병룡이 뽕구 아들애의 고추를 톡 치면서 익살을 부린다.

"요놈이 오늘 재수 없이 남의 빅장을 파투쳤당기다. 쌍꺼 새끼덜."

모두들 또 한 번 악의 없는 폭소를 터뜨린다.

앵화는 점심참에 수저를 달랑 놓고 일어나서 밖으로 나갔다.

현성에서 고중생활을 끝마치고 돌아온 막내딸과 함께 점심상에 둘러앉은 아버지 허준택과 어머니 방 씨는 이것저것 시시콜콜히 캐어물었지만, 앵화는 건성으로 대강 주워섬기면서 대답해 버리고는 수저를 달랑 놓고 자리를 떴던 것이다.

앵화는 마을 고샅길을 올라가다 뒷마을로 빠지는 개울물 징검다리를 건너 북골로 톺아 올랐다. 아버지가 구렁이 담 넘어가듯 슬그머니 따라 나와 삽짝문밖에 나서서 딸의 뒤를 몰래 훔쳐 보고 있었다.

「저 년이 틀림없이 또 북골 과수원으로 가는 게다. 망할 년. 저녁에 들어만 와봐라. 종아릴 분질러 버린 당기다.」

허 영감은 생각할수록 속이 부질부질 괴여 올랐다. 허 영감의 판단이 틀림없었다. 북골 과수원에는 김석이 과수를 다루면서 거기에서 살고 있다.

앵화는 과수원을 바라고 나비처럼 춤추는 듯 발걸음도 가볍게 골짜기로 들어선다.

'신선놀음에 도끼자루 썩는 줄 모른다' 는 그 속담의 자루 썩은 도끼를 조물주가 무지무지 우람한 봉우리로 굳혀 놓았다는 도끼봉이 시야를 가로 막고 눈앞에 우뚝 서 있었다.

앵화는 도끼봉을 향하여 좀 더 올라가다가 오른편으로 굽어들면서 초겨울이면 기름개구리가 풀떡풀떡 뛰는 하마골로 접어들었다.

골물이 졸졸 흘러내리는 그 한 옆에 청춘과원이 펼쳐져 있다.

이 과원이 바로 그때 장 촌장이 저수지 동쪽 산언저리에 5만 그루의 낙엽송을 심을 때 돌대문촌에 과일이라고는 앵두나무 한 그루 없는 역사에 종지부를 찍으면서 꾸려놓은 오백 그루의 사과배나무를 가진 과수원이었다.

그 후에 돌대문촌에서도 호 도거리를 실시하면서 이 과수원을 김석의 아버지가 도급을 맡았었는데, 몇 년 전에 그가 농약중독으로 사망된 후 지금은 아들이 이어받아 그 과수원을 다루면서 심장병으로 만날 골골거리는 어머니와 지금 태양진에서 초중을 다니고 있는 여동생하고 이렇게 세 식구가 연명해가는 명줄이기도 했다.

「오, 나의 에덴동산!」

앵화는 신록이 우거진 과수원을 마주서는 순간, 연모의 정이 혼신에 젖어들면서 이렇게 가만히 불러보았다.

「에덴동산에는 아담이 살고 있다. 나의 사랑하는 아담이! 그럼 나는 누구인가?」

여기까지 생각이 미치자 얼굴이 뜨거워지고 가슴이 콩다콩 뛰었다.

「나는 이브, 물론 나는 이브지! 아담과 이브만이 에덴동산에서 살 수 있는 거야.」

사과배는 잘도 열렸었다. 배나무가지와 잎사귀 사이사이에 아직은 풋풋한 열매가 주렁주렁, 올에도 사과배 풍년은 떼어 놓은 당상이다. 하건만 올 가을이면 이 많은 사과배를 처분할 일이 또한 즐거운 걱정거리가 아닐 수 없다.

앵화는 금돌이 오빠와의 오랜만의 첫 상봉을 로맨틱하게 연출하고 싶었다.

밭틀에는 꽈리 숲이 지천으로 무성하게 우거져 있었다. 아직은 제철이 아닌 줄을 번연히 알면서도 앵화는 꽈리 숲을 뒤졌다. 금방 꽃잎이 떨어지고 거기에는 아직 열매가 달려있지 않았다. 맹랑했다.

작년 그맘때만 해도 괜찮았었는데! 그때는 가을이었으니까.

그때 꽈리 숲에는 커다란 생꽈리가 다다귀다다귀 열려있었다. 앵화는 손을 내밀어 큼직한 꽈리 하나를 따냈다.

꽈리소녀는 면사포 속에 자기의 얼굴을 꽁꽁 감추고 있었다. 해님의 탐욕스런 눈길이 지긋지긋하고 실바람의 실없는 손길이 자리자리해서 면사포로 그 고운 얼굴을 꽁꽁 포장하고 있었다. 그렇게 숨어 있으니 얼마나 좋은지 몰랐다. 얄미운 꿀벌들의 광란의 침공을 막아낼 수 있어서 좋았고, 또 짓궂은 호랑나비의 사랑의 고백도 물리칠 수가 있어서 좋았다.

앵화는 꽈리소녀의 면사포를 매정하게 찢어 발겼다. 그 속에서 꽈리소녀의 동그랗고 예쁜 얼굴이 나타났다. 그것은 아직 부끄러움도 탈 줄 모르는 앳된 소녀와 같았다. 뺨에는 홍조도 없이 풋풋하기만 했다. 텁텁하고 쓴 맛이 입안에서 감돌았다.

꽈리소녀는 백일하에 드러난 알몸뚱이가 너무 부끄러워 두 손으로 얼굴을 감싸고 울고 있는 것만 같았다.

그런 꽈리소녀를 앵화는 섬세한 손가락으로 인정사정없이 주물렀다. 그리고 두 손바닥 사이에 넣고 비볐다. 이제는 녹초가 되어 말랑말랑해 진 꽈리소녀의 배꼽을 핀으로 콕 찔렀다. 꽈리는 쓴 물을 토해냈다. 앵화는 꽈리의 배꼽을 뽑아냈다. 그리고 오장육부를 말끔히 들어냈다. 이제 남은 것은 껍질뿐이다.

앵화는 펜을 꺼내어 덮개를 풀고 구멍 난 꽈리 속에 빨간 잉크 한 방울을 똑 떨어뜨렸다. 그리고 다시 주물렀다. 배꼽구멍으로 입김을 훅 불어넣었다. 꽈리소녀는 다시 원래의 동그란 얼굴 그대로였다. 그러나 이제는 풋풋하기만 하던 그 생얼굴이 아니라 빨간 홍조를 띤 너무나 예뻐진 농익은 꽈리처녀였다.

앵화는 꽈리를 입에 넣고 혀끝으로 돌려가며 위치를 찾았다. 배꼽구멍을 아랫입술에 대고 윗입술로 살짝 눌렀다. 꽈리소녀는 너무도 간지러워 '까르륵' 하고 웃었다.

얼마나 많은 동년의 추억이 담긴 꽈리의 부끄럼 타는 웃음소리였던가.

소시절 개구멍바지를 입었던 그때의 금돌이 오빠는 꽈리소녀의 '까르륵' 웃는 그 수줍은 웃음소리를 그다지도 좋아할 수 없었다. 금돌이는 김석의 아명이었다. 앵화는 금돌이보다 세 살이나 손아래여도 꽈리 부는 능수였다.

앵화가 꽈리를 불 때면 개구쟁이 금돌이도 멍하게 서서 입을 헤 벌리고 웃었다. 그는 웃다 웃다 웃고 있을 수만 없었다. 자기도 앵화한테 무언가 과시하고만 싶었다.

금돌이는 납작한 풀대를 뽑아냈다. 그 풀은 한 옆이 터진 껍질이 서로 엇갈려서 층층이 감싸면서 줄기를 이루고 있는 그런 풀이었다. 그는 맨 위의 거친 껍질을 벗겨 버리고 그 다음 껍질을 발겨냈다. 풀줄기의 터진 한 옆은 갈대의 청처럼 엷은 막으로 생겨있었다. 그 부분을 안쪽으로 입술에 가로 물고 숨을 들이그었다.

풀대는 개구쟁이처럼 '삘리리' 하고 익살스런 소리를 냈다. 금돌이는 으쓱했다. 앵화도 즐거웠다. 그래서 그들은 게임을 하듯이 네 한번, 내 한번 대창을 했다.

"삘리리."

"까르륵."

"삘리리, 삘리리."

"까르륵, 까르륵."

과수에 농약을 금방 다 치고 나서 원두막에 앉아 쉬고 있던 김석은 두 귀가 뺄쭉했다. 꽈리의 노래, 추억의 노크. 그것은 틀림없는 앵화의 자취였다.

김석은 원두막에서 내려 배나무 밑으로 아래켠을 살펴보았다. 앵화가 배나무 그루에 몸을 숨기고서 까르륵거리고 있었다.

까투리가 눈 속에 머리를 틀어 처박고 제 딴에는 꽁꽁 숨었으리라 믿는다. 앵화도 지금 얼굴만 감췄다 뿐이지 전신이 훤히 드러나 있는 줄도 모르고 있잖은가! 까투리 같은 게.

"까르륵."

"삘리리."

김석도 납작한 풀대를 뽑아 화답했다.

"까르륵, 까르륵."

"삘리리, 삘리리…."

그러나 지금은 애석하게도 꽈리 철이 아니어서 그런 장난은 되풀이할 수 없었다.

앵화는 배나무에 몸을 숨긴 채 백 속에서 영어강좌 히어링을 하는 휴대용 카세트 녹음기를 꺼내어 버튼을 눌렀다. 거기에서 새소리처럼 지절지절하는 소리가 김석의 귀에 날아가 꽂혔다.

김석은 앵화인 줄 알고 앉은 채로 소리쳤다.

"이 까투리야, 감질나게 굴지 말고 빨리 올라 와라."

"싫어. 오빠 내려 와."

“내가 왜 내려가니? 왔으면 올라 올 게지.”

“그럼, 나 가버릴 거야.”

“좋아, 내가 내려 갈 테니까 기다려.”

김석은 허리를 굽히고 나뭇가지 사이를 요리조리 빠지면서 내려온다.

“우리 장끼, 잘 있었어?”

“장끼가 뭐야?”

“까투리와 단짝이니까 장끼가 아녀?”

“요것, 그저….”

김석이 주먹을 쳐들고 부시려는 시늉을 하자 앵화가 턱을 쳐들고 대든다.

“부셔봐, 얼마든지.”

“부셔놓고 싶지만 놔두는 거다.”

“첫 대접이 그저 이거야?”

“그럼 뭐야, 벌벌 기라는 거야?”

“음, 음….”

앵화가 입을 다물고 콧소리를 내면서 두 눈을 꼭 감고 제 뺨을 가리키고 있었다.

“나 금방 농약 쳤단 말이야.”

“괜찮아.”

“그럼 좋아.”

김석이 앵화의 뺨에 입술을 대었다가 금방 입을 쩍 벌리고 그의 볼을 덥석 물고 늘어진다.

"우머, 이 두억시니 봐."

앵화가 종주먹을 쥐고 김석의 가슴을 조여 댄다. 김석이 통발에 미꾸라지 빠지듯 빠져 달아나며 배나무 밑에서 뱅뱅 에돌고 앵화가 그 뒤를 쫓고 있었다.

"하하 호호."

웃음소리에 사과배나무도 두둥실거리고 있는 것만 같았다.

"애, 우리 원두막에 올라가지 그래."

"날 업고 가. 나 발목 삐었단 말이야."

"농약 쳤다잖아, 어떻게 업니?"

"씻으면 될 것 아녀? 발밑에서 물이 흐르고 있잖아."

앵화는 엄살을 부렸다.

"넌 정말 쬐꼼 할 때부터 발 탄 강아지처럼 졸졸 묻어 다니면서 애를 먹이더니 지금두야?"

"내가 씻어 줄 테니까 티셔츠 벗어."

앵화는 흙장난에 매대기를 쳐가지고 들어선 개구쟁이를 구박 주는 엄마처럼 김석의 웃통에서 티셔츠를 벗겨낸다. 그리고 금방 그의 잔등에 물을 끼얹고 손바닥으로 문지르자 김석이 불 만난 북어껍질처럼 오그라들며 빠져 달아난다.

"왜 그래?"

"그렇게 살살 문지르니까 깃털로써 간질구는 것만 같아. 간지럽다야."

"그럼 좋아. 와락와락 문지를 테니까 이리와."

"싫어."

“와!”

앵화가 금돌이한테 물을 쳐 날린다. 김석도 맞장구를 치며 두 손으로 물을 떠서 앵화한테 뿌리고 있다.

장난 끝에 앵화는 길이 든 망아지처럼 순순히 허리를 굽히고 있는 김석의 웃통을 씻어준다.

“아갸, 너 왜 사람을 무는 거니?”

앵화가 별안간 김석의 어깨를 덥석 물고 늘어진다. 김석이 앵화의 얼굴을 밀어 내려하자 앵화는 한사코 그를 끌어안으며 더 깊이 들이 물고 있었다.

“됐어, 일대일. 누구도 믿진 것 없으니까. 인젠 날 업고 올라가.”

김석이 안반짝 같은 뒤 잔등을 돌려대자 앵화가 야살스레 헤헤거리며 두 팔로 그의 목을 감고 매달린다. 그리고 즐거워 죽겠다는 듯이 두 다리로 엇갈아 활개질 친다.

“너 이러면 너무 무겁잖아? 내려. 내가 왜서 너한테 서비스해야 하는 거니?”

김석이 짐짓 성을 내며 목에 감긴 앵화의 팔을 풀어버린다.

“왜 그래, 업어. 나 오빠 잔등에 업히고 싶단 말이야.”

“안 돼. 우리 ‘돌, 가위, 보’ 다. 누가 지면 누가 업어야 해. 열 발짝씩이야.”

“좋아. 그럼, 시작….”

둘이는 주먹을 쥔 손을 등 뒤에 감추었다가 ‘돌, 가위, 보’ 하면서 두 손을 동시에 내민다. 앵화가 이겼다. 그래서 좋아라 김석의 등에 매달린다. “원 투 쓰리…”하고 헤아리며 김석이 열 발짝을 걷고 나서

"내려!" 한다. 앵화가 그의 목을 꼭 끼며 거머리처럼 한사코 달라붙자 김석이 목에 감긴 앵화의 팔을 풀어버리며 내려놓는다.

또다시 돌, 가위, 보.

매번마다 앵화가 이긴다. 못 된 년이 언제나 자기 손은 후에 내미는 데야. 그러나 그 시각차이가 너무도 미세하여서 덤덤한 남자로서는 감지하지 못하고 있는 데야 어쩌랴.

어쩌다가 금돌이가 이겼다. "우머" 하면서 앵화가 발을 동동 구른다.

"너 오늘 죽었어. 나 말이야, 저그만치 걸곡 한 마대야. 빨리 업어."

김석이 아웅다웅하는 앵화를 돌려세우고 그의 등에 매달린다. 둘은 동시에 바벨탑처럼 와그르르 무너져 내린다.

"안 돼. 다시 업어."

"이럼 됐잖아?"

"안 됐어, 다시 업어야 해. 무거우면 내 발로도 걸을 테니까, 빨리 업어."

김석은 앵화의 등 뒤에서 그를 끌어안고 제 발로 걸으면서 위로 올라가고 있었다. 이렇게 그들은 장난질을 치며 반나절이나 걸려서야 막사까지 올라갈 수가 있었다.

원두막 주위에는 농약 치는 스프레이이며 비닐바케스 따위들이 여기저기 널려 있었다. 다락 안에는 간소한 이부자리와 헌옷가지들이 널려있었고, 한 구석에는 낡은 기타가 세워져 있었다.

김석이 먼저 올라가 대강 자리를 거두고 둘이 마주앉았다.

"근데 넌, 대학시험은 언제 치르는 거지?"

"나 대학 나오믄 오빠랑 함께 살 수 없잖아?"

"우리 어떻게 함께 사니? 니네 아버지 딸 여섯을 시내에 시집주면서 '오원짜리 신봉쟁이라도 신봉쟁이 아니면 딸 안 준다'고 만천하에 공포했잖아. 더구나 막내딸을 그렇게 두엄무지에 꽂힌 개똥버섯 신세가 돼라고 내버려 둘 것 같아?"

"아버지가 다 뭐야. 내 인생은 내가 사는 거야. 그 누구도 대신 살아주는 것 아니잖아? 오빠, 우리 이담 잘 벌어서 잘 살아야 해. 우리가 서로 손을 맞잡고 열심히 사느라면 홍해가 갈라지듯이 꼭 앞길이 활짝 열릴 거야. 안 그래, 오빠?"

김석은 앵화가 아직은 철부지라는 생각을 하면서 덤덤해 하고 있었다. 현실이란 그렇게 매정한 것인데도 말이다.

앞을 바라보니 푸르른 저수지가 한눈에 안겨온다.

높은 데서 멀리 바라보니 저수지의 푸른 물이 마치 백설공주의 동그란 손거울인 양 햇빛을 받아 휘황하고 찬란한 빛을 휘 뿌리고 있다. 그 주위를 빙 둘러막은 푸른 산은 그 누가 앞쪽 바위산을 두 번 뚝뚝 찍어서 중간토막을 떼어버린 듯한데, 그 사이에 먹줄을 그은 듯이 저수지댐이 이어져 있다.

"오빠, 나 아까 저수지에 내려서 한참 고찰을 했거던. 거기에다 휴가촌을 만들고 싶어. 우리 마을 저수지가 장백산 천지를 초월한 절승이잖아. 장백산에는 돌대문이 없으니까."

김석은 무슨 상념에 잠겼는지 저수지만 하염없이 바라보고 있었다.

"오빠, 우리 함께 휴가촌을 만들자, 응? 물에는 산천어 떼가 득실거리고, 뽀트 위에는 행복한 련인들이 사랑을 노래하고, 백사장 알쏭달

쑹한 비치파라솔 밑에 강태공 아저씨들 낚시에 반해 있고, 동쪽 문설주 밑에 동화 같은 다락집에는 리태백이 잔 기울여 시를 짓는, 우머, 신난다. 그때면 먹거리, 놀거리, 휴식거리 등 완벽한 서비스시스템을 구축하여 만방에서 오는 손님 맞아들이고…. 그런데, 암만 봐두 주차장 앉힐 곳이 문젯거리야. 생태환경을 파괴하지 않으면서도 멋진 주차장을 앉혀야 할 텐데….”

앵화는 잠시 눈을 지그시 감고 명상에 잠겨있다.

“그때면 오빠는 우리 돌대문 휴가촌의 문예연출단 단장이야. 오빠의 그 천부적인 예술재능을 한껏 발휘하여 아폴론의 수금처럼 감미롭고 미묘한 선율을 뽑아내면 그 음악에 도취되어 수목도 노래하고 바위도 어깨춤을 들썽거리는…. 와, 오빠!”

앵화는 두 손을 마주치며 붕 뜬 기분으로 금돌이를 와락 껴안고 흔들어댄다.

“야, 너 진짜 로맨티시스트구나. 자금이 어디 있어?”

“그러게 오빠와 나, 우리 함께 벌어서 하자는 거잖아.”

“나 처지 너도 잘 알고 있잖아. 고슴도치 외 따지듯 만여 원의 빚도 태산같이 지겨운데 백만 원 되는 자금을 어떻게 번다구 그래?”

“왜 자꾸 김빠지는 소리만 해? 오빠, 나한테 아주 재미나는 이야기 책 하나 있는데, 세계 유명한 철학가들도 자기의 추론이 어떤 한계에 부딪쳤을 때 불가피한 것을 풀어내는 방법으로 이 책에서 도움을 구한다는거야. 거기에 ‘판도라의 상자’ 라는 이야기는 참으로 철리가 있고 재미나는 이야긴데, 들어 볼래?”

“안 들어주면 네가 실망할 것 아냐.”

"잘 들어. 태고에 알프스산에 사는 모든 신들의 왕인 제우스가 최초의 인간 여자를 만들어 내고 그 이름을 '판도라'라고 불렀대. 그 녀자를 인간계에 내려 보낼 때 제우스는 그에게 꽁꽁 봉한 상자 하나를 내어주면서 절대 열어보아서는 안 된다고 했다잖아. 사람에게는 호기심이랄까 뭐, 그런 것 있잖아. 열어보지 말라니까 더구나 열어보고 싶은 생각이 굴뚝같아서 견딜 수 없었다는 거야. 그 속에는 갖가지 해로운 기운이 들어 있었는데, 그러한 것들은 인간에게 새로운 주거지를 만들어 줄때 필요치 않았기 때문에 상자 속에 넣어둔 것이래. 인간은 그때까지만 해도 이러저러한 재앙을 모르고 살아가고 있었는데, 그만 판도라가 제우스의 명령을 어기고 그 상자를 열고 말았었지. 여태껏 칠흑 같은 어둠속에 갇혀 있던 육체를 괴롭히는 갖가지 재앙, 질병과 정신을 괴롭히는 질투, 원한, 복수 등이 크게 기뻐하며 상자 밖으로 뛰쳐나왔대. 이로 인하여 이제부터 인간은 순식간에 세계 안으로 퍼져 차고 넘치게 된 이들의 재앙에 낮이나 밤이나 위험을 받고 괴롭힘을 당하면서 살아가지 않으면 안 될 운명이 되었다나. 그런데 판도라가 그만 덴겁해서 진둥한둥 뚜껑을 도로 닫았을 때 그 속에는 단 하나가 밖으로 나오지 못하고 남아있는 것이 있었는데, 그것이 바로 '희망'이었대. 원래 희망이란 것은 꾸물거리고 제자리걸음을 하는 것이라 혼자 뒤쳐져 있었던 거야. 그 덕분에 인간은 아무리 어떤 재앙과 역경, 그리고 괴롭힘을 당하면서도 마음속에는 언제나 희망을 갖고 살게 되었대. 그래서 사람들은 이 희망에 위안을 받고 격려를 받아 괴롭고 고달픈 인생을 절망하지 않고 끝까지 살아갈 수가 있는 것이래…."

앵화는 격정에 벅차 도도하게 이야기를 엮어나가면서 김석의 정서를 훔쳐보았다. 그는 점차 귀를 기울여 들으면서 이야기 속으로 깊이 빠져 들어가고 있었다.

김석은 소침했던 심정이 한결 맑아지면서 그 이야기의 내재적인 함의(含意)를 깊이 음미하고 있었다. ♣

허 영감은 거나하여 싸농들의 고충을 하소연하고,
리 보토리는 대노하여 술상을 걷어차 뒤집어엎다

차달석은 밥상머리에 마주앉았다. 그러나 수저를 들 생각도 하지 않고 턱 떨어진 개 지리산 쳐다보듯 찬장만 퀭해 쳐다보고 있다. 주충이 빨리 진상하라고 뱃속에서 대강이를 쳐들고 호소한다. 술이 있을 리 없는 줄 뻔히 알면서도 달석은 일어섰다.

기신기신 일어나 찬장 문을 열고 술병을 꺼내 들었다. 저그만치 몇 년이나 우려낸 살무사가 얼기설기 서려있는 단지만큼이나 큰 술병이었다. 마개를 풀고 병아구리를 코끝에 갖다 댔다. 알코올 냄새가 금방 폐부에 스며들자 정신이 번쩍 드는 것만 같았다. 머리를 뒤로 젖히고 병아가리를 입에 대고 거꾸로 털었다. 한 방울의 술도 입안에 떨어지는 것 없었다. 그 대신 술병에서 뱀 대가리가 빠져 나오면서 달석의 입안으로 쑥 들어간다. 독사까지도 우려먹는 한다 하는 술꾼이건만 달석은 기겁하여 술병을 내던지며 뒤로 벌렁 나가뻐드러진다.

이때 그의 아내 배오복이 터밑에서 파 몇 뿌리 뽑아 들고 들어선다.

오복은 전례 없는 문화대혁명시기에 모주석의 최고 지시를 높이 받들고 혁명의 붉은 물결 속에 휩쓸려 이 돌대문촌에 빈하중농의 재교육을 받으려 내려왔던 하향지식청년이었다. 그는 모주석의 교시를 명기하며 붉은 마음 다 바쳐 이 빈곤하고 낙후한 두메산촌에 한평생 뿌리박고 꽃이 피어 결실을 맺으리라 굳게굳게 맹세했었다. 그래서 마을에 돌아온 중학생인 차달석과 눈이 맞고, 뜻이 맞아 둥지를 틀고 결혼까지 하여 농촌에 착근할 준비가 차분히 되어 있었다.

세상에 예측할 수 없는 것이 하늘의 풍운조화였다. 그 후, 역사 사명을 완수한 하향지식청년들이 하나둘 헌 치마에 오이씨 빠지듯 성시로 되돌아갔건만, 오복은 그러고 싶지 않았다. 암만 남이 뭐래도 나만은 일편단심 농촌에 노박히리라고 맹세를 했다. 바다가 마르고 돌이 썩는 한이 있더라도 모주석의 혁명노선을 끝까지 사수하리라고 골백번도 더 외친 우리가 아니었던가! 그녀는 '혁명의 배신자' 들을 야멸치게 바라보며 속으로 부르짖었다. 말로만 혁명하는 비겁한 자들아, 갈려면 가라. 우리는 모주석의 혁명노선을 끝까지 사수하리라고. 그리하여 그는 이 광활한 천지에서 입당도 하고 대대부녀주임으로 열심히 뛰기도 했었다.

인생은 일장의 춘몽이라던가. 그 후, 이십여 성상 해와 달이 바뀜에 따라 정치가 변하고, 정책도 바뀌고, 사람들의 사유관념도 완전히 뒤틀려 버렸었다. 오직 배오복의 머리만이 화강암 두뇌인 양 돌아설 줄 몰랐고, 돌대문촌의 운명만이 바뀔 줄을 모르고 있었다. 현실은 무정하게도 이 붉은 피 끓어 넘치던 당년의 열혈 청년을 타락으로 몰아넣었고, 어수룩한 농촌아줌마로 탈바꿈시켰을 뿐이었다.

그녀는 어린 시절에도 예쁘지 않았고 깔끔하지 못했다. 뚝 찍어놓고 말해서 누가 뭐래도 제 밸 대로 생겼다는 표현이 더 타당할지도 모른다. 툭 불거진 이마와 두꺼비처럼 뾰족이 내민 커다란 입이 객줏집 칼도마 같았다. 매무새는 언제나 굴뚝 막은 덕석 같고, 덩덕새머리를 해가지고 다녔다. 성격은 또 왁살스럽고 건중건중하였다. 그러기에 일단 일 밭에 나서면 걸쌈스러워 남의 뒤꽁무니에 뒤지면 절대로 안 되는 성미여서 앞장에는 언제나 배오복이가 선줄을 긋고 있었다. 하건만 공을 매길 때면 언제나 질량 때문에 한참씩 남의 말밥에 오르내리곤 했었다.

그녀는 또 봉홧불에 산적 굽기 하듯 성격이 급하여 살림살이에서도 야무지게 갈무리할 줄을 모르는 여자였다. 살림살이에서는 여자 손이 보배다. 여자 손이 매워야 집안이 윤택이 도는 법인데 주부가 흘미죽 죽하니 그 가난살이가 더구나 처참하기만 했다.

남편은 하루 삼시에다 잠자리에 들기 전에 또 한 번, 이렇게 하루 네 번씩 술병을 차고 앉다보니 매일 마시는 술이 두 근이다. 일 년에 술 마신 날을 삼백일로 치고 결혼 이십년만 치더라도 육천 일에 여섯 톤의 술이요, 한 근 술에 일 원씩만 계산해도 일만 이천 원이라는 금액이니 차달석이 알코올 중독이 되지 않았다면 그게 되레 이상한 일일 것이요, 가난에 쪼들리지 않을 수밖에 없는 것이 이치에 맞는 일인 것이다.

금방 집안에 들어선 오복은 구들에 나뒹구는 술병과 한 절반 빠져나온 술뱀을 보는 순간, 언제나 곤두서 있는 신경이 또 날카로워진다. 그래서 어느새 입안에서는 또 구렁이가 내달아간다.

"이 알코올 같은 나그네 또 육갑하우 지금. 한 시나 그 뜨물이 떨어지믄 제 되우? 술두 얼마나 마셨으믄 이저는 중독까지 와서 서리 맞은 뱀처럼 어질어질하면서두 그냥 술, 술. 아무 때나 그 술에 뒈지지 않나 두구 봐라, 씨."

"또 바가지 긁기야, 아앙?"

달석은 그래도 남자라고 눈을 뚝 부릅뜨며 허풍을 부린다.

"이 징글스런 뱀은 우려낸 지 삼 년두 더 되겠다. 신경이 번져서 어찌 사우."

그러면서 구들에 씽 달려 올라오더니 뱀과 함께 술병을 열려있는 뙤창으로 마당에 휙 집어던진다.

"이 년이, 어째 죽구 싶으냐. 어엉?"

달석이 두 주먹을 불끈 쥐고 발을 탕 구르며 눈을 지릅뜬다. 오복은 주라통은 세도 훗대 없는 여자였다. 미욱한 게 제 밥 식기 깬다고 암만 얼간망둥이 같다고 해도 참말로 성을 낸다 하면 욱하는 남편이다. 그러니 이쯤하고 마는 것이 상책이다.

오복은 파를 다듬는 체하며 피해버리고, 달석은 맨발로 마당에 내달아가서 술병과 함께 술뱀을 주워들었다. 그리고 한참동안 술뱀을 이모저모 들여다보며 술에 불리어 얼마나 고통스레 죽었을까 하는 측은한 생각을 하면서 아쉬운 대로 술뱀을 두엄 무지에 뿌려 던진다.

윤홍준의 아내 양춘절은 가스레인지를 켜놓고 지져내고 볶아내느라 땀을 뻘뻘 흘리며 바삐 돌아치고 있다. 이 깊은 두메안골 청산 속에 묻혀 살면서도 엘피지가스를 연료로 쓴다는 자체가 한낱 들뜬 향수라 아니할 수 없다. 부엌에서는 가마가 드렁드렁 소댕이를 들었다 놓으며 설설 끓어 번지고 있다. 온 방 안에 구수한 개고기 냄새가 사무치고 있어 앉아 있는 이들은 진작부터 목젖이 방아를 찧고 있었다.

집안은 널찍한데 깔끔하게 정리되어 있었고, 도회지의 박봉의 샐러리맨들의 생활수준을 초월하여 없는 것 없이 현대화 장비로 되어 있었다. 도시바 21인치짜리 컬러텔레비전에서는 연변텔레비전방송국의 여 아나운서가 한창 로컬뉴스를 보도하고 있다.

구들 윗목에는 이제 개고기 향연을 만끽할 촌민 셋이 모여 앉았으니 왼쪽으로 앵화의 아버지 허준택이 있고, 또 홍준과 동갑인 떠꺼머리총각 주을룡, 그리고 촌의 회계이며 앵화의 보이프렌드인 김석이었다.

김석은 춘절을 도와 개고기를 찢느라 땀을 뻘뻘 흘리고 있었다. 홍준이 껑충하게 한 구석에 서서 여기저기로 시원한 바람을 부쳐주고 있는 선풍기를 김석에게 겨냥하여 조준해 놓는다.

홍준은 러닝셔츠에 잠방이 바람인데 어깨와 허벅지 등 보기 좋게 살이 찐 흰 속살을 다 들어 내놓고 있었다. 그는 스타일이 좋고, 이미지가 좋고, 탈 또한 잘 쓰고 난 완벽한 미남이었다. 두루뭉술한 머리에 딱 붙어 잔잔하게 파도를 이루고 있는 윤기 도는 양머리, 시원하게 넓은 이마 밑에 굵다란 누에눈썹으로 바리케이드를 한 그 밑에 쌍꺼풀진 왕방울 같은 두 눈이 서글서글하고 환상적이었다. 연연한 산마루처럼 곧게 뻗은 덩실한 코, 그리고 웅성미가 다분한 꺼칠꺼칠한 구레

나룻 한복판에 오아시스인 듯 무게 있어 보이는 두툼한 입술, 언제나 싱글싱글 웃는 듯한 얼굴근육에 힘 있게 생긴 턱주가리가 특히 인상적이었다.

아낙네들은 춘절을 부러워했다. 저렇게 멋있는 남자를 저 혼자만 독차지하고 있는 춘절을 시샘하고 질투하기도 했었다. 오죽했으면 그녀들이 홍준과 눈빛만 번쩍 마주쳐도 타오르는 정염에 저절로도 괜히 싱숭생숭해서 골방구석에 달려 들어가 팬티까지 갈아입는다고 했으랴. 그녀들은 홍준이한테 안겨보고 싶어서 감질이 나 있었고, 그에게 짓이겨지고 싶어서 안달이 나 있었다.

이즈음, 주안상이 차려지고 개고기도 상에 올랐다.

홍준이 술을 따랐다. 별다른 뜻은 없다고 했다. 오뉴월 써렛발같이 홍준이 집에 드믄드믄 올 때마다 재수 좋은 놈은 심심찮게 얻어먹을 수 있는 그런 희끔한 술상이었다. 춘절은 행주에 손을 문지르며 남편 옆에 쭈그리고 앉아서 술을 부었다. 그리고 너무도 어쌔고비쌔고 할 수 없어 자기도 한 잔 마시고 밖에 나가 땀이나 들이겠다면서 자리를 떴다. 그리고 남편더러 전기밥솥의 밥이 다 되거들랑 저녁식사를 권하라면서 수건을 벗겨들고 밖으로 나간다.

저녁 후, 로즈칭(老知靑 ; 하향지식청년) 배오복은 도라지를 한 함지나 불러 놓고 껍질을 바르고 있었다.

차달석은 잠자리에 누웠으나 괜히 이리 뒤척 저리 뒤척 자반뒤집기를 하고 있다. 그의 머릿속에서는 지금 홍준이네 집에서 벌어지고 있을 술판이 삼삼거려 어디 견딜 수가 있는가. 속에서는 저녁상에서 설친 주충들이 데모를 벌이고 있는 데야.

저녁 전에 홍준의 아내 '둘치' 가 '예조리 영감' 을 모셔가는 것을 보았으니 술상을 차렸음은 불 보듯 뻔한 일이다.

'그 영감은 왜 청했을까?'

달석은 홍준이 허 영감을 청해 먹일 이유를 알 수가 없었다. 홍준이 허 씨네 신세를 진 일은 없을 거고, 또 두 집이 평소에 가깝게 지내는 처지는 더구나 아니다.

그렇잖으면 오늘 그 영감의 딸 앵화가 홍준의 오토바이에 앉아 왔다는데 혹시 거기에 무슨 사연이 있는 걸까? 알다가도 모를 일이다.

을룡과는 서로 동갑내기이니까 그건 그렇다 하고, 그런데 이마에 피도 안 마른 녀석인 김석은 어째서 그 축에 끼우는지?

달석이 잠깐 궁리해 보니 그럴 만도 했다. 장도깨비가 물러앉은 후 윤홍준이 일촌지장이 되어 한 삼년 잘 되게 간부질을 하였은즉, 제 중태기에 챙겨 넣지 않았을 수 있는가. 그래 가지고 싸하이(下海)요 하면서 연길로 훌쩍 떠나 버렸었다.

그 후, 향에서는 '비둘기표' 간부를 갓난아기 기저귀 갈아대듯 바꿔치다가 이제는 기층간부 인선이 말라 버렸는지 촌에 영도가 없이 무정부 상태로 시앗이 낳은 자식 신세가 된지 이태도 훨씬 넘는다.

그래서 지금 돌대문촌에 간부라고는 회계인 김석 하나뿐이니 향에서도 그렇고 촌민들도 그렇고 일이 생기면 자연히 김석을 찾을 수밖에 없게 된다. 김석이 이제 일촌지장으로 뜨게 될 것만은 자명한 일인 게다. 조만간에 향에서는 김석을 촌장으로 임명장을 내려 보낼 것은 두 말이면 잔소리지. 그러니까 암만 똥끝이 실한 윤홍준이라 하더라도 마을에 돌아와서야 김석을 왼눈으로 봐서는 안 되는 거다.

달석은 생각할수록 이치가 서는 것만 같았다.

그러나 그게 아니었다. 김석은 이제 금방 스물두 살, 아직은 햇병아리에 불과하다. 차달석은 이 복잡한 인문관계와 인간심리를 분석할 만큼 명석한 두뇌를 갖고 있지 못했다. 그의 생각처럼 김석 또한 촌장 자리나 바라보고 소불이 떨어지면 구워 먹으려니 하는 야망이나 품고 앉아 있는 그런 속된 인간이 아니었다.

'그들 외 또 누가 끼었을까? 리 보토리 춘산도 끼었을까? 술상 있는 줄만 알면 아무런 집도 얌통머리 없이 후줄근히 찾아드는 그런 리춘산 아닌가. 무슨 술일까? 우리 촌놈들처럼 시시껄렁하게 비닐봉지 술은 절대 안 마실 거다. 안주도 잘 갖췄을 거야. 야, 고것, 한 잔 그저 쪽 했으믄….'

달석은 오만가지 생각을 하다가 입맛을 쩝쩝 다시며 돌아눕는다.

'아무래도 안 되겠다. 가 봐야지.'

자기가 없어서 뭐가 다 잘못되어 가는 것만 같다. 그는 슬그머니 일어나서 오복의 눈치를 힐끔 보면서 봉당에 내려선다.

"어디 가우!"

오복이가 꽥 소리 지른다.

「떡부엉이 같은 년. 제 남정이 꿈을 꾸면 어느새 해몽까지 해서 내치는 년이다.」

"야앙, 바깥에 얼씨덩, 소피볼라…."

더듬거리는 양이 귀신이 씨나락 까먹는 소리다.

"소피는 무슨 놈의 소피? 윤 촌장네 집에 가자구 그러지."

"아이란데. 이보, 오줌 마려봐 죽겠는데."

달석이 아랫배를 툭툭 쳐보인다.

왁살스런 아내가 벌떡 일어나서 젖은 손 그대로 남편을 구들로 잡아 끈다.

"못 가우. 누가 부르는 샹이요. 치사하게 술상 찾아다니메서….”

"아이란데.”

"아이긴 무스거? 그리 속이 쑤셔나 못 견디겠으믄 여기 와 도라지나 바르우.”

오복이 헝겊 막대기처럼 기신거리는 남편을 끌어다 도라지 함지 옆에 눌러 앉힌다. 긁어 부스럼 만든 달석은 울며 겨자 먹기로 도라지를 바를 수밖에 없다.

"그러니 우리 같은 두멧놈은 어떻게 살란 긴가? 시가지를 낀 채농들이야 풋채소를 심어서 몇 주일이 아니면 팔아먹는디, 물에 푹 불린 볏짚으로 바오라기를 꽈 묶어서 한 근에 몇 원씩 팔아먹으니 벌 수 밖에 있나. 그 시내늠들두 하루 삼시 먹는 쌀밥이 어떻게 오는지 알기나 하능가? 뼈밥이란 말이여, 뼈밥. 엉덩짝만한 땅을 갖고 비지땀으로 일 년 내내 가꾸어서 공량을 바치구, 민식을 남기구, 좀 남은 곡식을 팔아 먹재두 삼십칠전씩 하는 벼두 받는 곳이 있어야 팔아먹디. 그것두 용헤나 팔아서 겨우 손에 돈닢을 몇 장 쥐구 나믄 대부금을 물어야 하구, 몇 십 가지나 되는 가연잡세를 다 바치구 나믄 툭 털구 먼지밖에 남는 거 없지. 좆치구 불치구 뭐 있나? 그러구 나믄 내년 농사는 무얼루 한당 기여? 영양모판두 사야 하구, 농약두 사야 하구, 화학비료루다, 비닐천이루다, 뭐 오만가지가 모두 돈 내라구 손을 내미는 판인데, 그것두 값이란 하늘 높은 줄을 모르구 치달아 오르는 판에. 그러니 농사는 지어 봤자 꺼꾸러 서는 거구. 정부에서는 우리 싸농들만 못 살게 구니. 이게 어디 살라는 긴가? 죽으라는 기지.”

술 한 잔 들어가면서 알딸딸해진 허 영감이 또 이렇게 농사꾼들의 고충을 하소연하기 시작했다.

“그 얘기 맞습꾸마. 그러니 보십소. 채소를 심어 시장에 나가는데 며칠이 걸리구 곡식을 심어서 쌀이 되기까지 몇 달이 걸리는가. 벼는 꼭 다섯 달이 걸려야 되잽두.”

을룡이 허 영감의 의견에 동감이라는 듯 동을 달아 맞장구를 치고 있었다.

“그러길래 우리 싸농들두 아예 밭을 걷어치우구 쌀을 사 먹는 게 훨씬 역은 골이라는 기여.”

허 영감은 고로하여 밭을 부치지 말아야 한다는 정리를 내세우고 있었다.

“쌀을 사 먹는다는 것두 그렇습지, 앵화네처럼 돈구멍이 있는 집들에서사 사 자실 수 있겠지만 우리네처럼 돈구멍이 미내 없는 집들에서는 쌀 살 돈이 어데서 나옵두? 농촌 농민들이 지금 이런 실정인데두 시내 눔들 보십쇼. 시허연 이팝두 아까운 줄을 모르구 쓰레기처럼 비닐봉지에 내다버리면서두 입쌀 한 근에 육십 전두 비싸다며 죽는다구 아우성치구 있습구마. 그래두 한 근에 몇 원씩 하는 풋채소는 의례히 쌀보다 비싸야 하는 듯이 군소리 없이 사 먹습더구마. 괜한 소리지만 쌀두 한 근에 한 십 원씩 해야 우리두 사는 건데.”

을룡이 말끝을 흐리며 긴 한숨을 토해내고 있었다. 여태껏 아무 소리 없이 잠자코만 있던 김석이 말말 간에 끼어든다.

"말두 마십시오. 요리점에 가보믄 시내 놈들은 통닭이구, 잉어구 젓가락 몇 번 안 대보구 그게 어디 먹을게냐는 듯이 내버리구 갑디다. 그걸 우리 같은 촌놈들이나 줬으믄 한번 바지 띠를 풀어 놓구 만포식 해 보재겠습두. 지금 시내 사는 돼지가 우리 농민들보다두 더 잘 먹구삽데다. 이팝에다 만투에 고급요리에 술까지 잘 잡수시구서는 취해서 살이 지믄 제 죽는 줄두 모르구 산답 데다. 돼지라는 게 겨뜨물에 능쟁이나 먹어야 하는 건데 이거라구야 사람보다두 더 잘 먹으니 그 흐벅진 돼지고기 맛이 있을 수 있습두?"

을룡이 세상에 그럴 수가 있느냐는 듯이 두 눈을 번쩍 뜨며 탄식조로 말한다.

"야, 너무 불공평하구나야. 어떻게 한번 시내사람 농촌 와서 살아 보구, 농촌사람 시내 가서 살아 보구, 서로 바꿔 살아봤으믄 아이 좋겐?"

이렇게 홍준이네 집에서는 농촌사람 못 사는 게 시내사람 탓인 양, 시내사람 모두가 부자처럼 잘 사는 듯이 성향간의 차별과 빈부간의 불공평에 대한 화제를 안주로 술상을 계속 이어가고 있었다.

보름께 둥근달이 동산 장군바위 위에 덩두렷하게 올라앉아 있었다.

도끼봉 밑 이 골 저 골에서 흘러내리는 벽계수가 냇물을 이루어 소야곡을 부르는 듯 조잘거리며 마을을 꿰질러 흐르고 있다. 달빛을 실은 냇물은 마치도 우람한 금룡이 어둠속에 깔려 금비늘을 번쩍이며 꿈틀거리고 있는 것만 같다.

　마을 윗목 사룡골 어귀 물속에 몇몇 아낙네들이 껍데기를 홀랑 벗어 버리고 들어 앉아 있다. 한낮의 열기가 아직도 채 가시지 않은 초저녁이다. 그녀들은 멱 감는다기보다도 개구쟁이들처럼 철썩철썩 물장난이 더 좋았다.

　"어우, 씨원하다. 금년 여름 같아서는 사람이 싹 물궈 죽겠네."

　"그러게 말이요. 방송에서는 어느 때부터 로씨아에서 '찐커우비'가 온다구 야단이데만, 이저는 두 달 넘어두 '찐커우비'는 고사하구 '국산비'두 안 오재우."

　"에구, 말두 마우. 그 천기예보 어디 맞습데?"

　"그런데 '찐커우비'라는 건 또 뭐요?"

　"뭐긴 뭐겠소. 로씨아에서 들어오는 비라구 해서 '찐커우비'라 한답데."

　"듣다 첫소리요, 실루. 무슨 무역에서 '찐커우'요, '추커우'요 한다데만 비두 '찐커우' 하우, 야앙."

　"글쎄, 나두 듣다 첫 소리요."

　"어, 씨원하다. 이 좋은 노릇을 젤 따가운 대낮에는 못하구 찌들어야만 하니."

　"우리사 여잔 게 어찌우. 남자들이사 대낮에도 저쯤해서 쭐떡 벗구 물에 들어서믄 모두 피해 가는데 일 있소? 어느 안깐이 그래보지. 모두 저 안깐이 미쳤다 하재는가."

　"여자는 무슨 죽을 게랍데? 내일 낮에 나두 여기서 쭐떡 벗두 활활 씻을 테다. 무스게 어찌는가 보게스리."

“후, 이 안깐 봐라. 미쳤재우?”

“엣소. 나 잔등 좀 밀어 주우.”

“수건 가져오우. 우야, 이 안깐 봐라. 둘치 젖퉁이 어찌믄 젖먹이는 아에미 젖퉁보다두 더 크우? 우구, 오늘 저녁에 윤 촌장이 또 간질병하겠다. 어찌우?”

“아이, 너 이년이 어디를 마음맬루 쥐니. 나두 네 것 좀 줴보자.”

“가, 난 간지럽아 싫다. 아가가, 이 년이 꼬집기는 왜 꼬집어 떼니?”

몽롱한 달빛아래서 누드의 여인들이 쫓거니 닫거니 하면서 서로 물을 끼얹는 그 광경은 마치도 얄포름한 면사포 휘막 안에서 연기를 벌이고 있는 탤런트의 모습이었고, 화백의 붓끝에서 그려진, 살아 움직이는 나체화와도 같았다.

그들의 희희낙락 청아한 웃음소리는 초저녁 달 밝은 하늘가에서 옥쟁반에 은방울을 굴리는 듯 아롱진 소리로 저 멀리멀리 울려 퍼지고 있었다.

똑! 똑!

노크소리 두 번에 문이 저절로 열린다.

윤 촌장네 집에서는 술이 거나해지면서 모두들 두더지처럼 땅이나 파먹는 부모를 잘 못 만난 신세타령도 하고, 시내사람들 때문에 농촌사람들이 못사는 듯이 불평도 부리고 사모 쓴 도둑놈들에게 저주도 퍼부으면서 술을 마시는데, 불청객 둘이 들어선다.

먼저 팔 년 전에 아내가 죽고 외톨이신세가 된 리춘산이 무안해하며 들어서고 그 뒤에는 또 뽕구가 아들놈을 옆구리에 걸싸하게 차고 따라 들어선다.

"춘산이구나, 올라오라."

홍준이 그들을 내려다보며 심드렁하게 하는 소리다.

"여기서는 좋은 판이구나. 우리는 저녁 먹었다야."

리춘산이 눈 감고 아웅하는 소리다.

"술이 있는 줄 알구 찾아 왔으믄 올라 올 게지, 무슨 체면이야?"

두 불청객이 못이기는 척하며 기신기신 술상에 끼어든다. 흐벅진 술상을 내려다보니 눈이 번쩍 뜨이고 입이 짝 벌어진다. 언제 한번 생일상도 이렇게 희끔하게 받아 보지 못했는 데야 어쩌랴! 김석이 술잔을 가져다 놓고 술을 따른다.

"후래삼배라는데 너들 둘이 한 잔씩 내라야."

"다 같이 들자. 앵화 아버지, 들겝소."

"마시라는데 그런다."

홍준의 억양이 한 옥타브 높아지고 있었다. 춘산과 뽕구는 제 발로 찾아든 술상이라 촌닭처럼 주접이 들어 눈치를 보면서 첫잔을 비운다. 뽕구의 아이가 상머리에 매달려 이것저것 움켜쥐려고 보채고 있다. 김석이 이것저것을 집어서 아이 아버지 접시에 담아준다.

"야, 너는 사는 것 같으루 하겠다야. 그래 지금 뭐하니?"

춘산이 술잔을 내려놓으면서 풋인사처럼 묻는다.

"뭐 그저 두루두루 닥치는 대루 산다."

"윤 촌장, 자넨 도대체 뭐 하능께?"

허 영감도 궁금하던 차라 말이 난 김에 캐어묻는다.

"예, 무역공사를 꾸리구 있습니다."

"무역공사가 무얼 허는 기여?"

윤 촌장은 술 한 잔을 쪽 찌우고 나서 보기 좋게 곱이 오른 배를 점잖게 어루만진다.

"뭐, 상품중계두 하구, 로무송출두 하구, 뭐 좀 한다는 게 꽤나 골치 아픕니다."

"그럼 니네 공사에 직원들두 꽤 되겠다?"

을룡도 눈이 데꾼하여 캐어묻는다.

"으응, 한 여람 잘 된다."

"그러이까 넌 경리겠구나. 그런 거 우리 같은 촌놈들이 그냥 야자해서 안 됐다야."

"뭐, 그까지 경리 대단하다구."

홍준은 은근히 폼을 재며 으쓱해한다.

"그러구보니 우리 마을에서 출세한 건 너밖에 없구나야. 그런데 우리 같은 시라소니들은 아직 서방두 못 가구 있으니 어떻게 하니. 후…."

을룡이 땅이 꺼지게 한숨을 쉬고 나서 술 한 잔을 입에 쏟아 넣는다. 술상의 분위기가 무겁게 가라앉는다. 홀아비인 춘산도 긴 한숨을 내쉬면서 머리를 떨군다. 이제 술좌석의 무드가 차분히 갈아 앉고 모두들 덤덤히 애꿎은 술잔만을 찌우고 있다.

술잔이 몇 순배 돌고나자 춘산이 먼저 침묵을 깨뜨린다.

"야, 너 우리 같은 건 어디다 좀 써주믄 안 되니? 따징(보초, 경비) 서두 좋구, 보일러 불을 때두 되구. 우리두 좀 같이 살자야. 너 인마,

혼자만 먹구 뚱돼지처럼 살찐 꼴 좀 봐라.”

춘산이 홍준의 살진 뱃가죽을 움켜쥐면서 하는 소리였다.

“야, 지금은 안 된다야. 좀 있다가 보자. 지금은 주관회계나 하나 물색해야겠는데 그렇다. 적어두 고중 필업생이구야 되겠는데….”

허준택의 귀가 뻘쭉해진다. 앵화라면 적임자로 될 수 있을 것 같다는 생각이 머릿속에 갈마들었다. 윤 촌장은 이렇게 말해 놓고 허 영감을 슬쩍 쳐다보았다. 그의 얼굴에서 미풍 같은 미세한 반응이 얼핏 스쳐 지나는 것을 감지할 수 있었다.

뽕구 애기가 상머리에 매달려 무엇을 움켜쥐려고 보채다가 그만 제 애비 맥주 컵을 엎지른다. 뽕구가 애기를 안고 일어서서 옷에 쏟아진 맥주를 털면서 ‘아새끼니 쇠새끼니’ 욕을 퍼부으며 아이의 볼기짝을 짝짝 갈긴다. 가재 거품 물듯이 씹던 음식물을 게질 게질 물면서 우는 아이의 울음소리에 애애하던 분위기가 대번에 초상난 집처럼 부산스럽기만 하다.

홍준의 얼굴이 이지러진다. 그러나 그것도 잠깐 사이고 자신을 컨트롤할 줄을 잘 아는 그는 이제 다른 화제를 꺼내어 자신의 그런 내색을 카무플라주하고 있었다.

“아까두 앵화 아버지랑 모두 말이 있었지만 우리 같은 산골농민들이 농사에만 매달려서 잘 살기는 백 번두 글렀다. 그렇다구 지금 세월에 그저 앉아있다가는 모두 굶어죽는다. 속담에 ‘돼지는 앞으로 뚜지고 닭은 뒤로 헤집는다’ 구 했다. 모두 제 나름대로 제 장끼를 피워 돈을 벌어야 한다. 머리를 써야 한다는 말이다, 머리를….”

이 말에 리춘산이 그의 턱밑에 다가들며 바투 들이댄다.

"야 인마, 그래 너는 촌장이 돼가지구두 제 몸만 슬쩍 빠져서 제 돈 벌이만 하구, 제 혼자만 잘 먹구 잘 살믄 되니?"

"후어?"

홍준은 금세 말이 막혀 입을 짝 벌리고 잠시 멍해진다. 여태껏 술이라면 오금을 못 쓰는 고주망태로만 보아왔던 춘산이란 놈이 오늘 이렇게 바투 들이댈 줄을 몰랐다. 그것도 숱한 사람들 앞에서 말이다. '흥, 너 같은 놈한테 호락호락 품위가 구겨져서는 안 된다' 는 생각이 머리를 때렸다.

"춘산아, 너 내 말 들어봐라. 등소평이 '소수인이 먼저 부유해지라' 고 호소한 후 또 한 술 더 떠서 '공산당원들이 먼저 부유해지라' 고 했다. 그래, 내가 지금 이 정도로 좀 사는 게 어느 정책을 위반했다는 말이야?"

"그럼 좋다. 공산당원들이 먼저 부유해지라고 했는데 그래, 그게 로백성은 굶어 죽어두 내버려두란 말이야? 당원들이 앞장서서 제 힘과 제 땀으로 잘 살아가는 선줄 군과 본보기로 되라는 뜻이지. 당원의 외피를 뒤집어 쓰구 권력이나 직무의 편리로써 국가나 인민의 재산을 제 중태기에 쑤셔 넣구 부패해지라는 말이 아니다."

된 매에 한 대 얻어맞은 듯 홍준의 머리가 띵해진다.

"허, 이눔 봐라. '사촌이 기와집 사면 배 아프다' 더니만 그래, 네 못 사는 게 내 잘 살기 때문이야? 제 대가리 못 돌아 그렇지. 너처럼 '대가리에 쉬 쓴 놈' 은 한뉘 홀아비 신세를 면하지 못한다 못해. 두구 봐라."

"너 뭐라니? 이제 그 말 다시해라."

그 소리에 춘산이 두 주먹을 쥐고 벌떡 일어선다.

홍준도 스프링처럼 튕겨 오르며 마주선다.

"대가리에 쉬 쓴 놈이라구 했다. 홀애비 신세를 못 면한다구 했다. 야 이새꺄. 너 누구 술 마시구 어디다 대구 주정질이야?"

좌중이 모여들어 뜯어 말린다. 뽕구네 아이가 기겁해 자지러지게 울어대고 있다.

"너 이 새끼야, 사람 못 산다구 너무 개떡같이 보지마라. '쥐구멍에도 볕이 들 날이 있다'구 했다. '기왓장두 번져 누울 날이 있다'구 했다. 너 새끼 무슨 경리라구 으시대두 어디 가서 누굴 협잡해 먹구 바라 다니는지 알게 뭐야."

홍준이 악에 받쳐 팔을 내두르며 길길이 뛰고 있다.

"'빈익빈 부익부'란 말이 있다. 이제 잘 사는 놈은 점점 더 큰 부자가 되구, 못 사는 놈은 점점 더 큰 거지가 되지 않나 두구 봐라. 너 같은 새끼 사람구실하구 사는 날엔 내 손바닥에 장 지진다, 장 지져. 흥, 이 돌대문촌이 번신하는 날이믄 해가 도끼 봉에서 뜰게다."

"너 뭐라니?"

춘산이 어느새 발길을 잽싸게 휙 날려 술상을 걷어차 뒤집어엎는다. 홍준이 맥주병을 틀어쥐고 춘산을 겨냥하여 작살내려고 아득바득 악을 쓰고 있다.

허 영감과 을룡이 홍준을 끌어안고 맥주병을 빼앗아내려고 밀치락달치락하고, 김석과 뽕구가 춘산을 밖으로 끌어내려고 아득바득하고 있다. 그 와중에 한구석에 버려진 뽕구의 아이까지 기절낙담하고 울어 제쳐 고함소리, 울음소리, 부딪치는 소리에 팔간집이 금세 터져 나갈 것만 같다. 아비규환이 메아리치고 있었다.

둥글소 같은 대장정 여섯이 얽히고설키고 뭉쳐서 한 덩어리가 된 채 뜸베질하는 마당에 엎질러지고 뒤집어지고 깨지고 부서지고 쏟아져서 아수라장이 되는데, 그야 말로 구라파전쟁터만 같았다.

"야 이 새꺄, 너 오늘 그 맥주병으로 내 머리를 부시면 너 진짜 남자 대장부다. 내 까딱없이 머리를 들이대고 있을 테니 네 마음대로 부셔봐라, 어디."

춘산이 자기 몸에 매달려 있는 김석과 뽕구를 와락 밀쳐버리고 홍준의 턱밑에 다가들어 머리를 들이댄다. 홍준이 내리까려고 높이 쳐든 맥주병을 다들 모여들어 젖 먹던 힘까지 다하여 다행이 빼앗아내고 말았다. 홍준은 미친 듯이 날뛰고 있었다.

"앵화 아버지, 말리지 마십소. 을룡아, 그 맥주병 줘라. 야 이 새꺄, 너 내 머리를 부실 때 내 눈까풀 한번 까딱하믄 진짜, 내가 청부살인업을 하려던 리춘산이 아니다. 눈을 딱 감구 있을 테니, 여기 이마빼기를 겨냥하고 네 마음대로 부셔봐라 어디."

춘산이 웃통을 와락 벗어젖히고 또다시 그의 턱밑에 이마를 들이대고 두 눈을 딱 감고 있었다. 눈을 뜨고 있으면 홍준이 손을 쓰지 못할까봐서였다. 홍준은 맥주병을 틀어쥔 채 악에 치받쳐 부들부들 떨고 있었다.

춘산의 왼쪽 어깻죽지에 먹물로 피부 밑에 깊숙이 새겨 넣은 문신이 흥건히 흘러내리는 땀에 번들번들 젖어있었다. 그 문신은 해골바가지와 그 밑에 두 마디의 백골 이 서로 엇갈려 서려 있는, 보기에도 소름이 좍 끼치는 그런 살갗 속의 그림이었다.

밤이 깊었다.

부엉부엉, 머리칼을 쭈뼛하게 하는 부엉이의 울음소리만이 산간벽촌의 고요를 깨뜨리며 은은하게 들려오고 있다. 문명세계와는 적이 담을 쌓고 있는 오지촌은 초요선 최하층에 깊이 매몰되어 동면의 꿈나라에 곯아 떨어져 있다.

움막 같은 집안에 가마목의 기둥이 무너져 내리려는 대들보를 받치고 서있다. 서발막대를 휘둘러도 거칠 것 없는 가난살이가 적나라하게 드러나 있었다.

춘산의 집이다. 미닫이문 위턱에는 춘산의 아버지인 리창덕의 사진이 박힌, 누렇게 빛바래고 보풀이진 열사증이 액자틀 속에 끼운 채 먼지를 들쓰고 걸려 있었다.

춘산은 잠을 이룰 수 없었다. 이마빼기의 상처를 커버하고 둘둘 휘감긴 붕대에 피가 뻘겋게 스며있다. 얼굴 사처에도 깨진 맥주병의 칼끝 같은 서슬에 찢긴 상처 여기저기에 거즈를 대고 반창고를 붙이고 있었다. 초저녁에 있은 홍준과의 대결이 머릿속에 갈마들면서 오만가지 생각이 들었다. 그 대결은 자타지간 술 과음으로 인한 부질없는 아귀다툼이 아니었다. 그것은 빈부지간 모순충돌의 대발로였던 것이었다.

「너 같은 대가리에 쉬 쓴 놈은 한뉘 홀아비 신세를 면하지 못한다, 못 면해. 두구 봐라. '빈익빈 부익부'란 말이 있다. 이제 잘 사는 놈은 점점 더 큰 부자가 되구 못 사는 놈은 점점 더 큰 거지가 된다. 너 같은 새끼 사람구실하구 사는 날엔 내 손바닥에 장 지진다, 장 지져. 이 돌대문촌이 번신하는 날엔 해가 도끼봉에서 뜰 거다.」

머릿속에서 메아리치며 끊임없이 갈마드는 이 두 마디의 언사, 마음을 갈아 앉히고 가만히 음미해보니 단순히 치욕적인 언사로만 받아들일 일이 아닌 것 같았다. 그 말속에는 끈끈한 그 무엇이 내포되어 있는 것 같았고, 거기에 손을 넣어 밑바닥을 긁어내면 뭔가 진주 같은 매끈한 알맹이가 잡힐 것만 같았다.

「도대체 초저녁에 홍준이 던진 그 말이 무심코 한 말일까, 아니면 장차 꼭 항거할 수 없는 진리로 굳어질 사실일까?」

생각에 생각을 거듭하여보니 삼십여 년 세월 어깨를 겨루며 자란 막역지우로서 꼭 귀띔해주고 싶었던 말인 것만 같았다. 그리고 진리의 봉화를 들어 앞길을 비춰주는 것이라는 생각이 들었다. 유감스러운 점이라면 때와 장소가 틀렸고 표현방식이 거친 것뿐이었다.

빈부 사이는 종이 한 장 차이라고 했다. 실직을 당했거나 눈썹 밑에서 떨어진 뜻밖의 불행으로 하여 생사의 기로에서 방황하다가 동산 재기하여 대기업가나 갑부로 부상한 실례는 부지기수다. 그와 반면에 금탑을 쌓으며 잘 나가다가 하룻밤 사이에 거리 바닥에 나앉게 된 거지도 얼마든지 있다.

종이 한 장 차이, 가로 막힌 그 한 장의 종이를 뚫고 나가면 부자가 될 수도 있고, 또 돈이 돈을 낳으니 점점 더 큰 부자로 될 수밖에 없는 것이다. 그 종이 한 장을 뚫지 못하면 어떻게 되는가? 돈을 벌려면 먼저 돈을 팔아야 하는데 그 팔 돈이 없으니 어디 가서 해볼 곳이 없고 원래 거지가 점점 더 큰 거지로 될 수밖에 없다. 이치에 맞는 일이다. 그러니까 마음먹기에 따라 잘 살기도 하고 못 살기도 한다고 했다. 잘 살려고 마음을 먹지 않았기 때문에 이백 원의 돈도 없어서 조강지처와 쌍둥이 두 아들을 사신의 마수에게 고스란히 넘겨주지 않았던가!

　춘산은 팔베개를 하고 누워 있었다. 눈꺼풀 한번 깜빡이지 않고 한 곳만 뚫어지게 쳐다보고 있었다. 거기에서는 거미 한 마리가 줄을 타고 오르내리며 그물을 짜고 있었다.

　먼저 사면팔방으로 벼리를 건다. 그런 후 중심구역으로부터 바깥쪽으로 빙빙 돌아가며 진득진득한 실을 뽑아 벼리에 걸면서 촘촘한 그물을 짜가고 있다. 씨실은 아주 정확한 평행선을 이루면서 그물코가 촘촘한 정다각형으로 확장되어 가고 있었다. 씨실간의 간격은 일매지게 촘촘하여 보기에도 매우 정교하였다.

　아주 간단한 내부 구조를 가진 거미목의 절지동물이건만 어쩌면 저리도 섬세한 작업을 해낼 수가 있는 건지, 그것이 의문스러웠고 대견해 보였다.

　작업이 다 끝난 거미는 벼리를 타고 그물 중심으로 기어가더니 네 쌍의 발로 그물의 날실을 잡고 몸을 튕기며 굴러보는 것이었다. 그물은 스프링처럼 아래위로 탄성 있게 흔들렸다. 쿠션이 아주 좋았다. 거미도 아마 완료된 자기 작업의 품질을 검사하여 보는 것 같았다. 질이 낮으면 웬만한 지푸라기에도 그물은 파손되어 버릴 것이고, 좀 더 크고 영양가가 높은 먹이를 포착할 수 없을 뿐만 아니라 또다시 그물을 짜야 하는 중복노동을 해야 하는 것이다. 이제 거미는 만족스런 표정으로 어디론가 사라지고 있었다. 이제는 자기의 신근한 노동이 열매로 매달리면 앉아서 따먹기만 하면 되는 거다. '거미도 그물을 쳐야 벌레를 잡는다' 고 했다. 묘한 말이기도 했다.

춘산은 이 전반적인 과정을 한 눈으로 보고 있었다. 탄복이 갔다. 그리고 생각이 많았다. 거미 같은 미물도 자기의 삶을 영위하여 나갈 줄을 아는데 하물며 사람임에야!

홍준이 하던 말이 뇌리를 쳤다. '돼지는 앞으로 뚜지고 닭은 뒤로 헤집는다.' 누구나 자기의 장기대로 머리를 써야 한다. 천만지당한 말이란 생각이 들었다.

그런데 이윽고 거미가 다시 나타났다. 벼리를 타고 그물 중심으로 기어간다. 거기서 돌따서서 사라진다. 잠시 후 또 나타난다. 또 사라진다. 이렇게 거미는 몇 번이나 반복하여 부지런히 오가곤 했다. 그런데 이번에는 한참 지났으나 끝내 나타나지 않는다. 좀 더 기다려 봤으나 역시 종무소식이다.

춘산은 의문스러웠다. 어째서 부지런히 왔다 갔다 했는지? 궁금했다. 그래서 벌떡 일어나 그물 밑에 다가가 발뒤꿈치를 들면서 쳐다보았다. 새로 짠 그물인데 어느새 거기에 새까만 점들이 잔득 붙어 있었다. 더 높이 발돋움을 하면서 자세히 살펴보았다. 춘산은 그 새까만 점들을 확인하는 순간, 그만 기가 질리는 것을 어쩔 수 없었다. 그것은 이미 잡아 놓은 모기와 하루살이 따위들이었다. 그물에다 미끼를 넣어놓았던 것이었다. 이제 이 미끼에 큰 고기들이 걸려들게 하려는 묘안이었다.

그것을 보는 순간, 발돋움을 한 채 굳어졌던 춘산은 발끝으로 혼신의 힘이 쭈욱 빠져나가는 것을 어쩔 수 없었다. 온 몸이 나른해지면서 그 자리에 풀썩 주저앉고 말았다.

거미 같은 미물도 생존을 위하여 그물을 쳐서 벌레를 잡는데 만물의 영장인 사람으로서 어찌 속수무책으로 무위도식하며 편히 있을 수가 있단 말인가? 이제 보니 '나 리춘산이 여태껏 거미보다도 못한 존재였구나' 하는 생각이 들면서 자기가 한심스러워졌다.

거미에게도 뇌가 있는 것인지는 모른다. 그러나 자기의 본능을 최대한 발휘하고 있는 것만은 사실이다.

인간의 두뇌에는 약 일천사백억 개의 세포가 있다고 한다. 그러나 보통 사람이 죽을 때까지 사용하는 것은 그 중의 약 3퍼센트에 지나지 않는다고 한다. 그런데 나는 그 3퍼센트의 천분의 일도 사용하지 않고 있었으니 '대가리에 쉬 쓴 놈'이란 말을 들을 만도 했다.

춘산은 많은 것을 생각하고 또 생각했다. 그러면서 그 생각을 하나로 다지면서 굳히고 또 굳혔다.

춘산은 벌떡 자리를 차고 일어서더니 찬장에서 식칼을 꺼내들었다. 칼날이 도끼 등같이 무디어 있었다. 그는 숫돌을 찾아 들고 부엌 아궁이 앞에 걸터앉아 썩썩 식칼을 갈기 시작했다. 서슬이 시퍼렇게 번뜩일 때까지 갈고 또 갈았다….

동트기 전 가장 암흑한 칠야였다. ♣

〈제3회〉

삼십 년 전 우파가속은 한숨 쉬며 돌대문촌에 추방오고,
팔 년 전 열사가속은 이백 원에 목매어 세 생명을 잃다

30년 전, 그러니까 우리는 삼 년 내에 공산주의 사회에 돌입한다고 전국이 신열이 나서 펄펄 끓던 시기였다.

울창한 산자락은 불타는 듯한 단풍이 절정을 이룬지도 고즈넉이 되어 농익은 잎새는 며칠 새에 낙엽귀근(落葉歸根)하여 산은 산마다 불미스레 앙상한 누드가 된 채 찬바람에 바들바들 떨고 있었다.

그런 어느 날 저녁, 마을 뒤 재빼기를 넘어 소수레 한 채가 말라비틀어지는 듯 삐꺼덕삐꺼덕 거리며 마을로 내려오고 있었다. 아직 달도 뜨지 않았다. 워낭소리 왈랑절렁하고 영각소리 우왕우왕했다. 해 저문 길이라 둥글이도 열심히 수레를 끌고 집으로 집으로 우걱지걱 발걸음을 다그치고 있었다.

그때 금방 삼십대에 올라선 장대록 대대서기가 쇠코뚜레를 바투 틀

어쥐고 덩두렷한 이삿짐을 꽉 박아 실은 소수레를 조심스레 몰며 산마루를 내리 톱고 있었다.

애한의 눈물과 애수의 한숨을 박아 실은 이삿짐이었다.

수레 위에는 금방 아홉 살이 난 아이가 가장집물들의 틈새에 끼어 앉아 짐을 동인 탕갯줄을 틀어쥐고 고두리에 놀란 새처럼 오들오들 떨고 있었다. 무시로 이리 쏠리고 저리 꼰지는 소수레와 함께 길옆의 수풀이 우거진 깊은 골짜기에 나뒹굴 것만 같아서 마음을 졸이고 있었다.

칠야 같은 시커먼 수풀 속에서 이따금씩 외마디로 컹컹 짖어대기도 하고, 우엉 우엉 길게 여음을 끌며 울어대는 시랑이들, 그 주선율 속에 첼로처럼 단조로운 음으로 간간히 베이스를 받쳐 주는 듯한 부엉새의 소리, 거기에다 깨진 꽹과리를 잡아 두드리듯이 야단스레 꿰지르는 까투리의 얼혼이 날아난 소리가 간담을 서늘하게 하며 머리칼을 쭈뼛하게 하고 있었다.

이런 대자연 속의 음향은 아홉 살 난 어린아이에게는 난생 처음으로 듣는 신비로움이 아니라 캄캄한 지옥에서 들려오는 공포의 괴성으로 갈마들면서 심한 전율을 금할 수 없게 했다. 지옥의 입구에 들어선 듯한 느낌이었다. 그래서 아이는 수시로 소스라치게 놀라며 엄마를 불렀다.

수레 뒤에서는 그 애의 엄마와 작은 형이 따르고 있었다. 엄마는 수레에 바싹 다가서며 아이의 손을 꼭 잡아주었다. 둘째아들이 어머니를 젖혀 놓고 동생을 안아 내려 등에 업었다. 아이는 기뻤다. 형님의 벌판 같은 잔등이 그렇게 좋을 수가 없었다. 아버지의 품속처럼 포근

하고 미더웠다. 그래서 아버지의 목을 끌어안았을 때처럼 형의 목을
꼭 껴안았다.

　마을에 도착하여 먹물을 갈아 부은 듯한 캄캄한 어둠속에서 꿈에도
본 적이 없는 두메산골 오두막집 마당에 이삿짐을 부렸다. 어디가 어
딘지, 뭐가 뭔지 알 수가 없었다. 장님이 막대기질 하듯이 마구 허우
적거리기만 했다.

　장 주임의 아내가 기름등잔을 가져다 불을 달아주었다. 까치집같
이 엉성한 초가단칸에 제멋대로 들락날락하는 찬 가을바람이 가련하
고 희미한 등잔불을 짓궂게도 희롱하고 있었다.

　장 주임의 도움으로 가장집물들을 날라 들여 대충 자리를 잡아놓고
아궁이에 불을 지폈다. 불길은 구들 고래로 드는 것이 아니라 삼단
같은 연기를 아궁이 밖으로 휘몰아쳤다. 대충 국을 끓여서 갖고 온
강냉이떡으로 저녁을 때웠다.

　저녁 후, 세 식구는 밤 가는 줄도 모르고 등잔불을 우두커니 바라보
며 망연하게 빙 둘러 앉아있었다. 등잔불은 시커먼 연기 한 오리를 타
래 쳐 올리며 가물거리고 있었다. 그 등불이 암담했고, 면면히 가슴속
이 암담했으며, 더욱이 앞날이 암담하기만 했다. 하늘 집처럼 해도 있
고, 달도 있고, 별무리도 있던 행복한 가정이었건만 일곱 식솔 중 지
금은 이렇게 세 식구만 남아서 천인이 공노하는 카인의 후예인 양 두
메안골에 갇혀 운명의 재심판을 기다리고 있어야만 했다.

　망연하기만 했다. 원심력에 의하여 세상 밖으로 지향 없이 뿌리어
나가서 밟을 데도 없고, 잡을 것도 없는 무중력 공간에서 유랑별처럼
떠도는 것만 같은 느낌이었다. 또한 서로 사랑하는 어머니와 자식지

간, 한 피 물고 난 형제지간이언만 빛도 차단되고, 소리도 차단되고, 공기조차도 없는 진공 속에서 서로 바라볼 수도 없고, 불러 들을 수도 없는 경지에 빠져있는 것만 같은 심정이었다.

이 세 식구는 우파분자의 유가족이었다. 아버지 윤광조는 연변일중의 교장이었고, 어머니 채옥진도 연변사범에서 교편을 잡고 있었다. 삼남 일녀 자식들도 모두 부모들을 빼닮아 지덕체를 겸비한 유망한 인걸들이었다. 인텔리 가족인 온 집식구들은 나면 뭇사람들의 존경과 찬양 속에서 자부심을 느끼며 나날을 보내고, 들면 깨알이 쏟아지게 화기애애한 즐거운 가정이었다.

세상은 춘몽이요, 인생은 초로이다. 내일은 또 어떤 양상으로 우리 앞에 다가설지 막막한 것이 인생이었다.

어느 날, 이 가정에 천붕지탑의 천불이 떨어졌다. 아버지 윤광조가 '우파분자' 라는 십자가를 등에 걸머지고 집에 들어섰던 것이었다. 벼락도 그저 벼락이 아니었다. 죄 지은 놈이 하나만 죽어 없어져서 완료되는 그런 죄가 아니라 황하에 뛰어들어도 씻어버릴 수 없는 그런 육친을 멸하는 죄장이었다. 이제 그의 머리에서 빛을 뿌리던 찬란한 월계관은 무지개나 신기루처럼 허무한 브로켄의 광환이 되어 사라져 버렸으며, 모든 것이 일락천장이 되어버렸다.

윤 교장네 집안에 아비규환이 메아리쳤다. 어머니 채옥진은 땅을 치며 오열을 터뜨렸다. 둥지에 불똥을 물어들인 남편을 원망하며 넋두리를 했다.

"여보, 어찌하리오. 새끼들을 한구들 가득 내 쏴놓구, 인제는 저 불쌍한 것들을 죽지도 살지도 못하게 만들어 놨으니 이 일을 어찌 한단 말이요? 어이구, 이 두억시니야! 날래 어디가 죽소, 죽어 버려. 아이고 아이고….”

옥진은 꺼이꺼이 울면서 남편을 잡아 뜯었다. 하늘이 무심하고 땅이 야속했다. 꾹 닫힌 눈시울을 터치며 흘러내리는 윤 교장의 눈물은 앞섶을 흥건히 적시고 있었다. 아내가 휘두른 대로 몸을 내맡기고 있었다. 그러다 아내를 와락 부둥켜안고 함께 오열을 터뜨렸다. 잉꼬 같은 부부였다. 초두란액의 재난 앞에서 자식들만 아니면 쌍쌍이 죽어버리고만 싶었다.

그날 저녁에 윤 교장이 학교에 불려 나갔다. 그렇게 나간 걸음이 영영 하직이 되어서 다시 집으로 돌아오지 못하고 말았다.

그때 그는 8형 폐결핵에 걸려 있었다. 정치범이라는 악마는 그의 영혼을 불사르고 있었고, 질병이라는 악마는 그의 심신을 갉아먹고 있었다. 그는 겨릅대처럼 말라 들었고, 죽은 물고기의 눈처럼 멍한 눈망울은 허공만을 퀭하니 바라보고 있었다.

아내의 사업에도 제동이 걸려 있었다. 우파분자의 죄장을 적발하고 그와 철저히 결렬하는 사상회보를 작성하는 것이 그녀의 하루 일과였고, 하루 세 끼 강냉이떡을 나르는 것이 그녀의 하루 코스였다.

그녀는 남편의 영혼에 찍힌 화인을 지워버릴 엄두는 못 내고 있었으나 남편의 심신을 좀 먹고 있는 병균을 박멸할 용기는 비치되어 있었다. 옥진은 폐결핵에는 뭐니 뭐니 해도 우선 먼저 몸 보양이 관건이라는 생각을 하고 있었다.

그녀는 연길 바닥을 누비며 집 이영을 새로 예는 집들을 무작정 찾아 나섰다. 그 당시 연길시는 이름이 도시이지 기실은 일매지게 초가

집이 올망졸망 들어앉은 규모가 비교적 큰 농촌마을이나 진배없었다.

옥진은 남이 벗겨버린 썩은 이영 짚을 뒤집으며 꿈틀거리는 굼벵이를 주워 모았다. '남의 불에 게 잡기'가 안쓰러워 일손을 거들어 주면서 무작정 굼벵이를 주워 모았다. 많으면 많을수록 좋았다.

그해 그렇게 주워 모은 굼벵이가 한 마대는 족히 되었으리라. 그 다음은 돼지 곱을 구해서 기름을 졸여내어 거기에 굼벵이를 튀겨냈다. 이름이 굼벵이여서 그렇지 노랗고 바삭바삭하게 튀긴 굼벵이는 군침이 돌만큼 먹음직했고 맛도 있었다.

그러나 남편은 그 튀긴 굼벵이를 구경도 못했었다. 밥그릇까지 뒤집어 엎어놓고 샅샅이 뒤져보는 간수가 튀긴 굼벵이를 보고 미친 짓거리를 한다면서 욕사발을 퍼부었다. 우파분자는 굼벵이를 먹을 권리도 없었던 것이었다.

대식품(代食品) 시기였던 그때에 폐결핵 바이러스는 기승을 부리며 만연되고 있었다. 제일 어린 막내아들을 제쳐놓고 온 집식구 모두가 폐병에 걸려있었던 것이었다. 옥진은 그 굼벵이를 온 집식구들에게 나누어 먹이고 말았다.

그리고 또다시 귀동냥으로 얻어들은 밀방이라는 약을 구하려고 쟁기를 갖추어 가지고 자정이 되기만을 손꼽아 기다리고 있었다….

"쌍둥인데 무척 애를 먹을 것 같습니다."

그날, 진병원 산부인과 의사가 덩둥산같은 산모의 배를 진찰하고 나서 손을 씻으며 결단성 있게 한마디 내뱉었다.

"그럼 어떻게 합니까, 의사 선생님?"

춘산의 속에서 억장이 떨어져 꿈틀 놀라며 허둥거린다.

"입원하여 인공접생해야 합니다. 수금처에 가서 예약금 이백 원을 넣고 오시요."

흰 가운을 입은 의사가 입원등기카드에 필록을 하면서 하는 말이다.

"예? 이백 원이나??"

춘산이 너무 놀라 입이 쩍 벌어지며 그 자리에 굳어진다.

"선생님, 좀 사정합시다. 기실 저는 돌대문촌에서 왔는데 올 때 겨우 이십 원밖에 못 쥐고 왔습니다. 이걸 어떻게 합니까?"

의사가 펜을 놀리던 손을 멈추고 춘산을 빤히 쳐다보고 있었다.

촌닭처럼 송구스레 서 있는 춘산이 허리를 구부정하며 빌붙는다.

"선생님, 환자가 몹시 고통스러워하고 있는데, 먼저 입원시켜 놓고 돈을 구해오면 안 됩니까? 예, 좀…."

여든에 이 앓는 소리를 한다는 듯 춘산을 힐끔 쳐다보고 나서 의사는 참외꼭지를 도려내듯 단호하게 면박을 준다.

"안됩니다. 이건 병원의 규정입니다. 그 무슨 사정도 없고, 면목도 없고, 뒷문도 없습니다. 산모가 아직 시간적 여유가 있으니까 빨리 나가 예약금을 구해 보십시오."

펜을 도로 꽂아 넣고 일어서는 의사가 축객령을 내린다.

"환자를 데리고 밖에 나가 기다리시요."

"선생님, 좀 봐 주십시요. 어떻게 합니까. 제가 오늘 내에 꼭 얻어올 테니까 먼저 입원시켜 주시면 백배사례하렵니다."

춘산은 의사의 팔에 매달리며 물에 빠진 사람 지푸라기라도 잡으려는 심정으로 애원한다.

“더 말해 소용없다는데두.”

의사는 두 말이면 잔소리라는 듯이 단호하게 뚝 꺾어버리며 밖으로 나가 버린다.

“아이구, 엄마야! 나 죽는다. 아아악….”

춘산의 아내는 배를 부여잡고 신음을 토하며 닥치는 대로 틀어쥐고 비틀면서 악을 쓰고 있다. 춘산은 막무가내로 산통(産痛)에 모대기는 아내를 부축해 복도에 나와 벤치에 앉혀 놓는다.

“여보, 조금만 참소. 야앙? 예약금을 물지 못해 입원수속이 안 되고 있으니, 어디 가서 돈을 얻어 볼 테니까 그때까지 좀 참아 주우, 야앙?”

춘산은 아내를 벤치에 눕혀 놓고 보따리에서 포대기를 꺼내어 덮어 준 뒤 뒤돌아선다.

그 순간 그는 이제 금방 ‘의학은 교만한 학문이며, 의사는 오만한 직업이다’ 라는 진리를 뼈저리게 절감하며 밖으로 내닫는다.

병원 대문 밖에서 우뚝 멈춰 선다. 어디로 발길을 돌릴지 방향이 서지 않았다.

거리에는 차들이 뿡뿡 클랙슨을 울리며 질주하고, 사람들은 너무도 여유작작하게 오가고 있었다. 하지만 사람은 많아도 하소연할 사람이 없었고, 시가지는 넓어도 발길 갈 곳이 없었다. ‘어떻게 한다?’ 춘산은 그 자리에서 발을 구르며 물맴이처럼 뱅뱅 맴돌고 있었다. 그러다가 쭈그리고 앉으며 자기 머리를 잡아 뜯는다.

아! 한참 후에 그의 눈에서 희망의 불꽃을 번쩍이며 춘산은 머리를 쳐든다.

어느 땐가 보도매체에서 농민기업가 황철의 사적을 보도하던 생각
이 피뜩 떠올랐다. 목재가공업을 벌려 농민기업가 선두자로 뜨고 있
다고 했다. 그가 바로 고중 때 나의 한 반급 동창생이다.

그런데 지금 어디 가서 그를 찾는단 말인가? 필업(畢業)하면서 서
로 갈라진 후 여태껏 만나본 적 한 번 없었고, 주소나 전화번호 같은
것은 더구나 모르고 있는 처지다. 하건만 그래도 하늘 끝에 가서라도
그를 찾아내야만 하는 것이 그의 입장이었다. 단 한 가닥의 희망은 오
직 그의 손에 쥐여져 있는 거다.

목재가공업이라 했으니 전기톱소리만 찾아가면 될 것 아닌가. 사람
의 머리란 암만 녹이 쓸었던 상황이라 할지라도 그래도 급한 대목에
는 작동이 되게 돼먹었나보다. 그래서 시내 뒤쪽 부르하통하 강역이
공업구역이라는 생각이 들면서 그 쪽으로 발길을 돌렸다.

간간히 들려오는 전기톱 소리를 찾아가니 목재공장이 있었다. 접수
실에 들어가서 황철의 이름을 대니 도리질을 쳤다. 거기에서 다른 한
목재공장을 가르쳐 주었다. 거기도 아니었다. 그러나 거기에서 아주
중요한 단서를 얻어 듣게 되었다.

'등잔 밑이 어둡다' 더니, 돌대문골 안으로 들어서려면 반드시 경유
해야만 하는 골 어귀 리화촌에 농민기업가가 꾸리는 목재가공공장이
있단다.

그런데 거기까지 갔다 오려면 자전거를 탄대도 이십분 거리이니 갔
다 왔다 왕복에 사십분을 소요로 한다. 하물며 걸어서 갔다 온다면 암
만 빨라도 두 시간은 걸려야만 한다. 그 시간이면 환자는 진작에 해골
바가지가 되고 말 판이다.

자전거, 자전거가 있어야 한다. 머릿속에서는 자전거라는 상념이 맴돌이친다.

그는 농부산품무역시장 쪽으로 발길을 돌렸다. 시장 대문 밖 골목에는 숱한 자전거들이 사처에 질서 없이 여기저기 널려 있었다. 관리 일꾼도 없다. 주위를 휙 둘러보았다. 한두 사람이 자전거를 가지고 왔다 갔다 하고 나서 그동안이 잠깐 비어 있었다.

춘산은 돌멩이 하나를 주어들고 자전거에 접근했다. 그저는 욕심이 날 리 없는 낡은 자전거였는데 자물쇠에 손을 대니 생각 밖으로 저절로 열렸다. 허울 좋게 잠근 것이었다. 하늘이 도운 것만 같았다. 쥐였던 돌멩이를 내던져 버리고 자전거를 끌어냈다. 그 다음은 밀고 냅다 뛰면서 올라탔다. 뒤에서 누가 소리치며 쫓아오는 것만 같았다. 슬쩍 뒤돌아보았다. 쫓는 사람이 없었다. 아주 간단히 끝을 보았다. 성공이었다.

춘산은 상체의 무게까지 이쪽저쪽 양다리에 엇갈아 실으면서 페달에 힘을 가했다. 헌 자전거는 끄드덕 끄드덕 갉아먹는 소리를 냈다.

리화촌이 가까워지며 전기톱 소리가 들려왔다. 마을을 꿰질러서 멀찌감치 동떨어진 골 어귀에 못 쓸 널빤지로 빙 둘러 울타리를 막은 울 안에서 따발톱 소리가 요란하게 진동하고 있었다. 마당에 들어서니 원목을 켜고 재목을 다듬는 일꾼들이 땀범벅이 되어 일하고 있었다. 그들 모두가 남방에서 온 쿨리들이었다. 그들에게 물으니 보스가 황철이 맞댄다. 춘산은 내비치는 한 가닥의 희망에 가슴이 무섭게 쿵쿵 뛰었다.

고래 등 같은 기와집이 덩그렇게 터를 잡고 앉아 있었다. 그 줄느런

한 기와집 한 절반이 살림채로 쓰이고, 그 외에는 전부가 작업장으로 사용되고 있는 것 같았다.

춘산은 출입문이라고 생각되는 문을 향하여 다가섰다. 잠시 숨을 고르고 나서 주인을 불렀다.

"계십니까?"

감감하다. 노크까지 하면서 이제는 세 번째나 불렀다. 집이 비었구나 하는 생각이 들면서 낙담하며 돌아서려는데 그제서야 문이 빠끔 열리면서 한 여인이 얼굴을 내민다.

갈치처럼 뾰족하고 깔끔하게 생겼는데, 두 눈에서는 면도칼날 같은 서슬이 시퍼렇게 번뜩이고 있었다.

"누구를 찾습두?"

"저, 황 창장댁이 맞습니까?"

"예, 누깁두?"

"황철이와 고중 때 한 반급 동창인데, 좀 볼 일이 있어서….'"

"없습꾸마. 오늘 연길루 물건 싣구 갔습꾸마."

남의 말이 채 끝나기도 전에 없다고 퇴박을 놓는다.

"그랬습니까. 그럼, 어떻게 한다?"

태산처럼 믿었던 한 가닥의 희망이 여기에서 뭉텅하고 마는 것 아닌가! 춘산은 두 손바닥을 썩썩 비비며 주춤주춤하다가 돌아선다. 생면부지의 여인한테 비난사정을 할 수는 없다는 생각이 들어서였다.

"우구— 정말, 뭐 좀 하는 것 같으루 하니까 오다오다 마지막엔, 우리 무슨 벼락 맞은 쇄지고긴가 하우. 정말 별일 다 있는 게….'"

면도칼은 도둑놈이 개를 꾸짖듯이 얄궂게 씨부리며 쾅! 하고 문을 걷어 닫는다.

춘산은 움찔했다. 눈에서 불이 번쩍 나게 따귀를 한 대 얻어맞은 것만 같았다. 얼굴이 화롯불을 뒤집어 쓴 듯 화끈화끈 달아오르고 창피하기 그지없었다. 홀딱 벗은 알몸뚱이를 드러내 보인 것만 같아 쥐구멍에라도 들어가 숨고 싶은 심정이었다.

찔러도 진물 한 방울 안 날 여자였다.

춘산은 그대로 돌아가자니 발걸음이 떨어지지 않는다. '안 돼, 이대로 돌아가면 어떡해? 기회는 이번뿐인데. 한 쪽에서 사람이 죽어가고 있는데 체면이 다 뭐랴.'

춘산은 다시 돌아서서 노크하며 주인을 찾았다. 잠잠하다. 응대하지 않는다. 포기하고 싶은 생각이 굴뚝같았지만 그럴 수는 없었다. '길고 짧은 것은 대보아야 안다' 고 했다. 염치불문하고 사정해 보리라 마음을 키우면서 더 크게 문을 두드리며 끈질기게 서서 기다린다.

"우야, 어디서 별난 나그네 다 있다. 주인이 없다는데 어째 자꾸 이럼두?"

한참만에야 할 수 없이 머리를 내민 면도칼이 짜증을 내며 흘긴다.

춘산은 혀끝이 굳어져 귀신이 씨나락 까먹는 소리로 떠듬거린다.

"저 무엄두, 아주머니. 기실은 아주 급하구 딱한 일이 있어서 렴치불구하구 황철이를 찾아 왔습니다. 지금 저의 아내가 병원에서 쌍둥이를 난산하게 되었는데, 입원비가, 저, 한 이백 원이 급히 수요 돼서… 예."

면도칼이 그 말을 들으면서 손님을 위아래로 훑어보고 한마디 쏘아

붙인다.

"남의 안깐이 해산하는데 나하구 무슨 상관이 있습두, 예? 우후, 오늘 정말 별난 나그네 다 본다…."

말끝을 맺기 바쁘게 또 아까처럼 쾅! 하고 문을 닫아버린다. 그 기세 사납게 닫히는 문에 이마를 부딪친 듯 춘산은 뒤로 흠칫하며 시멘트로 쌓은 툇마루에서 떨어져 내리며 휘우뚱거린다.

인정사정이란 눈곱만치도 없는 냉혈동물 같은 여인이었다.

춘산이 뛰어 나온다. 희망이 없는데 여기서 꾸물거릴 게 뭔가. 빨리 가봐야 한다. 오던 길로 자전거를 냅다 몰았다. 울퉁불퉁한 촌길에 엉덩이를 들쭝으며 부리나케 페달을 밟았다. 확철에 자전거바퀴가 떨어지며 춘산은 보기 좋게 나뒹군다. 뭐 살필 새도 없이 다시 일어나서 자전거를 밀고 뛰면서 올라탔다. 미친것만 같았다. 헌 자전거가 죽는 소리를 지르고 있었다. 시내가 멀지 않다. 다리만 건너서면 병원도 그다지 먼 거리가 아니었다.

춘산은 부르하통하 다리 위로 올라서며 두 다리에 혼신의 힘을 다하여 페달을 냅다 밟았다. 그 찰나에 뚝 소리가 나면서 페달이 헛돌았다. 체인이 끊어져 나갔다. 그는 자전거에서 뛰어내리며 그대로 자전거를 앞으로 콱 밀어버린다. 빈 자전거가 몇 미터 잘 미끄러져 나가다가 다리난간에 부딪치며 나동그라진다.

춘산은 무릎을 치고 쭈그려 앉으며 머리를 감싸 안았다. 흑흑 흐느껴 애한을 쥐어짜며 속으로 피를 떨어뜨렸다. 낯을 덮어 감싼 손가락 사이로 눈물이 샘솟듯이 쏟아져 나왔다. 그러나 그것도 잠깐 사이였다. 그에게는 한가하게 울고만 있을 겨를이 없었다. 춘산은 이내 머리를 쳐들었다. 그리고 주먹을 쥐고 벌떡 일어섰다….

자정이 넘은 으스름달밤이었다.

채옥진은 연변대학 서쪽 담장 밑 뒤안길로 해서 공동묘지로 올라 톺았다. 괴괴한 달빛이 으스레한 북망산은 참말로 저승의 세계였다. 풀벌레 한 마리도, 풀 한 포기도 살아서 숨을 쉬고 있는 것 같지 않았다. 삭막하고 암울하고 처참한 공포의 경지였다. 입추의 여지도 없이 총총하게 들어앉은 무덤이 걸음마다 발길을 막아 나섰다.

숙녀의 눈썹 같은 으스름달이 실루엣으로 그려져 있는 북망산 언덕 위에 비스듬히 걸려 있었다. 지옥의 입구에 들어선 듯한 공포의 경지였다. 금세 무덤 속에서 물에 빠져죽은 귀신이 봉두난발하고 나타나서 날 살려 달라고 울부짖으며 발목을 움켜잡을 것만 같았다. 머리칼이 곤두서고 식은땀이 등골로 흘러내렸다. 당장 오금아 날 살려라! 하고 내뛰고 싶었으나 그럴 수는 없었다.

우수수 바람이 일었다.

북망산의 잔바람 소리는 원혼의 아비규환처럼 적막공산에서 회오리쳤다. 재빼기에서 숱한 시퍼런 귀신불들이 데굴데굴 굴러 내려오고 있었다. 굴러 내리면서 산산이 부서져 불 가루로 흩어져 버렸다가 또다시 커다란 불덩이로 변하며 여기저기 사처에서 난무하고 있었다. 인텔리인 채옥진으로서 그것이 인불인 줄 모를 리 없건마는 혈혈단신으로 그런 환경에서 직접 당해 보는 사람의 감수(感受)는 그게 아니었다.

어슴푸레한 달빛을 받아 공동묘지 깊숙한 곳에 이르러 옥진은 우뚝 멈춰 섰다. 그 앞에 무주고총이 움푹하게 꺼져 있었다. 혹시 천장 자

리나 아닐까 하여 자세히 살펴보았다. 천만다행으로 옮겨간 자리가
아니었다.

그는 허리춤에서 자루를 뽑아버린 호미를 꺼내 들었다. 그것으로
송장의 머리 부분이 될 듯한 곳을 파헤치기 시작했다. 무릎을 꿇고 앉
아서 두 손을 잽싸게 놀렸다. 뒤에서 금방 무덤 속의 망령이 와락 덮
쳐드는 것만 같아서 주위를 휙휙 돌아다보며 흙을 파헤쳤다.

허깨오, 허깨오….

별안간 북망산의 쥐죽은 듯한 정적을 깨뜨리며 귀신의 울부짖음 같
은 소리가 메아리쳤다. 옥진은 화들짝 놀라 그 자리에 굳어지고 말았
다. 온몸이 사시나무 떨 듯이 와들와들 떨리는 것을 어쩔 수 없었다.

연이어 어디서 나타났는지 찌륵 찌르륵 온 몸에 몸살이 돋치게 오싹
한 소리를 내며 한 무리의 시커먼 날짐승들이 불시에 용올림처럼 회
오리치며 날아올랐다. 희뿌듬한 밤하늘을 새까맣게 뒤덮으며 마구 어
지러이 날치고 있었다. 인기척 소리에 단잠을 깨친 북망산의 밤새가
마귀의 화신인 박쥐무리를 불러냈던 것이었다.

옥진은 염통이 목구멍으로 튀어나오는 것만 같았다. 모골이 송연
했다. 제 정신이 아니었다. 극한에 달한 공포감에 미칠 것만 같았다.
금세 터져나갈 것만 같은 심장을 억누르며 진정하려고 극력 애를 썼
다. 야밤삼경 지옥 같은 이런 곳에 뛰어든 내가 바로 귀신인 것만 같
았다. 귀신이 귀신 무서울 리 없다고 마음을 굳히니 공포감이 적이
가라앉는 것만 같았다. 옥진은 호미를 제쳐놓고 두 손으로 웅덩이에
서 흙을 끌어 올렸다. 달이 오른 사람의 눈에서도 시퍼런 불이 이는
줄 몰랐었다.

파다 파다 한 마대나 되는 땅쥐들이 무덤 속에서 확 솟구쳐 나왔다.
그 숱한 쥐들이 옥진의 무릎 위며 엉덩이 밑으로 찍찍 마구 붐비며 빠
져나갔다. 미처 빠져나가지 못한 놈들은 사람의 몸을 타고 어깨며 꼭
뒤까지 헤바라 올랐다가 뛰어내리며 도망쳤다. 옥진은 뒤로 벌렁 뻬
드러지고 말았다. 쥐들이 그의 몸 위로 무리를 지어 마구 쓸며 내달았
다. 옥진은 북 치듯 마구 둥둥거리는 심장을 부둥켜안고 고동을 늦추
었다. 미치지 않는 게 세상 별일이었다.

옥진은 팔소매로 식은땀을 훔치고 나서 계속하여 두 손으로 흙을 파
헤쳤다.

이윽고 손에 미끈한 것이 닿는 감촉이 들었다. 호미를 찾아 들고 호
미 끝을 박았다. 딸깍 맞히는 소리가 나며 무엇이 호미 끝에 걸리는
것 같았다. 힘껏 걸어 당기자 호미 귀에 눈구멍이 걸린 해골바가지가
불쑥 빠져나왔다. 그의 가슴은 또다시 상좌 중의 법고 치듯 둥둥둥!
울리고 온 몸의 피가 역류하는 것만 같았다.

다짜고짜로 그것을 부둥켜안고 내리뛰었다. 뒤에서는 온 북망산의
귀신들이 무리를 지어 울부짖으며 새까맣게 쫓아오고 있는 것만 같았
다. 무덤과 무덤 사이를 빠지면서 뛴다는 게 쉬운 일이 아니었다. 무
엇에 걸채이며 옥진은 쥐여뿌리우듯이 나가 동그라졌다. 무덤이 아
니라면 그대로 데굴데굴 굴러 내려갔으면 더 좋으련만 그럴 수는 없
었다.

이렇게 넋을 잃고 연변대학 담벼락 밑까지 내려온 옥진은 그 자리에
풍덩 무너져 내리고 말았다. 온 몸이 후줄근히 젖어있었다. 땅바닥에
쓰러진 채 가슴속에 응어리진 숨을 간신히 톺아 냈다. 단숨에 집으로

내뛰고 싶었으나 해골박을 통째로 그렇게 가지고 갈 수는 없었다.

어지간히 숨을 고르고 나서 해골바가지를 쳐들었다. 눈구멍만 시커 먼 음영으로 보이는 해골박은 이빨을 앙다물고 있었다.

옥진은 땅에 박힌 크고 넙적한 돌덩이 위에 해골박을 올려놓고 큼직 한 돌덩이를 들어 내리깠다. 해골박은 조막손이 달걀 놓치듯 사처로 뽁뽁 빠져 달아나고 돌덩이만 산산조각이 났다. 그 돌덩이가 튀면서 발등을 쳤다. 아플 새도 없었다.

이렇게 한 번 또 한 번, 몇 십 번을 반복했는지 몰랐다. 헛수고만 되 풀이하고 있었다. 옆에는 깨진 돌덩이만 수두룩하게 쌓여가고 있었 다. 그대로 가지고 갈까 하고도 궁리해 보았으나 그것은 무리였다. 어 슴푸레 동살이 트는 고요 속에서 고독한 여인이 해골바가지를 박살내 는 그 광경이야말로 절묘한 한 폭의 수묵화와도 같았다.

악착같은 우격다짐으로 끝내 해골바가지를 잘게 잘게 박살낸 옥진 은 날이 희붐히 샐 녘에야 집으로 돌아올 수가 있었다.

옥진은 그것을 곱게 가루로 빻았다. 그것을 강냉이가루에 반죽하여 가마 밑 굽에 붙혀 떡을 구웠다. 원래는 둥굴레 엿에 그 파우더를 개 여서 복용하면 더 좋건만, 그것은 감옥의 간수 눈을 피할 수 없는 상 황이어서 그만두고 말았다.

'부처님도 백 번을 절하면 소원을 들어 주신다' 고 했건만 이렇듯 간 난신고 모험 끝에 지옥에서 구해온 약이건만 심신보다도 영혼이 유린 받고 있는 남편을 구하지는 못하고 말았다.

큰아들 내외간도 그랬다. 우파분자나 우파가속이나 같은 운명이었 다. 의과대학을 나와서 큰 병원의 주치의사로 날리고 있는 큰아들과 연대 조문학부를 나온 후 일보사에서 편집원으로 사업하고 있는 며느리도 시아버지의 십자가 한 끝을 등에 나누어 짊어지고 있었다. 설상가상으로 그들도 폐결핵에 걸려있었다.

큰아들은 정치적, 육체적 원인으로 아내와의 이혼을 주장했다. 사랑하는 아내를 정치질곡에서 해탈시키고 싶었고, 병마의 마수에서 앗아내고 싶어서였다. 아내는 측에도 못 걸게 했다. 죽어도 함께 죽자고 했다. 필부필부가 아니었다. 윤광조의 큰아들 부부는 금방 나이 반백을 꺾어 먹고 며칠 사이를 전후로 하여 조용히 가버리고 말았다. 폐병으로 죽었다지만 그 먼저 영혼이 죽어갔던 것이었다.

그리고 장춘 모 고등학부의 전당에서 기량을 탁마하고 있던 윤광조의 딸자식도 기숙사에서 소리 없이 나가버린 후 감쪽같이 조용히 증발해 버리고 말았던 것이다. 학교 측에서의 추측이 혹시 남령의 남호물에 뛰어들지나 않았는가 하는 생각이라고 했다.

일곱 식솔 중 이제 남은 식구는 어머니와 두 아들, 이렇게 셋뿐이었다.

앞을 가리고 있는 눈물을 닦고 나서 강바닥을 내려다보고 있던 춘산은 벌떡 일어나서 다리에서 방죽으로 내려서며 모래장으로 달려갔다.

돈에 눈이 어두워 광기를 부리는 자들에게 철저히 훼멸당한 부르하통하 강바닥은 물곬이 따로 없이 여기저기 깊숙한 웅덩이 속에 죽은 물만이 갇혀 있고, 파낸 모래와 자갈만이 산더미처럼 쌓여 있었다. 그것을 운반하는 트럭들이 줄을 지어서서 기다리고 있었다.

대기하고 있는 운전수한테 물으니 모래 싣는 일손이 딸려서 기다리고 있는 중이란다. 내가 실으면 안 되느냐고 물었다. 운전수가 모래장의 보스를 불러왔다. 춘산은 그에게 딱하고 급한 사정을 애기를 했다. 보스는 좋은 사람이었다. 딱한 사정이니 먼저 모래 두 차만 싣고 신분증을 저당으로 이백 원을 가져다 쓰라고 했다.

고마웠다. 눈물 나게 고마웠다.

춘산은 웃통을 벗어던지고 모래를 싣기 시작했다. 필사적으로 몸을 움직였다. 모래 삽은 엄청나게도 컸다. 그것으로 그 큰 적재함에 모래를 올려 실었다. 그래도 힘든 줄을 몰랐다.

사람의 정신이란 그 어떤 한 가지 사실에 전념할 때면 일체 신경조직이 전부 비상상태에 돌입하면서 열중하고 있는 그 사실의 부하를 감내하여 그것을 악착같이 밀고 나아가 결국은 그 사실을 성공의 경지로 끌어 올리는 것이다. 무엇에서나 성공하는 사람들이 그 일에 미쳐 있는 사실이 바로 이 이치가 아니겠는가!

춘산은 지금 모래 싣기에 미쳐 있었다. 그의 팔은 로봇처럼 규칙적으로 급속히 움직이고 있다. 얼굴에서는 어느새 구슬 같은 비지땀이 움직이는 몸의 율동에 따라 사처로 휘 뿌리고 있었다.

머릿속에서는 병원의 복도에서 앓고 있을 아내의 정경이 스크린의 화면마냥 펼쳐지며 춘산의 신체동작에 박차를 가해주고 있었다.

아내가 머리채를 입에 물고 닥치는 대로 틀어쥐고 비틀면서 사신의 마수에서 발악을 하고 있는 것이다. 그 주위에 숱한 환자들이 빙 둘러서서 구경하며 동정의 눈물만을 흘려줄 뿐 나서서 구원의 손길을 뻗혀주는 이는 하나도 없다. 하나 둘 모두들 혀를 끌끌 차며 돌아서기도 한다. 그 자리를 다른 사람이 메워서면서 난생 처음 보는 진귀한 동물을 감상하듯이 호기심 같은 것을 얼굴에 내비치고 있다.

그 옆으로 흰 가운을 입은 소위의 '백의천사'들이 들락날락하면서 마치도 미친 사람 피하듯이 외면하고 스치며 지나쳐 버린다. 사람이 한 옆에서 죽어가고 있는데도 말이다. 죽어가는 사람을 빤히 바라보면서도 구해주지 않는 것은 어쩌면 범죄에 속하지 않는 것인지? 하늘이나 알 일이다. 더욱이 인간의 건강과 생명을 위탁받은 의료 사업일꾼들까지 그러하니 말이다. 통탄할 일이었다.

교육사업과 의료사업. 그리고 매스미디어, 즉 신문, 방송, 영화, 출판 등 대중매체, 이 세 가지 사업만은 영리사업이기 이전에 공익사업이어야 하건만, 이 나라에서는 그렇지가 않다. 교육과 같은 육영사업이나 인간의 건강과 생명을 위탁받은 의료사업은 자선사업적인 성격이 전제로 되어 있어야 한다. 그러려고 오히려 으뜸가는 폭리업종으로 되어 금전이라는 무기로써 가장 잔혹하게 인도주의를 학살하는 업종이 바로 이 두 가지 업종이다. 그런데도 정부에서는 이런 사업에 종사하는 사람들마저도 영리 추구에만 내몰고 있으니 어쩌랴!

인술은 어느 해골바가지의 수장품이 되어 있고 상술만이 살판 치고 있는 건지? 아무리 물질주의와 이기주의가 팽배한 시대라 할지라도 휴머니즘을 학살하여서는 절대 안 되는 거다. 휴머니즘이 버림받는 나라는 희망이 없는 나라이다. 인도주의를 말살하는 것은 스스로 자기의 무덤을 파는 자아멸망 행위라는 것을 알아야 한다. 휴머니즘이 삭막해지고 있다! 휴머니즘이 단말마의 비명을 지르고 있다! 특히 의사가 되려면 누구나 '히포크라테스선서'를 해야 한다. 모든 의사들은 공적으로 인도주의를 실행하겠다는 이 맹세를 의술의 신인 아폴론과 그 외 모든 신들 앞에 선언한 후 의료사업의 삶을 시작하게 되는 것이다. 이 선서는 '의학의 아버지' 라 일컬어지는 고대 희랍 인류 최초의 의학자인 히포크라테스가 2400년 전에 만든 의학 선서인 것이다.

저 산부인과 의사는 '히포크라테스선서' 를 하고서나 의료사업에 몸을 담갔을까? 그보다도 '히포크라테스선서' 의 내용을 알고나 있는 건지?

춘산의 아내는 지금 사신에게 끌려가면서 단말마의 비명을 지르며 최후의 발악을 하고 있다….

춘산의 등골에서는 비지땀이 작은 강을 이루며 흘러내리고 있다. 그의 팔은 기관차의 바퀴를 돌려주는 피스톤의 지름대처럼 기계적인 고속 동작을 하고 있다. 그는 한 차 또 한 차의 모래를 실었다. 그리고 벗어버린 옷을 낚아채며 보스한테로 달려갔다. 그한테서 돈을 받아 쥐고 신분증을 넘겨준다. 아침에 신분증을 갖고 떠나기를 백 번 잘했다는 생각이 들었다.

그는 돈을 받아 쥐자마자 강탈하고 내닫듯이 강둑으로 뛰었다. 다리를 건너서 시내에 들어서면서도 내내 단거리 경주를 하듯이 한계를 초과한 속도로 병원 마당까지 뛰어들었다. 속도를 늦추면서 주랑의 굽이까지 들어섰다. 그리고 우뚝 멈춰 섰다.

아내가 누워 있을 벤치 주위에 사람들이 물샐틈없이 에워싸고 있었다. 아내가 발악하는 단말마의 비명소리도 없었다. 춘산은 돈이 들어 있는 손을 으스러지게 틀어쥐며 슬로모션에 걸린 화면 속의 인물처럼 아주 천천히 벤치에 접근했다. 그리고 사람의 장벽을 헤집고 안으로 들어섰다. 아내가 머리채를 한 입에 가득 물고 악을 쓰던 그 모양 그대로 스톱모션에 걸려 있었다.

춘산의 눈동자가 화등잔처럼 커지기 시작한다. 그 눈시울 속에서 눈물이 고이고 차 넘치면서 주르륵 쏟아져 내린다.

불현듯 그는 통나무 넘어가듯이 무릎을 꺾으며 아내한테 무너져 내린다.

"여보, 내가 왔소. 여기, 이 돈을 만들어 가지고 내가 왔소. 눈을 뜨고 이 돈을 보오, 여보!"

돈을 움켜 쥔 손으로 애절하게 아내를 흔들며 애타게 부르고 있다.

"여보, 어쩌면 조금만 못 참아주는 거요, 야앙? 어린자식 남겨놓고 어쩌면 이다지도 매정하게 먼저 떠나는 거요? 여보, 어흑, 으흑흑…."

그는 아내의 가슴에 얼굴을 파묻고 숨진 아내를 잡아 뜯고 흔들며 오열을 터뜨리고 있었다. 그 광경에 피와 살로 생겨먹은 인간이면 눈물을 흘리지 않을 수 없으련만 '내 언제 네 외조할미 콩죽 먹고 살았더냐' 는 듯이 흰 쥐새끼들은 한 마리도 보이지를 않았다.

춘산은 흐느껴 울며 아내가 벤치의 한 모서리를 틀어쥔 손을 풀어내려 양옆에 두 팔을 눌러 붙인다. 그리고 입에 문 머리채를 조심스레 빼내어 귀밑으로 쓸어 넘기고 머리를 들어 바로 놓아준다. 온 시신을 편안하도록 바로 뉘이고 팔다리도 쭉쭉 펴서 꽁꽁 눌러놓은 후, 보따리 속에서 새 생명의 탄생을 위하여 준비했던 포대기를 꺼내어 아내의 몸을 얼굴까지 살포시 덮어준다.

빙 둘러섰던 구경꾼들이 멀찌감치 서서 하회를 기다리고 있는 듯

하다.

춘산은 아내한테서 몸을 일으켜 세우며 천천히 돌아선다. 그리고 천근만근 무거운 발걸음을 떼며 한 발짝 또 한 발짝 천천히 내디딘다. 두 눈에서는 악의 불길이 펄펄 타오르고 있었다. 양옆에 드리운 농사꾼의 투박한 두 손이 돌덩이로 굳어지며 발걸음의 템포가 차츰차츰 빨라지기 시작한다. 와장창 문을 걷어차고 의사사무실에 들이닥친 춘산은 다짜고짜로 테이블에 마주 앉아 있는 의사의 낯바대기에 이백 원의 돈뭉치로 강타를 안긴다.

"옛다, 돈이다. 이 돈을 가지고 콱 잘 살아라, 돈밖에 모르는 이 승냥이야! "

그러고 나서 의사의 멱살을 움켜 쳐들더니 저쪽 한 구석에 처박아버린다. 그 다음 추상같은 소리를 지르며 의자를 머리 위에 높이높이 쳐들었다. 사이 문 저쪽 호사실에 모여앉아 종달새 열씨까듯 지절거리고 있던 간호사들이 비명을 지르며 뿔뿔이 밖으로 내닫는다.

춘산이 미친 듯이 높이 쳐들었던 의자로 테이블을 내리 까부시자 유리판이 산산조각이 나며 사방으로 튄다. 그 사이 어느새 의사도 쥐구멍을 찾아 도망치고 없었다.

춘산은 의자를 휘두르며 닥치는 대로 부시며 작살을 내고 있었다. 헤아릴 것이 없었다. 돈은 없다가도 있을 수 있지만 사람의 목숨은 한 번 가면 두 번 다시 오지 못하는 법이다. 눈 껌뻑할 사이에 세 생명을 바쳤을 라니 두려울 것이 또 뭐란 말인가.

그는 이제 정녕 미쳐 날뛰고 있었다.

그는 의자를 질질 끌고 주랑으로 내달았다. 복도 중간쯤 출입문 정

면에 번듯이 세워놓은 '구사부상(救死扶伤)' 이란 자줏빛 비로도 바탕
에 금박으로 글을 새긴 편액에 다가서며 의자를 휘두른다. 유리막이
박살이 나며 쏟아져 내린다. 그리고 편액이 짓이겨져 떨어져 나간다.
편액의 틀거지가 벽에 기대이며 그대로 버티고 서 있는 것을 춘산이
몸을 피하며 확 낚아채자 그것이 일시에 와르르 무너져 내린다. 그는
의자를 휘둘러 통나무를 패듯이 내리조기며 짓밟아 뭉개고 있었다.

"뭐? '죽는 사람 구해 주고, 상한 사람 부추겨 줘?' 웃기지 마라. 이
악마들아! 알락달락한 소리 걷어 치우구, 산 사람이나 잡아먹지 마
라!"

춘산이 그 편액을 계속 콩가루로 만들고 있는데 패트롤카 한 대가
사이렌을 앵앵거리며 들이 닥친다. 그 안에서 숱한 것들이 쥐 무리처
럼 우르르 쏟아져 내리더니 춘산을 붙들어 그의 두 팔을 뒤로 꺾어 잔
등에 붙이고 수갑을 잠근다.

"무엇 때문에 나를 단속하는 거야? 죽는 사람 구하지 않는 건 죄가
아니야? 변상적인 살인이다, 변상적인 살인! 나에게는 죄가 없다, 놔
라. 이 개새끼들아…."

끌려가면서도 춘산은 정의를 호소하고 있었다. 사회의 부정을 규탄
하고 있었다. 금전만능의 하늘에 사무치는 죄행을 성토하고 있었다.

♣

둘치여인은 허무한 섹스에 사랑싸움을 벌이고,
춘산은 자진하여 나서서 촌장 직무를 떠메다

날이 밝는다.

돌대문촌은 여명의 고요 속에서 차츰차츰 자기의 궁상을 고스란히 드러내고 있다. 지향 없는 빈궁의 동면 속에서 봄이 없어서 아직까지 깨어나지 못하고 깊은 잠에 곯아떨어진 두메안골 산촌이다. 굶주림과 추위에 부들부들 떨면서 움츠리고 들어앉은 거지노파 같은 초가집들이 또다시 자기의 정체를 고스란히 드러내고 있었다.

닭 우는 소리도 없다. 개 짖는 소리도 없다. 살아 숨 쉬는 생명체라고는 전혀 없는 듯한 쥐 죽은 나라다. 일출 전의 붉은 노을이 동녘 하늘가에 진하게 풀어져 있었다.

불현듯 귀청을 째는 듯한, 비수처럼 예리한 음향이 산촌의 아침 상공을 헤가른다. 돼지의 비명소리였다. 돌대문촌의 아침을 깨치는 이

'기상나팔' 소리는 오랫동안 지속되고 있었다.

집집마다 문이 열리며 깊은 꿈나라에서 소스라쳐 깨어난 농민들이 하나둘 싱숭생숭한 눈을 비비며 머리를 내밀고 두리번거리고 있었다.

홍준이네 내외간도 그 소리에 놀라 선잠에서 깨어나고 말았다. 부부간 실오라기 하나 걸치지 않은 알몸뚱이가 되어 큰 타월 양끝으로 저마다 치부만을 아슬아슬하게 가리고 누워 있었다.

홍준은 팬티를 찾느라고 여기저기를 뒤지고 있었다. 팬티는 큰 타월에 휘감겨 있었다. 그것을 뽑아내어 엉겁결에 다리에 낀다. 넓적다리를 꽉 조이며 올라오지 않는다. 아내의 팬티였다. 벗어 내쳤다. 다시 큰 타월 속에 엉킨 자기의 팬티를 뽑아냈다. 그것은 또 아내의 브래지어와 엉겹이 되어 있었다. 브래지어 끈이 팬티에 얼기설기 얽매여 잘 풀리지 않았다. 한참 뜸을 들여서야 팬티를 엉덩이에 끼울 수가 있었다.

춘절은 큰 타월로 몸을 휘감고는 문을 반쯤 열고 밖을 내다보았다. 몇몇 동네 남정들이 앞마을로 나가고 있었다. 앞마을 누구네 돼지인지 멱따는 듯한 비명소리는 열려진 문으로 마구 날아 들어와 귀청을 난도질하고 있다.

홍준은 볼 부은 소리로 아내에게 묻는다.

"웬일이요? 꼭두새벽부터…."

"앞마을에서 뉘네 돼지를 잡는 모양입디다."

"미친놈이네, 남이 다 자는데 소란스레."

춘절은 문을 닫아걸고 돌아와 뒤집어 쓴 큰 타월을 펼쳐서 남편을 덮으며 그의 품속에 기어든다.

"여보쇼, 우린 언제 이사갑까?"

"또 이사타령이다. 좀 참으라는데."

"동무, 참는다는 게 뭡까. 동무 집 떠난 지두 이저는 웅근 삼년임다. 삼년."

"삼년이 아니라 삼십년이라도 그렇지, 문제는 집이 있어야 이사두 할게 아니요? 가만있소. 좀 더 벌어서, 명년 봄쯤 하믄 연길 시내 번화거리에 메이치관도까지 늘인 고급주택을 살 수 있소."

"걷어치우쇼. 동무 말은 이젠 콩으루 메주를 쑨 대두 고지 안 듣습다. 봄이믄 가을에 밀구, 가을이믄 봄에 밀구. 이붓애비 제삿날 미루듯이 이제는 이게 몇 해쨉까? 어저는 더 못 참겠습다. 이번에는 막 걷어 가지구 따라갑다 예? 그런 줄 아시요."

춘절은 홍준의 가슴을 밀어버리고 돌아누우며 엄부럭을 부린다.

"왜 그리 통 말이 듣지 않우, 야앙? 그게 어디 마른나무 꺾듯이 그렇게 서둘 일이요? 그게? 나두 그만하믄 돈 잘 벌어 보내지, 먹을 것, 입을 것, 쓸 것 뭐나 빠짐없이 수시로 공급해 주는데두 뭐가 부족해서 생떼를 부리는 거요, 야앙?"

"잘 먹구 잘 입는 게 속이 편하쟵니다. 난 동무를 내놓구 시름 못 놓겠습다. 아이 됩니다. 이번에는 암만 뭐래두 기어코 따라갑니다. 예? 이번에는 정말입다."

춘절은 윗몸을 벌떡 일으켜 앉으며 빌빌한다.

"또, 또, 또…."

"또또또는 무슨 놈의 또또또~옵니까? 동무, 말하시요. 바깥에 화냥년들이 얼마나 됩까? 예? 말하란 데."

춘절은 남편이 몸을 가리고 있는 큰 타월을 획 낚아 채가면서 아웅거린다. 홍준은 아내가 둘둘 감아서 안고 있는 큰 타월 한 끝을 끌어당겨 남근을 가린다.

여태껏 남편의 이 극도로 함축되고 독살이 서린 세 글자는 아내를 억압하는 가장 유력한 무기나 다름없었다. 춘절은 암만 꼬리 잡힌 생쥐처럼 펄펄 뛰다가도 홍준이 '또, 또, 또…' 하기만 하면 다시 찍소리도 못하고 주눅이 들어 있다. 그만큼 순진하고 현숙한 아내임에는 틀림없었다. 그런데 오늘은 그게 아니다. '또또또는 무슨 놈의 또또똔가' 한다.

"우허, 이것 안하던 버릇한다. 화냥년이라는 건 또 뭐요?"

"동무 몰라서 묻습꺄, 예? 몰라서 묻는가? 동무 어째 매번 올 때마다 점점 더 미역줄거리 되는가 말입다. 화냥년들한테 다 빨리워서 그렇지. 아입꺄, 예? 아인가?"

춘절은 콩 튀듯 팥 튀듯 펄펄 뛰며 턱밑에 다가들어 연주포처럼 쏘아댄다.

"빨렸는지 빨았는지 동무 어떻게 아우? 나이 먹어 늙어가는 게 그럴 내기지."

"그게 나입꺄, 예? 나인가? 남자 사십대에 말승냥이라는데. 동무는 지금 보시요, 늘큰해 가지구 맥두 못 추면서."

춘절은 주섬주섬 옷을 주어 입으며 훌쩍거린다. 그런 후 낯을 대강 문지르고 나서 밖으로 나가버린다.

이즈음, 돼지 멱따는 소리도 점점 사그라지고 있었다.

이번 걸음은 통 재수 없다. 어제 저녁에는 그 '대가리에 쉬 쓴 놈'이 어디서 누구를 협잡해 먹는지 모른다구 했다. 오늘 아침에는 또 아낙이 화냥년들한테 빨린다고 한다. 연거푸 두 번이나 정곡(?)을 찔렸다.

엊저녁 춘산과 구라파전쟁이 붙었을 때 춘산이 웃통을 벗어젖히고 눈을 감고 있을 테니 깜냥 있으면 어디 부셔보라며 머리를 들이밀고 있었다. 홍준은 춘산의 말마따나 그럴 만한 깜냥이 확실히 없었으며 또 그렇게 모질지도 못했다. 그는 인물 치레만 한 샌님 같은 남자여서 속에 독은 있으나 겉에 악은 없는 사람이었다. 그래서 춘산이 쥐어 준 맥주병을 틀어쥐고 악에 치받혀 사시나무 떨듯 부들부들 떨고만 있었다.

춘산은 여유작작하게 대방의 기를 돋우고 있었다. 그는 홍준의 손에서 그 맥주병을 빼앗아 내며 배짱 좋게 웃으며 씨부렁거렸다.

"야 이 새꺄, 너한테 그런 깜냥이 있으믄 내 너를 쓰푸라 부르겠다. 봐라, 이렇게 부시는 게다."

춘산은 말끝을 맺기도 바쁘게 그 맥주병을 제 이마에 겨냥하여 획 날렸다. 그것이 날아드는 순간에 헤딩을 하듯이 이마를 들이대며 맥주병을 받았다.

맥주병이 박살나는 소리와 함께 맥주 속에 함유한 기체가 폭발하는 소리가 집안을 진동했다. 유리조각이 산지사방으로 튀며 날아나고 그의 손에는 맥주병 모가지만 쥐어 있었다. 그 깨어져 나가고 손에 남은 부분이 숱한 크고 작은 칼끝처럼 들쑥날쑥한데 등골을 오싹하게 하는 시퍼런 서슬이 번뜩이고 있었다.

"야! 이 맹추 같은 새끼, 봤지? 남자라믄 이렇게 하는 거다. 내 정말 적수를 요정내구 싶으믄 이걸 가지구두 얼마든지 해치운다. 배워둬라."

춘산은 말끝을 맺으며 맥주병 잔해를 어깨너머로 홱 뿌려 던진다. 그의 꼭뒤에서는 맥주거품이 부글거리며 흘러내리고 있었다. 거기에 이마에서 터져 흐르는 선지피가 뒤섞여 얼굴에 피 칠갑을 하고 있었다.

곁에서는 소란스레 헤덤비며 냅킨으로 쓰는 종이 뭉치로 춘산의 상처를 덮어 누르고 뽕구더러 빨리 분희를 불러다 처치시키라고 악머구리 끓듯 고아대고 있었다.

춘산이 곁의 사람들을 밀쳐 버린다. 그리고 피가 샘처럼 솟구치는 이마빼기를 눌러 덮고 윗옷을 찾아 어깨에 걸친다.

이제 그의 왼쪽 어깻죽지에 새겨진 킬러의 징표이며 악마의 휘장인 백골문신은 가려져 있었다.

모두들 춘산만을 멍하니 쳐다보고 있었다. 춘산은 아무 일도 없었던 것처럼 앵화 아버지에게 무례함을 사과하고 나서 태연자약하게 집으로 가버렸다.

처음부터 자지러지게 울어대던 뽕구의 아이도 이때는 지쳐서인지 무서워서인지 울음을 딱 그치고 두 눈을 데룽거리고 있었다.

춘산이 가버린 후 좀 지나 춘절이 목욕을 하고 돌아온다. 집에 들어선 그녀는 눈앞에 벌어진 광경에 그만 두 눈이 휘둥그레진 채 억이 막혀 그 자리에 굳어져 버리고 말았다.

춘절은 허 영감과 을룡이 홍준을 안위하는 말투에서 사연의 자초지종을 얻어 들을 수가 있었다. 그러나 그녀는 남정들의 말말 간에 뛰어들어 왱강댕강하며 남의 나그네한테 욕지거리를 퍼붓는 그런 본때 없는 여자가 아니었다. 그저 잠자코 듣고 있으면서 아수라장을 수습하기에 여념 없는 그런 느긋한 태도를 취하고 있었다.

잠자리에 들어서도 홍준은 기분이 개운하지 않았다.

아내가 브래지어이며 팬티까지 다 벗어 내치고 그 큰 유방을 밀착해 오면서 달려들었다. 춘절은 남편의 러닝셔츠를 위로 걷어 올리고 그의 배에 타고 올랐다. 그리고 그의 빈대 젖을 씹어댔다. 남편은 죽은 듯이 반응이 없었다. 여인은 남자의 윗통에서 러닝셔츠를 발겨냈다. 그리고 그의 팬티도 뽑아버렸다.

남자의 심벌은 한 무더기의 고깃덩어리로 '무룩' 했다. 여자는 그것을 엿반대기를 늘이듯이 주물러 댔다. 유목여인들이 우유를 짜듯이 못살게 굴며 악을 썼다. 하건만 남자의 그것은 '메롱, 날 얼마든지 잡아먹어 봐' 하는 듯이 몸을 내맡긴 채 늘어져서 꼬물만큼도 성을 내지 않고 있었다.

춘절은 오뉴월 소불처럼 축 늘어진 유방으로 남편의 낯을 덮었다. 코와 입이 한꺼번에 콱 덮씌우자 숨이 꺽 막혔다. 남자가 낯을 저쪽으로 따돌렸다. 여자가 그의 낯을 바로 잡아 놓고 이번에는 유두를 그의 입에 물리려 했다. 남편이 또 낯을 이쪽으로 따돌린다. 그녀는 애가 탔다. 몇 달째 굶어온 몸이 달 대로 달아올라 있건만 남편이 통 부응하지 않는다.

홍준은 아내가 싫었다. 춘절이 자기 몸에 올라타는 순간, 아내가 살찐 돼지 같다는 생각이 들면서 징그럽고 역겨웠다.

내가 누구였던가. 이 윤아무개가 말 한마디, 전화 한 통화면 땅전이 추풍이 낙엽 쓸 듯 마대들이로 쓸어든다. 그리고 팔등신 미녀들이 명주바지에 도꼬마리 매달리듯 한다. 나는 아마도 재록신(財祿神)을 업었나보다. 언제나 타이밍이 잘 맞아서 '장사'가 부도나는 법이 없다.

세상에서 돈벌이가 이렇게 쉬운 줄 몰랐었다. 그런데도 모두들 돈을 벌지 못해 아등바등한다. 그래서 모두들 한국으로 간다, 일본으로 간다, 러시아 미국 리비아로 간다 하며 법석거린다. 거기 가서 동족한테, 왜놈한테, 양키한테, 개처럼 몰리며 중국의 쿨리들처럼 막노동판에서 뼈 빠지게 돈벌이를 한다.

물론 그저 그대로 들어앉아 있다가는 굶어 죽는다. 공장에 출근해서 남의 밑에서 일하는 노동자나 엉덩짝만한 땅만 파며 농사짓는 농민들처럼 하라는 일만 하거나 정책이 허용하는 범위 내에서 피땀만 흘려서는 영원히 잘 살 수 없는 거다.

그러나 기회를 봐서 머리를 잘 쓰기만 하면 부정과 비리로 금탑을 쌓고 살아갈 수 있는 것이다. 중국 대륙에서 신흥의 갑부들이 어떻게 골방구석에서 처녀가 아이를 낳듯이 비밀리에 우무룩이 태어났는지는 세 살 먹은 아이도 다 아는 사실이 아닌가!

세상에서 가장 살기 좋은 나라가 '중국 특색의 사회주의 국가'다. 사회주의도 아니고 자본주의도 아니어서 모호하게 중국 특색이라고 얼렁뚱땅하는 발전 도상의 나라에서는 구더기가 와시글덕시글하는 똥구덩이처럼 정부가 부패하고 법률은 물러서 '코에 걸면 코걸이고 귀에 걸면 귀걸이'다. 그러니까 '법률 앞에서는 사람마다 평등하다'는 진리는 한낱 상층사회에서의 사치한 첨언밀어일 뿐 좀처럼 먹혀들고 있지 않으며 음험한 사각지대가 많아 범죄와 악세력의 인큐베이터로 충당되고 있기도 한다.

그런고로 간이 크게도 법률과 감히 '도전'하여 나서는 '용사'들은 궁지에 몰리면 대피처를 찾아 외국으로 감쪽같이 증발해 버리거나 유령처럼 숨어서 얼마든지 살아갈 수가 있는 것이다.

물론 돈벌이에서 이미지가 큰 작용을 한다. 매력을 줄 수 있는 외모, 신임을 줄 수 있는 화술, 그리고 욕망을 줄 수 있는 수완, 이것이 나한테는 모두 구비되어 있다. 이것은 하느님이 점지하시고 부모님이 하사하신 천혜인 것이다.

나는 바로 이러한 무기들을 완벽하게 갖추고 있다. 그래서 나는 돈을 마대들이로 끌 수가 있고, 또 돈독에 미쳐난 미녀들이 나한테 붙을 기회가 자기한테 차례지기를 눈이 빠지게 바라고 있는 것 아닌가.

돈만 뿌리면 영계 같은 숫처녀들은 얼마든지 있다. 그러니 매일 저녁 일매지게 물 찬 제비 같은 청초하고 요나한 햇병아리들과만 놀아난다. 그런데 집에만 오면 드럼통 같은 갱년기에 다가서는 촌파인 아내가 한사코 달려들어 날 살려 달라고 악을 쓸 때면 아닌 게 아니라 속에서 재작년에 먹은 올벼송편이 되살아 올라올 지경이다.

춘절은 남편을 잘 만나서 좋다. 돌대문촌 사람들 모두가 이렇게 말한다.

몇 년 전부터 홍준이 촌장 자리를 내놓고 시내에 진출하면서 춘절은 발바닥에 흙 안 묻히고 산다. 남편이 돈 잘 벌어들인다. 그래서 청산벽계 같은 산속에 묻혀 살면서도 호의호식하고 있다. 어떻게 버는 돈인지는 모른다. 또 알려고 해도 시시콜콜 아내한테 주워섬기는 그런 남편이 아니다. 오른손이 하는 일을 왼손이 모르게 하는 그런 타입의 위인임에야. 그런 건 알아서 뭘 하느냐, 그저 집이나 잘 지키고 있으면 된다고 했다.

춘절은 둘치였다. 아이를 못 낳아본 돌계집이었다. 남편은 아이가 없는 것을 아내에게 몰아붙인다. 도대체 남편이 뜨물인지, 아내가 오줌깬지 검사해 본 일도 없다. 남편이 네 탓이라니 그저 내 탓인가 한다.

남편은 오뉴월 써렛발처럼 드문 드문 와서는 생활비를 얼마씩 뿌려 주고는 가버리곤 했다. 그 돈이면 얼마든지 고급화장품에 호의호식하면서 촌구석에서도 잘 살 수가 있다. 그래서 집구석이나 지키면서 하는 노릇이란 화투치기에 되놀이뿐이니 때로는 육실한 수말 생각이 없을 리 없었다.

춘절은 남편의 페니스를 세워보려고 악을 썼다. 일어서라는 대뇌의 지령을 받지 못한 남편의 그 고약한 놈은 남의 뜻은 묵살한 채 오그라들기만 하고 있었다.

평소에 춘절은 수말 생각이 울뚝불뚝 솟구칠 때면 문을 닫아걸고 비디오테이프를 켠다. 거기에는 암수가 농탕을 치는 별의별 베드신 장면들이 다 있었다. 서방 수말들은 그야말로 테크닉도 각양각색이었고, 사이즈도 대단했으며, 파워 또한 막강하기로 이를 데 없었다.

춘절은 이제부터 거기에서 터득한 기교를 한껏 발휘하기 시작했다. 그녀는 남편의 페니스를 덥석 물고 늘어졌다. 부풀어 오른 커다란 빵덩어리가 한 입에 들어간 듯한 남편의 페니스를 물어 당겨 늘이면서 빨아대기 시작했다. 혀끝으로 간질이주면서 말초신경을 자극했다. 드디어 그것은 부르르 약이 오르며 서서히 흥용팽배해지고 있었다. 이제 남편은 허우적거리며 반응을 보이기 시작했다.

춘절은 얼싸 하고 남편을 타고 앉아 그것을 자기 몸속에 밀어 넣었다. 그리고 남편을 껴안고 한 옆으로 무너져 내리며 남자를 자기 몸 위에 실으려고 했다. 자원력이 없는 몸체는 천근만근 무거웠다.

홍준은 남편의 의무감으로 마지못해 메기잔등에 뱀장어 넘어가듯 이 스르르 기어오르더니 맹탕 같은 동작을 몇 번 하고 나서 부스스 떨어져 나갔다.

오르가즘도 없었다. 허무하기 짝이 없었다. 맹랑하기 그지없었다.

샐녘서부터 돼지 멱따는 소리에 눈을 뜨자마자 부부간의 사랑싸움은 이렇게 되어 막을 열었던 것이다.

리춘산이네 마당에는 마을사람들이 하나 둘 꾸역꾸역 모여들기 시작했다. 여태껏 비명을 지르던 돼지는 지금 꽁꽁 묶인 채 널빤지 위에서 헐떡거리고 있었다.

불덩이 같은 아침 해가 장군바위 위에서 서서히 떠오르며 찬란한 만장의 광망을 휘 뿌리고 있다. 아침 해를 마주 선 리춘산은 마치도 브로켄의 광환을 머리에 쓰고 있는 슈퍼맨의 브론즈를 연상케 하고 있다.

어느새 마당에 꽉 모여선 촌민들이 영문을 몰라 서로서로 쳐다보며 두리번거리고 있었다.

춘산이 좌중을 한 바퀴 휘돌아 보고나서 입을 열었다.

"여기에 모여주신 마을분들, 지금 이 리춘산이 할 얘기가 있어서 여러분들을 이렇게 모시게 되었습니다. 우리 돌대문촌은 이제 막 깊은 잠에서 깨칠 때가 되었습니다. 우리는 여태껏 가난에 찌들고 빈궁에 마비된 채 가난의 지옥에서 동면하고 있었습니다. 봄이 없어서 동면속에서 깨쳐나 뛰쳐나오지 못하고 있었습니다. 우리의 선조들이 이

오지의 땅에 맨 첫 그루의 나무를 찍어서 첫 오두막을 짓고 착근한 그 날부터 잘 살아보자는 일루의 희망을 안고 이 돌대문촌을 이루어 왔습니다. 그러나 지금까지 잘 살아보지 못했습니다. 대를 이어 가난의 계주봉을 이어받으며 살아왔을 뿐입니다. 가난을 숙명으로 간주하고 가난을 달갑게 받아들이며 그 무슨 업보처럼 살아왔습니다. 우리는 지금 문명세계와는 완전히 담을 쌓은, 야만인과 다를 바 없는 유인원의 생활을 하고 있습니다. 세상은 바뀌었습니다. 빈하중농과 고농을 영광스럽게 여기던 시기는 영원히 흘러가 버렸습니다. 가난은 죄악이며, 가난은 우매이며, 가난한 사람은 기시를 받으며 살아야 하는 때입니다. '빈익빈 부익부'란 말이 있습니다. 가난한 사람은 이제 점점 더 큰 거지가 되고, 잘사는 사람은 점점 더구나 큰 부자가 된다는 말입니다. 거지와 부자, 이 양극분화는 서로 반대방향으로 무한대로 연장하며 나가게 될 것입니다. 이것은 진리입니다. 확고부동한, 그 누구도 저항할 수 없는 진리입니다. 우리라고 어째서 빼기 방향으로만 나가야 합니까! 가난만을 고집할 이유가 뭡니까! 우리도 보태기 방향으로 나가면 안 됩니까? 우리는 잘 살면 죽는답니까? 가난은 타고난 팔자가 아니며, 부유도 기회가 가져다주는 것이 아닙니다. 요행을 바랄 수도 없으며, 기적이 나타나기를 바랄 수도 없습니다. 우리의 두 손으로 창조하여야만 합니다. 빈곤과 싸워야만 합니다. 피를 짜고 뼈를 깎는 고통을 지불하여 유족한 생활을 바꾸어와야만 합니다."

여기에서 춘산이 약간 언성을 낮추며 무드를 바꾸어 말한다.

"한국의 경제를 이끌어 나가는 현대그룹의 정주영 회장은 주옥같은 명언을 남겼습니다. 같은 쥐라도 뒷간에 있던 쥐는 똥 먹다 죽고, 곳간에 있던 쥐는 쌀 먹다 죽는다'고 했습니다. 뒷간에 있는 쥐는 노력을 들이지 않고도 헐이 얻어먹을 수 있는 똥을 먹으면서 그것을 자기의 숙명으로 간주하고 있습니다. 그러나 곳간의 쥐는 사유관념이 달랐습니다. 조금만 역사질하여 곳간으로 들어가면 낟알을 먹을 수 있을 뿐만 아니라 부자와 같이 산해진미를 먹으면서 호강스레 살아갈 수 있다는 것을 알았습니다. 그래서 그 쥐는 구멍을 뚫기 시작했습니다. 땅 밑 곳간 기초돌 사이를 파헤칩니다. 돌 틈새를 요리조리 빠져 구멍을 뚫으면서 곳간으로 들어가는데 성공합니다. 곳간 안에는, 와, 입쌀, 좁쌀, 밀가루, 고기반찬, 자갈치 반찬, 달걀 반찬에, 꿀에, 엿에, 막걸리에, 오이, 무, 감자…. 하여튼 뭐가 없겠습니까! 여러분들, 대답해 보십시오. 뒷간에서 살아야 합니까? 곳간에서 살아야 합니까?"

"곳간에서 살아야 합니다."

촌민들이 이구동성으로 납함했다.

"곳간에서 살자면 어째야 합니까?"

"구멍을 뚫어야 합니다."

춘산이 손뼉을 쳤다. 그러자 모두가 다 같이 우레 같은 박수갈채를 울렸다. 그는 이렇게 군중들의 정서를 한 차원 끌어올려 놓고 다시 무드를 바꾸어 버린다.

"다 아시다시피 우리 마을은 하느님이 하사하신 세인을 홀릴 만한 천하명승의 유람지나 풍요한 금은의 자원도 없으며, 조상들이 물려준 금자탑이나 만리장성은 더구나 없습니다. 심지어 우리 고장은 바다도 끼지 못했고, 벌방과도 대이지 못한, 박토를 밟고 선 궁벽한 산골오지

촌입니다. 우리는 하느님의 은총도, 조상들의 혜택도 바랄 수 없습니다. 오직 우리의 두 손 으로, 우리의 피와 땀으로 가난의 지옥에서 깨어나야 하며 또 뛰쳐나와야만 합니다. 우리의 행복은 오직 우리 자신이 창조해야만 합니다. 우리의 복지를 우리가 건설해야 합니다. 궁하면 변하고, 변하면 통하는 법입니다. 이것이 궁변통의 원리입니다. 하면 된다는 말입니다. 모든 것은 마음먹기에 따라 달라지는 것입니다.”

촌민들은 죽 가마가 끓어나듯이 부글거리기 시작했다.

“여러분, 우리 촌은 지금 선두자가 없이 무정부상태에 처한 지도 꼭 양년이나 되고 있습니다. 생각해 보십시오. 키잡이 없는 배가 어떻게 망망창파를 헤가르며 항행할 수 있겠습니까? 길잡이가 없는 기러기가 어떻게 강남으로 날아갈 수 있겠습니까? 선두자가 없는 촌마을이 어떻게 힘을 단합할 수 있겠습니까? 우리를 이끌고 나가야 할 사람이 있어야 합니다. 저의 말에 동의되시면 손뼉을 쳐주십시오.”

촌민들이 환성을 울리며 손뼉을 치고 있었다.

“감사합니다. 그럼 이 자리에서 어느 분이 우리 돌대문촌을 위하여 촌장의 직무를 떠메고 두 발 벗고 나서서 한번 해보고 싶은 분이 계시다면 자원해 주십시오.”

사람들은 웅성거리며 서로서로 쳐다보고만 있다.

“흥, 그까짓 촌장 해서는 뭐 한당기여? 우리 농민들이나 못 살게 굴구, 제 옆채기나 꽁꽁 채워가지구 또 꼬리 뺄 거 가지구.”

사람 장벽 뒤에서 몇몇 영감들이 쭈그리고 앉아 골초를 태우며 왼새끼를 꼬고 있었다.

“우리 촌은 촌장이 있으나마나 그저 그런 기여.”

“지금, 우리는 촌장보다도 당장 저녁 땟거리가 더 큰 근심이랑께.”

“촌장을 선거하믄 구제량 내려 보낸다냐?”

예조리 영감 허준택을 비롯한 몇몇 노인들이 되는 호박에 말뚝을 박고 있었다.

“정 그르믄, 아무나 하고 싶은 사람이 하라구 하랑께. 우리는 간당 기여.”

예조리 영감의 휘동질에 몇몇 영감들이 일어서며 흩어지려하고 있었다.

“여러분, 잠깐만 기다려 주십시오.”

등을 돌려대고 있던 영감들이 다시 돌아선다.

“그렇다면 제가 임시 대리촌장을 맡으려 합니다. 동의합니까?”

“우리는 상관 안 한당 기여.”

그들은 될 대로 되라는 듯이 자리를 뜨고 있었지만 여느 촌민들은 여전히 동요하지 않고 있었다. 잘 살아보려는 욕망이 가슴을 움켜잡고 있었던 것이었다. 그래서 일루의 희망을 바라는, 빛으로 반짝이는 눈길로 ‘브론즈’만을 쳐다보고 있었다.

“촌장? 흥. 촌장, 간장, 된장 암만 갈아대봐야 그 상이 장상이지.”

“어디 두구 보랑께. 그 리 보토리는 얼마나 대공무사하게 잘 하는 가구.”

영감들이 고샅길을 걸으면서 찧고 께끼고 했다.

춘산의 마당에서는 또 한 번 떠나갈 듯한 박수소리가 터져 나왔다.

“그럼, 저는 지금부터 이 자리에서 촌장 권리를 행세하겠습니다. 저

는 여러분들께 이제부터 우리 촌의 행동지침으로 될 우리의 구호를
제의하렵니다.
　첫째, '가난의 멍에를 짓부숴 버리자!'
　둘째, '치부의 한길로 힘차게 나가자!'
　이제부터 이 구호를 높이 추켜들고 탈빈치부의 한 길로 용왕매진하
게 될 우리의 '진군나팔'을 울리려 합니다."
　춘산은 사람 장벽을 헤치고 나와 널빤지 위에 묶여 있는 돼지 앞으
로 다가선다. 거기에서 지난밤에 선뜩선뜩하게 갈아 놓은 식칼을 집
어든 춘산은 돼지 목덜미를 무릎으로 짓누르며 멱을 푹 찌른다. 시뻘
건 선지피가 휘 뿌리며 콸콸 쏟아져 나온다. 단말마의 돼지의 비명소
리가 돌대문촌 상공을 진감하고 있었다….
　태양은 돌대문촌 상공에서 새로운 또 하루의 행로를 시작하고 있
었다.

　"들을라니 윤 촌장이 지금 연길에서 무슨 회사를 꾸린 당게 총경리
를 하는 뫼여. 직원들두 몇 십 명 잘 되는데 경끼두 꽤 좋은가 보데.
그래서 지금 윤 촌장이 회계 한 명을 쓰겠당게 고중생으루 여자구사
된다능 기다. 그래 내사 속으루 니믄 더없이 맞춤하겠다 했당기다.
애, 거 어떠냐?"
　허준택이 조반상을 마주하고 앉아서 엊저녁 홍준이 하던 얘기를 되
풀이하면서 딸년의 심사를 저울질하고 있었다. 일곱째 딸인 앵화는
아버지의 이야기를 듣는 둥 마는 둥 가래질하듯 밥을 떠 넣고 씹으면
서 마이동풍으로 묵묵부답하고 있다.

"회계라, 거 참 좋은 직업이지. 회계 앞에서는 촌장두 설설 기데."

"더 얘기 있습능가. 집체 때두 볼라니까 회계가 수판을 쩔꺽쩔꺽하기만 하믄 돈을 타서 입이 넉사째 되는 집두 있구, 빚지구 나앉아서 생 통곡치는 집두 있잽덩가!"

앵화가 대답이 없자 어머니 방 씨가 나서서 말대꾸를 하고 있었다.

"그런데 윤 촌장네 회사에서는 무슨 노릇 한답능가?"

"거 뭐라드라? 거 무슨 두루두루 어쩐다면서 꽤나 골치가 아프다데."

"그렇겠습지비, 숱한 사람들을 영도할라니 오죽하겠습능가."

"글쎄, 아무튼 윤 촌장네 집이 도깨비를 사귄 듯이 재산이 부쩍부쩍 늘어나는 걸 보믄 돈을 잘 버는 모양새여. 앵화가 거기 가믄 우리두…."

"싫습꾸마. 난 안 갑꾸마."

벙어리마냥 잠자코 있던 딸년이 연달아 내쏘면서 벌떡 일어선다. 씹던 음식물을 한 입 가득 문 채 허 영감이 두 눈이 떼꾼해서 딸년을 쳐다보는데 그야말로 닭 쫓던 개 지붕을 쳐다보는 형국이다.

"왜서 안 간당기야, 응? 좀 좋아서? 이 소갈머리 없는 것아. 우리는 밭두 안부치는 기, 그래 그저 집구석에 들어앉아 밥축이나 낼랑고 해?"

"공밥 안 먹습꾸마. 밥 축 낼까봐 근심 맙소."

"공밥 먹는 기 아까와 그러능 게 아이다. 우리 농촌에서사 이때나 저때나 오원짜리래두 신봉쟁이가 끼워야 산다능 기다. 알만하냐?"

"아부지는 그저 맨날 신봉쟁이 타령만 하면서 사위 여섯이나 삼았다는 게 어디서 쩔뚝쩔뚝하는 '띠부팡' 아아믄 쉴 새 없이 머리를 터는 '버랑구' 구, 거기에다 '우따랑'에, '싸따걸'에 굉장합꾸마. 아부지 그 사위들을 모아 놓구 고급동물원을 꾸립소. 경기 좋을 껩꾸마."

"너 그 주둥아릴 못 다물겠냐? 으응? 그래 도대체 어쩔 셈이냐? 말해 보랑 기야."

"싫다 했쟵두. 그게 그리 좋으믄 어째 아부지 가지 못합두?"

앵화가 금방 물을 떠 마신 바가지를 놓고 발에 신을 걸면서 하는 대답질이다.

"저 가시나, 저년 버르장머리 좀 보랑께. 그래 내가 여자냐, 으응?"

부아통이 터진 영감이 닥치는 대로 무엇을 틀어쥐고 당장 마른벼락을 내릴 태세인데 고년은 어느새 독수리를 본 쥐새끼처럼 빠져 달아나고 없었다.

"영감은 어찌믄 성질두 그렇습능가? 애를 좀 차견차견 타이르는 게 아이라 그저 쩍하믄 꽥 소리지르구, 뚝 부릅뜨고, 그러이 개두 점점 더구나 들먹습지?"

노친 방 씨가 딸을 두남두면서 푸념질한다.

"그 버르장머리 못 봤능가? 애비나 콱 가우, 어데다 대구 그따위 말본새란 말이여, 아앙?"

영감이 거꾸로 틀어 쥔 빗자루로 콩마당질 하듯 구들을 투닥투닥 내리치며 으르렁 거린다.

"에구, 됐으꿔니. 날래 아침이나 마저 듭서."

"안 먹능기다."

부아통이 터진 영감이 밥상을 콱 밀쳐버리자 국그릇의 국이 철렁거리며 넘쳐나 구들에 줄줄 흘러내린다.

문화대혁명시기였다.

산은 산마다 황금의 단풍이 찾아들고, 곡식은 알알이 옹골차게 영글어 묵직한 머리를 푹 숙이고서 깊은 사색에 잠겨 있는 듯한 가을이었다. 사원들 조이가을 새참이었다. 모두들 일하던 그 자리에 금방 베어놓은 조이 짚을 깔고 앉아 담배를 피며 낫을 갈기도 하고 소피보러 가기도 하고 있었다.

밭머리에는 '대채를 따라 배우고 대채를 따라 잡자!' 라는 슬로건을 아로 새긴 붉은 기가 펄럭이고 있었다.

딸부자 허준택은 자기 나쎄인 불혹지년의 몇몇 장년들과 같이 골초를 말아 피우며 허리 쉼을 하고 있었다.

몇몇 하향지식청년들이 저쯤해서 돌아서서 소피를 보고 돌아오다 허준택을 보더니 저희들끼리 씨부렁거린다.

"야, 우리 앵란이 아버지한테서 일본말 좀 들어볼까?"

그 소리에 모두들 욱 몰려들어 일어 한마디만 들려달라고 조른다.

"앵란이 아버지, 위만 때 배웠다는 그 일본말을 지금두 기억하구 있습두? 우리 좀 들어보갰소. 예?"

한 놈은 필터담배까지 꺼내어 돌아가며 권하면서 허준택을 조르고 있었다. 신사 막대기까지 받아 문 허준택은 으쓱해서 왜놈들의 억압에 일본 글을 배우던 그때를 자랑삼아 장황히 늘어놓고 나서 이렇게 말했다.

"일본 글두 우리 조선 글처럼 자음과 모음이 있네라. 니네 봐라."

그는 풀대를 꺾어가지고 밭이랑에 글을 쓰면서 읽기 시작했다.

"자음 '아가사다나하마야라와'가 있구, 그 다음 또 모음 '아이우에오'가 있다. 이런 자음과 모음을 서로 붙여서 이렇게 읽는다. 아이우에오, 가기그게고, 사시스세소…. 쭈욱 이렇다. 알 만하냐?"

젊은 놈들이 허준택을 빙 둘러 싸고 앉아 뺄쭉한 토끼귀가 되어 듣고 있었다. 그러자 어깨 으쓱해진 허준택이 더구나 희뜩해서 희고 곰팡이 낀 소리를 친다.

"그럼 내 일본말루 '동방홍'을 부를 게 들어 봐라."

허준택이 목젖을 가시고 나서 되놈집 당나귀 떼를 쓰는 소리로 '동방홍'을 부르는데 일본 말이 맞기나 한 지 귀신이나 알 일이었다.

청년들은 너무도 희귀하고 호기심이 동하여 막 박수까지 치면서 떠들어대고 있었다. 그리고 가르쳐달라며 법석 고아댔다.

허준택은 또 한 대 내미는 담배를 받아 물고 태우며 한 소절씩 따라 배우기로 노래를 가르쳐주고 있었다.

그날 저녁, 식사 후 아내 방 씨가 밥상을 치우는 사이에 허준택이 지친 몸을 금방 뉘였는데 불현듯 인기척도 없이 문이 벌컥 열리면서 팔에 완장을 두른 홍위병들이 우르르 쓸어들었다.

허준택이 펄쩍 놀라며 일어나 앉았다. 온 집안 식구들이 기겁을 하며 남자꼬챙이라고는 오직 하나뿐인 세대주만 쳐다보고 있다.

"허준택이, 우리하구 좀 같이 가기요."

대대혁명위원회의 주임이라는 자식이 개잡은 포수처럼 우줄렁거리며 가차 없는 반말로 지껄이고 있었다. 얼굴에는 흐뭇한 비아냥거림이 잔뜩 어려 있었다.

"무슨 일루? 어디 가자는 거요?"

"이 새끼 무슨 말이 이리 많니? 가자믄 갈 게지."

첫마디 안짝에 이 새끼 저 새끼다. 그러자 똘마니들이 우루루 구들에 뛰어 올라와 다짜고짜 허준택의 팔을 끼고 등을 밀면서 끌고 나간다.

"이게 워쩐 생벼락이요? 여보!"

방 씨가 남편이 잡혀가는 그 뒤를 천방지축 내달아가면서 울부짖는다. 숱한 딸들이 우르르 몰려 나와 아우성치며 오열을 터뜨리고 있는 어머니에게 매달려 울고 있었다.

이때 혁명위원회의 주임이란 자가 집안에 남아서 농짝이며 책상서랍 등 닥치는 대로 벌컥 뒤집고 있었다. 한참동안 미친개처럼 눈에 불이 이글이글해가지고 냄새까지 킁킁 맡으면서 뒤지다가 끝내 윗방 벽에 걸려 있는 액자 뒤에서 먼지가 두툼하게 쌓인 너덕너덕하고 누렇게 색 바랜 책 한 권을 얻어냈다. 일어 초급본이었다.

"그럼 그렇겠지. 내 네놈이 일본특무라 한 지 오랬다. 이 새끼, 이제야 뛸 데 없지."

그는 책상모서리에 대고 책에 들씌운 먼지를 툭툭 털고 나서 다시 집안을 구석구석 살피면서 독살을 피우다가 가버렸다.

대대판공실에 끌려 온 허준택은 심문을 받기 시작했다. 대라고 했다. 어느 때, 어디서, 누구의 소개로 어떤 조직에 가담했으며, 어떤 훈련을 받았는가. 그리고 무슨 임무를 맡고 지금까지 잠복해 있느냐고 했다. 그리고 이미 일본에 제공한 비밀정보를 낱낱이 고하라고 했다.

허준택은 두 팔을 뒤로 결박을 당한 채 무릎을 꿇고 엎드려 있었다. 그런 일 없다고 했다. 어깨에 몽둥이가 날아와 떨어졌다. 눈에서 불이 번쩍하고 그 어깨가 떨어져 나가는 것만 같았다.

"네가 일본 특무지?" 하고 물어왔다. 아니라고 했다. 일어 초급본을 눈앞에 내밀고 흔들면서 태산 같은 물증 앞에서도 완고하게 뻗힐 셈이냐고 했다. 그리고 혹형을 가했다. 그래도 허준택은 완강하게 나서면서 자기는 죄 없다고 했다. 일체 억지를 생파리 잡아떼듯 부인하고 나섰다.

준택은 두 다리를 소수레의 뒤 가름판에 묶여 거꾸로 디룽디룽 매달려 있었다. 그리고 소를 메워 끌고 거리돌림을 당했다. 온 대대의 남녀노소들을 총동원시켜 '일본 특무 허준택을 타도하자!' 라는 구호를 높이 외치게 하면서 앞마을로부터 뒷마을에서 다시 아랫마을로 빙빙 돌며 퍼레이드를 당했다. 그의 목에 처맨 '일본 특무 허준택' 이란 개패가 그의 목을 조이면서 땅에 질질 끗기고 있었다.

천백 번도 더 되는 '탄백(坦白)하면 관대하게 처리하고 항거(抗拒)하면 엄중하게 처리한다' 는 정치공세와 살지도 죽지도 못하게 만드는 인신학대에 배기지 못하여 끝내 일본 특무라고 승인했다. 머리를 짜가며 어쩌고저쩌고 죄장을 만들어가며 불어댔다. 물론 앞뒤가 맞지 않고 이치에 어긋나는 일인 만큼 숱한 해프닝이 벌어졌지만, 그들은 대어를 낚았다고 미쳐 날뛰며 크게 기뻐들 하고 있었다.

일이 이렇게 불거지자 문제는 점점 더 크게 번져가게 되었다.

네가 일본 특무일진대 너의 쌍둥이 형인 허만택은 그럼 그때 무얼 하고 있었느냐는 것이었다. 그래서 그도 붙잡아다 일어 초급본을 들이대며 읽어보라고 했다. 당연히 그도 아가사다나를 알고 있었다. 너도 뭘 데 없는 일본 특무라고 단언하면서 쌍둥이를 한 꼬챙이에 코를 꿰었다.

쌍봉공사에서는 돌대문촌에 수십 년간 잠복해 있던 일본 특무조직을 사출해 냈다고 크게 축제를 벌이면서 그들을 공사에 끌어 올려왔다. 이렇게 '일본 특무' 라는 낙인이 찍힌 쌍둥이 형제는 고깔모자를 쓰고 이삼십차에 걸치는 투쟁대회에 오르기도 했고, 현에까지 끌려 올라가서 퍼레이드를 당하기도 했었다.

이 쌍둥이 형제를 함께 세워 놓으면 누가누군지 분간하기가 여간 쉽지가 않다. 암만한 거푸집에 찍어낸 쌍둥이라지만 중년배에 들어서까지도 그렇게 꼭 같을 수가 없었다. 마을사람들은 그들이 통일 복을 입지 않은 이상 입은 옷에 따라 형과 아우를 분별하고 있었다.

그러나 그들과 한 마을에 오래 살다보면 그들 형제간의 선명한 대조와 서로의 독특한 개성을 파악하게 된다.

형은 흉금이 넓고 소탈하나, 동생은 도량이 좁고 옹졸했다. 형은 담백하고 고지식하지만, 동생은 탐욕하고 촐랑거렸다.

문화대혁명 때 사실만 봐도 이러한 동생 때문에 두 형제가 곤장지고 매 맞으러 가지 않았는가.

그때부터 허준택의 뒷등에는 '예조리 영감' 이라는 불미스런 라벨이 붙어 다니게 되었던 것이었다. ♣

대리촌장은 촌의 골간역량들을 추슬러 세우고,
돌대문촌은 가난의 동면 속에서 기지개를 켜다

뗑! 뗑! 뗑….

청아한 종소리가 돌대문촌 분지를 진동하며 저녁노을 속으로 울려
퍼지고 있었다. 집체 때 양푼이 목을 매고 디룽디룽 매달려 있던 느티
나무 가지에 십여 년이 지난 오늘 또다시 당년의 그 끓어 넘치던 기상
을 재현하듯이 녹 쓴 타이어 테가 매달려 있었다.

뗑! 뗑! 뗑….

촌장 리춘산이 치는 첫 종소리다. 이 종소리는 오금에 비파소리가
나게 사람을 불안스레 몰아붙이던 집체 때의 그런 다급한 옹헤야장단
같은 리듬이 아니라 여유 있고 평화로운, 사랑하는 사람이 정답게 부
르는 듯한 그런 소야곡과도 같은 리듬이었다.

앞마을 뒷마을, 그리고 아랫마을에서 남녀노소 촌민들이 꾸역꾸역

모여들고 있었다. 촌민들은 이 종소리의 리듬과 템포, 그리고 톤에서 이제 마을의 선두자가 될 신임 촌장이 부르고 있다는 노랫말을 읽어 냈던 것이었다.

사람들은 웃고 떠들며 마을의 중심이 되는 개울가의 느티나무 아래로 몰려들었다. 나무 뒤에 있는 널따란 공지에 들어서는 길목에 새로이 자리를 잡고 우뚝 일어선 개선 문 앞에서 사람들은 발걸음을 멈추었다.

개선문 양옆에는 '가난의 멍에를 짓부숴 버리자!', '치부의 한길로 힘차게 나가자!' 라는 슬로건이 붉은 천에 흰 글씨로 길게 내리 걸려 있었고, 위에는 '탈빈치부' 라는 네 글자가 너비 전체에 딱 맞는 간격으로 대서특필로 쓰여 있었다. 그리고 양옆의 슬로건 주위와 가름대에는 전부 새로 꺾어온 사철 푸른 소나무가지로 장식이 되어 있었다.

사람들은 개선문을 둘러싸고 웅성거렸다. 축제의 분위기였다.

돌대문촌이 바야흐로 깊은 잠에서 깨쳐 기지개를 켜고 있다는 사실이 실감나게 폐부에 젖어드는 것을 어쩔 수 없었다. 그러니까 잠에서 깨쳤으니 무언가 하기 마련이다. 무엇을 할 것인가? 아직은 미지수다. 리춘산이란 이 신임 촌장이 어떤 도남의 날개를 펼칠지는 아직은 아무도 모른다. 하여튼 돌대문촌이 잠에서 깨쳤으니 이제 추한 벌레가 화려한 변신을 하여 아름다운 나비가 되어 날아예기만을 속으로 기원할 뿐이었다.

널따란 공지 한복판에는 화톳불이 훨훨 타오르고 있었다. 팔뚝 같은 장작이 서로 머리를 맞대고 서서 시뻘건 불길을 휘감고 있었다. 장작개비는 토닥토닥 튀면서 불티가 섞인 검은 연기를 타래쳐 올리고 있었다.

화톳불 주위에 널따란 공간을 남기고 밥상들이 울타리를 두르듯이 빙 둘러 놓였는데, 마을 아낙네들이 주안상을 챙기고 있었다.

촌민들이 끼리끼리 자리를 정하고 앉는다. 장닭은 장닭끼리, 까투리는 까투리끼리, 가재끼리, 게끼리 오롯이 모여 앉는다. 오랜만에 모두모두 한자리에 모여앉아 서로서로 쳐다보니 그렇게 정다울 수가 없다. 누가 누구를 외면하랴? 정말이지 사촌 같은 이웃이다. 이웃을 모르고 살 수 없다. 그래서 무람없이 골초를 나누어 피우기도 하고 환담도 나누면서 웃고 떠들어 댔다. 명절이나 동네 뉘 집 희사처럼 즐거웠다.

호 도거리 십여 년에 사람이 모두 두더지가 되어 버렸었다. 모두가 제가끔 제 굴을 파느라고 너는 너고, 나는 나고 서로 외면하듯이 살아왔다. 세상은 야박해지고 인심은 야속해지기만 한다.

집체경제 해체 후에 촌 규모의 집체모임이란 한 번도 열린 적이 없었다. 더구나 돌대문촌에서는 결발부부 잔치 술과 첫돌 아이 생일 떡을 먹어본 지도 옛날이다.

촌 규모의 집체모임이 이따금 있어야 촌민들이 함께 모여앉아 인정도 나누고 커뮤니케이션도 이룰 것인데, 지금은 통 기회가 주어지지를 않아서 성화다. 그래서 춘산은 오늘 자기 집돼지를 잡아서 온 동네가 모여앉아 연회를 베풀면서 한번 실컷 놀아보게 했으면 좋겠다면서 을룡이더러 돼지 잡이를 거들어 달라고 청을 들었다는 것이다.

하루 종일 마을의 몇몇 아낙네들이 몇 집에 나누어 앉아 돼지고기를 삶고, 순대를 넣고 요리를 만들고, 시루떡도 만들면서 바삐 돌아친 덕분에 이 연회가 순조롭게 막을 열게 되었던 것이다.

여름해도 저물어가고 화톳불이 훅훅 소리를 치면서 더 세차게 타오르고 있다. 그 불빛이 연회장을 대낮처럼 밝히고 있었다.

촌민들이 이제는 거의 다 모인 것 같았다.

리 촌장이 한복판에 나서며 손뼉을 마주쳐 장내의 질서를 잡았다. 금세 물 뿌린 듯이 조용해지며 눈길을 자기들의 신임촌장 얼굴에 초점을 맞추었다. 산촌의 밤 축제가 바야흐로 서막을 올리고 있었다.

리춘산이 만면에 춘풍을 가득 싣고 입을 열었다.

"촌민 여러분, 오늘 우리 촌의 만찬축제는 유사 이래 처음으로 베푸는 특수한 모임이라고 보아집니다. 이 축제는 금후 우리 촌의 변천 여하에 따라서 심원한 역사적인 의의를 띤 리정비였다는 평판을 받을 수도 있을 것이고, 또는 그저 한낱 비교적 규모가 큰 술추렴에 불과하였다는 결론을 받을 수도 있을 것입니다. 그러나 우리 속담에 '구더기 무서워 장 못 담그랴'라는 말이 있듯이 나중에 어떻게 될까봐 고려되어 망설이고 있을 순 없습니다."

리춘산이 술상 앞으로 다가와 술잔을 높이 들고 외쳤다.

"촌민 여러분! 자, 돌대문촌의 변천을 위하여 깐베이 합시다!"

"깐베이!"

저마다 잔을 들고 일어선 촌민들이 한결같이 외치며 술잔을 높이 높이 쳐들었다. 리춘산이 잔을 쭈욱 비우고 거꾸로 기울여 보이자 촌민들도 일제히 잔을 기울인다.

"여러분, 저는 오늘 촌의 몇몇 골간들과 함께 촌민위원회 준비회의를 열고 임시 촌민위원회를 구성하였습니다. 이제 위원들의 명단을 제가 향정부에 보고하여 심사비준만 거치면 정식으로 임직하게 되는 것입니다."

온 장내가 숨결을 가다듬고 춘산만을 뚫어지게 쳐다보고 있다.

"지금부터 촌민위원회 회원명단을 공보하겠습니다. 지구촌, 중화인민공화국, 길림성 룡정현 태양향 돌대문촌, 촌장에…."

춘산은 이렇게 드높은 억양으로 유머러스하게 첫 스타트를 떼놓고 약간 뜸을 들였다가 코믹하게 슬쩍 웃으면서 뒤끝을 달았다.

"리춘산, 바로 접니다."

"와!"

여성들 쪽에서부터 박수갈채와 함께 함성이 터져 올랐다.

"회계, 김석이."

박수소리가 끊이지 않고 연거푸 계속 울리고 있다.

"부녀주임에, 양춘절이."

"치보주임에, 배오복이."

"단지부서기, 허앵화."

"로년협회 회장, 허준택 아바이."

허 영감이 한구석 술상에 마주 앉아서 춘산을 향하여 팔을 내저으며 무어라고 했건만, 그것은 점점 더 거세차게 포효하며 덮쳐드는 풍랑과 같은 군중들의 납함 속에서 한낱 모기소리에 불과하여 아무런 반향도 끌지 못했다.

"민병련장에, 리뚝길이."

촌민들의 정서는 월드컵대회장의 분위기로 끓어올라 열광의 도가니 속과도 같았다.

"로총각위원회 위원장, 주갑룡이."

불현듯 노총각위원회란 이 새로운 단어가 튀어나오자 군중들의 정서는 일시에 굳어지며 웅성거리기 시작했다. 노총각위원회가 뭐냐며 의아한 눈길로 서로서로 쳐다보고 있었다.

춘산이 거기에 해석을 가했다.

"여기에 대해서 제가 설명을 첨가할까 합니다. '로총각위원회' 라는 이 조직은 아직 그 어디에도 없는 조직기구입니다. 그러나 우리는 우리 촌의 실제정황에 근거하여 불가피면적으로 탄생해야 할 신생 사물입니다. 지금 우리 촌에는 만 스물여덟 살 이상의 로총각들이 스물두 명이 있습니다. 이들은 우리 촌의 가장 강대한 생산력이며, 가장 큰 역사적인 사명을 짊어지고 있으며, 가장 침통한 고난에 직면하고 있습니다. 지금 이들이 수요하고 있는 것은 전 사회의 이해와 관심, 그리고 고무입니다. 우리는 이들을 백안으로 보아서는 절대 안 됩니다. 우리는 그들을 이해하여 주어야 하며, 용기와 신심을 안겨줘야 할 뿐만 아니라, 그들을 추진시켜 주어야 합니다. '로총각위원회' 는 이제부터 민병조직과 협력하여 노동과 생활, 학습 등 각 방면에서 그들의 앞길을 비추는 등대가 되어 22명의 로총각들을 이끌어 나가게 될 것입니다."

차분한 침묵 속에서 장엄한 박수소리만이 오랫동안 계속된다.

장년들 축에 끼어 앉아 머리를 고이고 사색에 잠겨 있는 주갑룡은 코끝이 시큰해지는 것을 어쩔 수 없었다. 그는 불혹지년도 훌쩍 지난 노총각으로서 떠꺼머리총각들의 좌상이었다.

"형님에, 부탁이요, 좀 수고해 주우."

춘산이 그에게 다가가 그의 손을 덥석 잡아 흔들었다. 갑룡은 촉촉이 젖어드는 눈시울을 껌뻑이며 춘산을 힐끗 쳐다보면서 머리를 끄덕인다.

"이로써 촌민위원회가 구성되었습니다. 그럼 지금부터….."

"저, 춘산이, 이 사람아. 난 독보조 조장 같은 노릇은 안 한당기여. 내가 언제 그 따위 노릇을 하자구 했나?"

앵화의 아버지 허 영감이었다. 아닌 밤중에 홍두깨 내밀듯이 불쑥 튀어나오는 그의 부르튼 소리에 장내의 시선이 일제히 그에게 집중되고 있었다.

"앵화 아버지, 이건 주비소조에서 만장일치로 결정한 것입니다. 그러니 좀 수고하여 주십시요."

"안 한당기여. 그걸 하믄 공수 주나, 신봉 주나? 괜한 소리지."

"천하만사 모든 것을 어찌 보수만 바라보구 하겠습니까. 우리 마을 로인님들을 위하여 앵화 아버지, 부탁드립니다."

"안 한다니께. 그리구 앵화두 언제 거기 붙어서 흥야항야할 새 없당기여. 딴 사람을 시키게, 애당초에."

촌민들이 '우-' 하면서 비아냥거리는 반응을 보이고, 한쪽 구석에서는 손가락을 입에 넣고 부는 휘슬소리까지 휘익! 하고 허공을 찢으며 울렸다.

"그럼 좋습니다. 이 일은 내일 다시 토론하기로 하겠습니다. 자, 이젠 모두 다 같이 술잔을 듭시다."

남녀노소 모두가 술잔을 들고 일어선다. 허 영감이 제 무안에 취하여 일어서지도 못하고, 앉아 있기도 거북해서 엉거주춤하고 있었다.

"앵화 아버지두 술잔을 드십시요."

춘산이 허 영감에게로 다가가 술잔을 그의 손에 쥐어 주었다. 몽니

쟁이 영감은 머리도 들지 못하고 있다가 할 수 없이 술잔을 받아든다.

"자, 다 같이 깐베이 합시다. 깐베이!"

"깐베이!"

춘산의 제의에 일제히 호응하면서 잔을 비우고 나서 자리를 잡고 앉는다.

만찬이 시작되었다. 연회장 한복판에 활활 타오르고 있는 화톳불 주위에서 앵화도 춘절과 배오복 등 몇몇 아낙네들과 같이 돼지고기를 저미고, 순대를 썰며, 켜켜이 팥고물을 얹은 시루떡을 담아 주안상에 올리는 등 연회 뒷바라지에 눈코 뜰 새 없이 바삐 돌아치고 있었다.

춘산은 을룡을 비롯한 자기 나쎄의 친구들이 모여 앉은 술상에 찾아와 몇 잔의 술을 데꺽 마시고 훌쩍 일어섰다. 그리고 술상 뒷바라지를 하고 있는 아낙네들한테로 와서 술과 안주를 챙겨들고 연회장을 슬그머니 빠져나왔다.

마을 고샅길을 터벅터벅 걸어 올라가다가 뒤로 금방 넘어갈듯이 찌부렁한 초막집 마당으로 들어선다. 문고리를 잡아당긴다. 집안은 무덤 속같이 캄캄하고 침침했다. 꼽추가 된 양어머니 김곱동녀와 떠꺼머리총각들인 그의 네 아들들은 모두 연회장으로 나가고 집에는 지금 청맹과니로 되신 양아버지 주장원이 혼자만이 누워계신다.

춘산은 구들로 올라가 줄을 당겨 전등을 켰다. 도둑이 왔다가 제 옷을 벗어놓고 갈 형편으로 구차한 살림살이가 눈앞에 적나라하게 드러나고 있었다.

찬장 위에서 양아버지의 개상반을 내려 놓고 거기에 들고 온 음식을 차렸다.

"아버지, 주무십니까?"

춘산이 사이 문을 열고 윗방 전등을 켜며 아버지를 불렀다.

노인은 해골처럼 뼈만 앙상한 엉덩이를 다 들어내 놓은 채 벽을 마주하고 새우처럼 꼬부리고 누워 계셨다.

"아버지, 제가 춘산입니다."

"어? 춘산이가 어드룩해서 오는 기여?"

꽉 막혀버린 목구멍에서 억지로 겨우 새어나오는 듯한 허스키한 목소리였다.

"예, 제가 아버지께 술 한 잔 부어드리려고 왔습니다."

"술이라니, 워쩐 술이지?"

"예, 호 도거리 이후 모두 저마다 제 굴을 파느라구 이웃지간에도 서로 마주앉을 기회도 없지 않고 뭡니까. 그래서 오늘 저녁에는 온 마을이 함께 모여앉아 이웃 간에 정도 나누고 회포도 풀 겸 모두 모여 놀아보려고 연회를 벌렸습니다."

그는 잔에 술을 따라 양아버지의 손에 쥐어드리고 울먹이며 권했다.

"아버지, 이 술 한 잔 따끈하게 올리고 싶습니다. 아버진 너무도 고생이 많으셨습니다. 한평생 고된 로동과 총각으로 늙어가는 아들 사형제를 차마 보시지 못해 실명하신 우리 아버지십니다. 자, 이 술을 드십시오."

춘산은 이 양아버지를 마주하는 순간마다 지나간 피눈물의 인생역정이 엊그제 일처럼 머릿속에 갈마들면서 사무쳐 오르는 설움을 달랠 길이 없다.

'이 아버지가 아니었던들 나, 리춘산의 오늘이 있을 수 있었으랴!

지금쯤은 어떻게 되어 있었을까? 살아 있었을까, 죽어 없었을까. 살아 있다면 아마도 천인이 공노하는 청부살인업자, 즉 킬러가 되어 하늘이 내리시는 불벼락을 도피하며 살아가고 있었으리라. 아니, 지금까지 그렇게 살아 있을 순 없어. 사형수가 되어 한 방울의 이슬로 사라지고 말았으리라. 죽어가서도 십팔 층 지옥에 갇혀 유황불이 활활 타오르는 불 산을 넘으며, 밑바닥 없이 시커먼 먹물이 흐르는 흑하(黑河)를 건너며, 오십 개의 갖가지 독사의 머리를 가진 괴물인 히드라에게 칭칭 감겨 다시 죽을 수도 없는 영혼이 시달림을 받고 있으리라.'

8년 전, 사랑하는 아내와 아직 이승에 고고성도 울려보지 못한 쌍둥이를 함께 잃은 춘산은 사회 질서를 교란했다는 죄명으로 일주일간 억류를 당하게 되었었다. 그사이 촌에서 장 촌장이 손잡이트랙터를 갖고 와 사신에게 끌려간 어머니와 그의 두 모태를 실어다 도끼봉 밑에 고이 묻어 주었다.

유치장에서 풀려나온 그날 저녁, 춘산은 장밤을 무덤 속 같은 집안 가마목에 혼자 앉아서 깡다구 술을 퍼마시고 있었다.

금방 장님이 되어버린 듯이 앞이 캄캄하고 숨이 꺽 막히는 것만 같았다. 그리고 천길만길 밑바닥 없는 깊은 나락으로 무작정 떨어져 내리는 것만 같았다. 질식하여 죽을 것만도 같았다.

그때 여섯 살 난 아들애는 그동안 할머니인 곱동녀의 집에서 세상모르고 잘 있었으나, 아버지가 돌아온 그 나절에는 엄마를 찾으며 죽을 둥 살 둥 하고 울어댔다. 배고픈 줄도 모르고 그렇게 울 수가 없었다. 춘산은 어린 아들애의 앞에서는 눈물을 보일 수가 없었다. 아이한테 눈물을 보인다는 것은 여린 가슴에 상처를 남기는 것밖에는 없었다.

아들애는 지금 잠들어 있었다. 잠 속에서도 엄마를 부르며 눈에 눈물이 그렁그렁 고여 있었다.

춘산의 가슴은 찢어지는 것만 같았다. 심장에 불이 붙는 것만 같았다. 그 붙는 불을 오직 술, 술만이 꺼버릴 수 있을 것 같았다. 그래서 술을 마시고 또 퍼마시고 있었다. 머리를 뒤로 젖히고 술을 잔으로 마구 부어넣고 있었다.

술에 눈물을 섞어서 마셨다. 술은 맵기도 하고 짜기도 했다. 쓰리기도 하고 아리기도 했다. 취하고 싶었지만 왠지 취하지도 않았다. 정신을 마비시키고 싶었지만 그것이 잘 되지 않았다. 그래서 술병을 거꾸로 입에 대고 꿀꺽꿀꺽 목구멍에 마구 쏟아 넣고 나서 빈 병을 뿌려 던졌다. 그러고 나서 머리를 붙안고 꺼억꺼억 흐느끼며 오열을 터뜨렸다.

순간 주먹을 쳐들어 악을 쓰며 가마를 내려부쉈다. 세상이 두 쪽 나는 소리를 내면서 쩍 갈라진 소댕이가 양옆으로 밀리며 부엌아궁이 앞에 떨어져 나갔다. 와~ 하고 꿈속에서 놀라 깬 아들애가 또 엄마를 찾으며 한없이 울어댔다.

어린 아들을 끌어안고 함께 오열로 지새운 그날 밤, 칠흑 같은 밤하늘에서 간간이 들려오는 귀곡새의 울음소리는 만가를 불러주고 있는 것만 같았다….

춘산은 아내의 손때가 반질반질 묻어 있고 아내의 체취가 푹푹 스며들어 있으며, 아내의 인정이 가득 고여 있는 이 집에서 더는 살지 못할 것 같았다. 아내가 문뜩문뜩 문을 열고 들어서는 것만 같았고, 아내가 눈앞에서 삼삼거리고 있어서 마음이 산란하기 그지없었다.

춘산은 양부모를 찾아가 아이를 부탁하면서 잠시 집을 떠나 마음을 안정시키고 돌아온다고 했다. 양부모는 그러는 것이 좋기는 하되, 오래 있지 말고 될수록 빨리 돌아와야 한다고 신신당부하면서 "그 전에 들려준 옛이야기를 기억하고 있느냐?"고 했다.

그 이야기는 이러한 내용이었다.

옛날 조선에 한 양반이 있었다. 그 양반은 아침마다 잠자리에서 깨어나면 머리맡에 떠다 놓은 대야의 물에 세수를 하고 상투를 풀어 머리를 빗고 양반의 이미지인 기다란 수염까지 정성들여 빗은 후, 빗에 걸려 빠진 머리칼과 수염을 세숫물에 그대로 툇마루에 나서서 앞마당에 휘 뿌려 던지는 습관이 있었다.

어느 하루아침, 그날도 양반은 예전과 다름없이 눈을 뜨자마자 자리에서 일어나 세수를 하고 나서 뒷간으로 나갔다 볼일을 다 보고 돌아와 툇마루에 올라서며 방문을 열고 들어서다보니 생전 코빼기도 못 보던 웬 영감이 내 자리의 보료 위에 틀거지를 차리고 앉아서 아침 진짓상을 받아 놓고 있었다. 양반은 그만 뒤로 흠칫하며 두 눈이 퉁방울이 되어 어쩔 바를 몰라 어리둥절해 있다가 추상같은 호통을 쳤다.

"이게 어디서 나타난 낮도깨비가 식전 아침에 남의 집에 뛰어들어 주인행세를 하고 앉았느냐?"고 했다.

그랬더니 방 안에 앉아 있던 그 영감도 콩 뛰듯 팥 뛰듯 펄펄 뛰면서 야단 질을 쳤다.

"이건 어디서 굴러온 비루먹은 놈인데 때시걱에 남의 집에 뛰어들어 큰소리 뼁뼁 치느냐?"고 했다.

이렇게 되어 그 두 영감은 서로 맞붙어서 옥신각신하고 삿대질하면서 서로 자기가 주인이라며 아귀다툼을 하고 있었다.

일이 이쯤 되자 아래 칸에 있던 온 집안 식구들이 사이 문을 열고 우르르 몰려들었다. 노친이 눈을 번쩍 뜨고 보니 두 영감이 서로 호통을 치고 호령을 하는데 어쩌면 둘이 다 꼭 같은 자기의 영감이었다. 노친과 온 집식구들은 그만 아연실색하고 말았다. 두 영감이 서로서로 자기가 주인이라며 당장 저놈을 내쫓으라고 호통을 치고 있었다.

노친이 어안이 벙벙하여 어정쩡해 서 있었다. 그때 한 영감이 바짓가랑이를 걷어 올리며 말했다.

"로친, 이보우. 나 이 정강이뼈가 부러졌던 자리를 로친도 알구 있잖우? 이것이요. 내가 세수하구 뒷간 갔다 돌아와 보니 저런 오라질 놈이 내 자리에 앉아 있드란 말이요, 내가 바로 노친 영감이우."

그러자 저쪽 영감도 옹구바지 대님을 풀고 바짓가랑이를 걷어 올리고 꼭 같은 절골 자리를 드러내 보이며 "그게 어디 너만 있느냐, 나도 있다"고 했다.

세상에, 오래 살면 손자 턱에 흰 털 나는 꼴 본다더니. 먼저 영감이 또한 저고리 고름을 풀고 어깻죽지에 있는 쥐젖을 드러내 보이면서 이래도 내가 진짜 아니냐고 했다. 이번에도 집안에 앉아 있던 영감이 그게 나한테 있는 건데 어쩌면 너한테 가 붙을 수가 있느냐며 자기도 어깻죽지를 쳐 세우고 꼭 같은 쥐젖을 드러내 보이는 것이었다.

두 영감은 서로 자기가 진짜라고 우기면서 맞붙어서 상투 끄덩이를 휘두르며 아옹다옹하는데 온 집안 식구들 누구도 진가를 가려내는 수가 없었다. 혈수할수없어 자식들이 나서서 두 영감을 뜯어 말려놓고 나서 노친더러 자기 영감을 짚으라고 했다.

노친도 그렇지, 꼭 같은 걸 누가 누군지 아는 수가 있는가. 그래서 따따부따할 것 없이 밥상을 들고 들어올 때 올 방자를 틀고 앉았던 영감이 내 영감이라고 뚝 찍고 말았다. 이렇게 되자 방 안에 있던 그 영감이 의기양양해서 저 비루먹은 놈을 당장 내쫓으라고 호통을 치고 나서 보료 위에 틀고 앉으면서 밥상을 끌어당겼다.

일이 이쯤 되자 뒷간 갔던 영감은 입이 열 개라도 할 말이 없어서 뒷등이 부옇게 쫓겨나게 되었다.

「나 원, 세상에 별일 다 있지.」

너무 기가 차고 억이 막힌 양반은 헐수할수없어 고개 넘어 산 밑에 살고 있는 딸집으로 찾아가는 수밖에 없었다.

이제 금방 조반을 지어놓고 마당에 나섰던 양반의 딸이 뒷산에서 웬 노인이 고개를 내려오고 있는지라 찬찬히 바라보니 자기 친정아버님이시었다. 그 딸이 천방지축 달려가 아버님을 맞이했다.

「거 참, 아버님의 거동이 이상하다.」

기색이 아주 안쓰러웠고, 두루마기도 차려입지 않으신 채 초라한 모습이었다. 게다가 양반이신 아버님은 종래로 시집간 딸집에 훌쩍훌쩍 발길을 돌리시는 법 없으신데 오늘은 그것도 이렇게 초라하게 딸집으로 비실비실 행차하시는 게 뭔가 틀려도 한참 틀렸다 싶었다.

그래서 급히 아버님을 집안에 모셔 들이고 웬일이시냐고 시시콜콜 캐어물으니 양반이 너무도 억이 막혀 선웃음을 치면서 세상에 별일 다 본다면서 자초지종을 쭉 이야기하는 것이었다.

딸자식이 다 듣고 나서 평소에 혹시 아버님의 느낌에 어떤 께름칙한 일은 없으신가 하고 물었다. 양반은 한참동안 생각하고 나서 크게 별일은 없었고, 단 한 가지 '거 참, 이상하다' 하는 생각이 든 일은 있었다고 하면서 그 얘기를 했다.

그 얘기를 다 듣고 나서 한참 생각하고 있던 딸이 알았다면서 "아버님, 잠깐만 여기 앉아계시옵소서" 하고 고개 넘어 친정으로 넘어갔다.

집에 들어서니 온 집안이 아침에 일어난 소동으로 하여 아주 부산한 분위기였다. 딸이 사이 문을 가볍게 밀어젖히고 윗방에 올라서며 "아버님 안녕하옵소서!" 하면서 아침인사를 올리는데, "오냐. 네 왔냐?" 하면서 그 영감이 인사를 받는 품이 심히 당혹한 기색이었다.

이때 딸이 일어서면서 가지고 온 두부자루를 확 풀어놓자 자루 속에 있던 큰 고양이가 아웅하며 갈기를 곤두세우고 발톱을 세워 가지고 그 영감한테 씽 달려들어 모가지를 물어 태질을 쳤다. 그러자 그 영감이 고양이한테 물려 숨이 넘어가면서 점차 원형을 드러내는데, 그것은 원래 사람이 아니라 몇 년을 묵은 늙은 생쥐였다.

이 생쥐가 바로 양반이 딸과 말한, 매일 아침 툇마루에 나서서 세숫물을 마당에 휘 뿌려 던질 때마다 툇마루 밑에서 나와서는 빗질에 빠진 영감의 수염을 물고 툇마루 밑으로 쫑드르르 사라져버리더라는 그 큰 늙은 생쥐였던 것이었다.

온 집안 식구들이 그 생쥐를 보니 혼비백산할 지경이었다. 그때 딸자식이 나서서 한심하게도 어리석은 어머님을 나무람하고 나서 아버님을 도로 모셔왔다고 한다.

주장원은 이 옛말을 떠올리고 나서 옛날에는 쥐며 여우 등 짐승들이 사람으로 둔갑한다고 했지만, '지금은 사람이 야수로 변하는 세상' 이라고 하시면서 너무 오래 밖에서 나돌지 말고 금방 돌아와야 한다고 신신당부를 했었다.

춘산은 연길로 들어왔다. 연길이란 그곳이 아무나 훌쩍 들어서서 쉽게 발을 붙일 만큼 그렇게 호락호락한 곳이 아니었다. 그래도 춘산은 어느 자그마한 만물상 상점에서 숙직도 섰고, 화학비료공장에서 화학비료를 차피(車皮)에 메여 올리는 등 한 반년 사이에 이것저것 쥐였다 놓은 일이 자그만치 열댓 가지나 되었었다.

그 다음에 다시 붙은 일이 개백정이었다. 개 한 마리 잡는데 한 사람이 일 원이었다. 둘이서 하루에 육십여 마리의 개를 잡아 피를 받고 물튀(뜨거운 물로 개털을 밀어버림)를 하여 불에 끄슬린 후 밸까지 훑어서 내쳐야 했다. 날마다 한 밤중인 열한 시부터 일어나서 지름이 일 미터 반도 더 되는 그 큰 가마 둘에다 물을 펄펄 끓여 놓고 나서 아침 다섯 시부터는 개를 잡아야 했다.

낮에도 쉴 사이 없었다. 띄엄띄엄 뛰어드는 개고기꾼들이 다망하지도 않고 쉴 사이도 없게 굴면서 개를 잡아가기 때문이었다.

춘산도 처음에는 개잡이에 손을 댈 때 께름칙하고 섬뜩했다. 금방 아내를 잃고 두 자식을 잃은 진통으로 가슴속이 재가 되어 있는 춘산은 기다란 쇠 집게로 개 모가지를 꼼짝달싹 못하게 짚고 박달나무 방망이를 쳐드는 순간, 아무리 짐승이라지만 그것도 생명인 것만큼 그 생명을 빼앗는다는 것이 차마 못할 노릇이라는 생각이 갈마드는 것을 어쩔 수 없었다.

춘산은 기필코 두메산골 순박한 농민으로서 한 생명을 예사로이 꺼버릴 만큼 그렇게 모진 사람이 못 되었다. 그러나 자기의 생존을 위해서는 개의 생명을 앗아내야만 하는 것이 또한 그의 입장이었다.

춘산은 몽둥이를 쳐들고 집게에 목을 짚여 소리도 지르지 못하고 바동거리기만 하는 개를 내리 까부시려는 순간, 이백 원이라는 돈이 없어서 사랑하는 아내와 두 아들을 저승의 사자에게 맡겼다는 생각을 하면서 담을 키웠다.

개란 동물은 동물계에서 가장 용맹하면서도 또한 가장 비루한 동물이기도 하다. 사람 믿고 사는 개는 제 집 울타리 안에서는 언제나 살기등등해서 낯선 사람은 아예 감히 범접할 엄두도 못 내게 사납고, 주인 앞에서는 물불을 헤아리지 않고 곧장 미친 듯이 내지르는 만용을 가지고 있다. 그래서 언감생심 불곰이나 호랑이한테도 감히 맞다드는 게 바로 개다.

그러나 일단 제 울타리를 벗어나고 주인까지 잃고 보면 병아리 한 마리도 못 건드리는 게 또한 개다. 주인을 잃은 개는 눈에 불이 횡해 허겁지겁 사방으로 뛰어다니며 꼬리를 사타구니에 꼭 끼고 숨을 곳을 찾지 못해 미친 듯이 헤맨다. 모든 것이 자기를 잡자고 드는 것만 같아 보일 것이다. 그래서 주인 잃은 개는 얼마 못가 미쳐버리고 만다.

'미친개 눈에는 몽둥이만 보인다' 는 속어가 묘하기만 하다. 그래서 윗사람 앞에서는 비루하고 비겁하고, 아랫사람 앞에서는 악랄하고 오만한 자를 '개 같은 자식' 이라고 욕하는 것도 바로 개의 본성을 꼬집어 일컬음이리라.

춘산은 한 마리 또 한 마리, 수천 마리의 개를 잡고 또 잡으며 나날을 보내고 있었다.

그러던 어느 날 아침, 잡은 개도 다 실어 보내고 나서 금방 아침을 먹고 나앉았는데 택시 한 대가 들이닥친다. 스물 멧 살씩 돼 보이는 청년 셋이 내렸다. 그 중에서 선글라스를 끼고 겨드랑이에 남자용 핸

드백을 낀 청년이 개를 한 마리 잡아달라고 했다.

춘산은 철근을 뚜드려 만든 자루가 긴 집게로 철책의 난간을 드르륵 훑으며 개 우리에 들어섰다. 개들은 두 눈에 불이 황황해서 오줌을 찔찔 갈기며 이리 몰리고 저리 쓸리면서 서로 비집고 구석으로 기어들었다. 춘산이가 집게를 벌려들고 접근하면 그 개는 제발 나만은 용서해 달라는 듯이 끼깅끼깅 애처로운 소리를 토해내며 눈물을 뚝뚝 떨어뜨리면서 벌벌 떨고 있었다.

집게는 개 목을 꽉 조인다. 개는 네 각을 버둥거리기만 할 뿐 비명도 지르지 못한 채 퍽하고 정수리에 떨어지는 몽둥이에 주검으로 변해 버린다. 혀를 가로 물고 축 늘어진 개를 질질 끌어다 발목을 베고 피를 받아낸다. 그다음 끓는 물에 달달 그을려서 서너 번 뻑뻑 훑어내면 희끔하게 때벗이를 한 개고기로 변한다. 이번에는 그것을 칸델라 불에 끄슬려내고 그 다음은 시퍼런 칼이 몇 번 번쩍거리면 어느새 똥까지 훑어버린 창자와 내장이 개 배때기 안으로 도로 들어간다. 그것을 들어다 저울에 메다치면 개 한 마리가 끝이다.

선글라스의 청년은 춘산이 하나의 개를 잡는 전반 과정에 내내 시간을 재고 있었다. 모두 3분 40초였다. 그는 춘산의 그 번개같이 하나의 생명을 도살하는 날쌘 솜씨에 혀를 내두르고 있었다.

그는 속으로 경탄하면서 춘산을 다시 쳐다보았다.

"나는 '올빼미' 라서 날것 밖에 안 먹는데…."

도살장의 보스가 저울가름대를 평형잡고 나서 갯값을 정하자 선글라스가 물 건너는 개처럼 턱을 쳐들고 하는 소리였다. 그 소리에 보스가 두 눈이 떼꾼해서 그를 다시 쳐다본다. '올빼미' 라는 풍문은 이가 덜덜 쫓기게 들어왔지만 직접 당사자와 대면해 보기는 처음이다.

"그런 줄 모르구 한 말인데, 가져가우. 한 마리 가지구 되겠소?"

사십대의 보스가 고양이 앞의 쥐처럼 벌벌 떨면서 굽실거렸다.

"형님에, 번개구만. 그 솜씨를 가지구 개를 잡구 있소?"

개를 싣고 가면서 '올빼미' 가 춘산을 보고 하는 소리였다.

"오늘 내 생일인데 형님을 청하구 싶소. 오우, 야앙?"

이렇게 연변바닥을 공포의 도가니 속으로 휘몰아 넣는 폭력배로 소
문이 자자한 '올빼미' 와의 만남이 계기가 된 춘산은 이제 개백정에서
손을 떼게 되었다.

'올빼미' 가 하는 직업이 소위 '해결사' 였다. 즉, 의뢰자의 청탁에
의하여 받아낼 수 없는 빚을 공갈이나 협박 등의 수단으로 해결해 주
고 그 금액의 십 분의 얼마를 사례금으로 받아먹는 그런 직업이었다.
수입이 가관이었다. 폭력으로 얻는 수입이었다. 금전만능의 세월이라
까다로운 채권채무관계가 얽히고 설켜서 의뢰인이 연속 찾아 들었다.
그들은 의뢰인이 제공한 선색(실마리)에 따라 채무자를 찾아낸다. 그
리고 홀랑홀랑 돈을 내놓을 기미가 아니면 공갈을 들이대고 협박을
하며 완력을 쓴다. 그 폭력 앞에서 돈이 안 나오는 법이 없었다. 도둑
질이라도 해와야 했고, 강탈이라도 해와야 했다.

그래서 '법은 멀고 주먹은 가깝다' 는 말이 구체적으로 체현되는 직
업이 바로 해결사가 아닌가 싶다.

바로 그날, 오찬 때쯤 되자 '올빼미' 가 똘마니 둘을 파견하여 춘산
을 모시러 왔었다. 택시가 멈춘 곳은 아주 어마어마한 레스토랑이었
는데, 그 마당에는 상당히 값진 승용차들이 빼곡이 서 있었다.

연회장에 들어선 춘산은 그만 기가 질렸다. 그 넓고 호화로운 실내에 '올빼미'의 생일축하를 온 빈객들로 꽉 들어찼는데, 놀라운 것은 그 대부분이가 경복을 입은 사람들이었다. 그들은 '올빼미'와 아주 절친한 사이인 듯 서로 칭형도제(稱兄道弟) 하고 있었다. 그러고 보니 그들이 '올빼미'의 보호 산이었고, 그의 행로에 푸른 등을 켜주고 있음은 자명한 일이 아닐 수 없었다.

산진 거북이요, 돌진 가재인 '올빼미'와 한바탕 해보는 것도 가히 낭패 없을 것만 같았다. 이제 순박한 농민인 춘산의 심령 속에서는 악의 검은 씨앗이 움트고 있었다. 그 검은 씨앗은 아내를 잃으면서부터 생겨났고 개백정질을 하면서부터 심어졌던 것이다.

지독한 똥 구린내와 피 비린내에 마취된 채 하루 삼십 원 벌이로 휘뿌리는 피를 보는 순간 춘산은 일종 형언할 수 없는 쾌감을 느끼기도 했었다. 이제부터 춘산의 심령 속에서는 야성이 젖어들기 시작했다. 이제 이 야성이 뿌리를 내리고 움이 트고 가지를 치게 되면 춘산은 피에 주린 승냥이가 되어버릴 판이었다. 그러니 '올빼미'와의 만남이 탈이었다. 무서운 일이었다.

'올빼미'는 바야흐로 더 큰 사업을 고안하고 있었다. 그것은 천추에 용서 못할 짓인 즉, 청부살인 업이었다. 그는 이런 직업이야말로 남아가 해볼 만한 신바람 나는 사업이라고 역설하면서 해결사 같은 건 근근이 아이들 자지에 붙은 밥풀이나 떼어 먹는 그런 보잘것없는 일이지만, 청부살인 업은 부르는 게 값이라고 했다.

'올빼미'는 청부살인 업을 의뢰인의 청구에 따라 그 사람의 발길에 걸채이는 거치장한 '물건'을 제거해 주는 사업이라며 태연하게 여기고 있었다. 말만 들어도 등골이 오싹하고 모골이 송연했다. 이제부터 춘산은 청부살인업자, 즉 킬러가 되는 것이다.

'올빼미'가 미용사 한 명을 불러 들였다. 미용사는 이제 킬러가 될 그들의 왼쪽 팔 어깻죽지에 그림을 그렸다. 이빨을 앙다문 해골바가지 밑에 백골 두 마디가 서로 엇갈려 있는 그런 그림이었다. 그 그림을 다시 살갗 밑에 깊숙이 파묻었다. 영원히 지워버릴 수도 없는 낙인이었다. 그것은 살인마의 징표였고 킬러의 휘장이었다. 이 휘장이 찍히면 영원히 탈출할 수도 없었다. '올빼미'는 누구나 '들어올 땐 저절로 걸어 들어 왔지만, 나갈 땐 남에게 들려서 나가야 한다'고 했다.

첫 의뢰인이 나타났다. 그는 어떤 사람이 자기의 생존과 발전에 아주 훼멸성적인 중형폭탄으로 존재하고 있는 위험인물인데 이 거침돌을 하루 속히 제거해 달라고 청탁해 왔다. 선불금으로 이십만 원을 먼저 내놓고 나서 성사 후 사십만 원을 마저 주기로 계약이 되어 있었다.

'올빼미'는 지금 이 일을 추진시키고 있는 중이었다. 이제 총적 행동방안만 서게 되면 곧 착수할 판이었다. 변사체의 처리방안이 이번 행동의 키포인트였다. 이 방안이 아직 미비하여 총적 행동에 지장을 주고 있는 상황이었다.

춘산은 이제 죄악의 낭떠러지에 한쪽 발을 내딛고 있었다. 지금이라도 뒤로 한 발짝 물러서면 광명이고, 그 발을 그냥 내디디면 영원한 암흑이리라. 아슬아슬한 고비였다. '옛날에는 짐승이 사람으로 둔갑한다고 했지만 지금은 사람이 야수로 변하는 세상'이라고 양아버지인 주장원이 귀에 못이 박히게 일러줬건만, 춘산은 지금 그 충언을 새까맣게 잊어버리고 있었다.

이때 하느님이 보내주신 천사가 나타났다. 양어머니인 김곱동녀가 춘산의 아이를 데리고 그의 앞에 나타났다. 여러모로 탐문해서 악마의 소굴까지 돌입해 들어왔던 것이었다.

너의 아버지가 너를 보내놓고 속을 태우다 못해 지금은 앞을 보지도 못하는 소경이 되고 있다고 했다. 빨리 가봐야 한다. 불효를 저지르는 것은 지옥으로 가는 제일 첫 종목이라고 했다. 그리고 아이도 금년에는 학교로 가야 하는데 네 새끼를 네가 거둬야지, 나는 이젠 허리를 쓰지 못해 어쩔 수 없다고 했다.

춘산은 이 딜레마의 기로에서 엉거주춤하고 있었다.

"형님에, 그렇게 훌쩍 가는 게 아이요."

"그럼 어떻게 가니?"

'올빼미'가 춘산이의 배신을 막으려고 한 그 말이 도리어 춘산이의 탈출을 자극했다. 네가 못 간다고 하니깐 더구나 내가 나가는 것을 보여주겠다는 배짱이었다. 촉매 작용을 했던 것이었다.

"형님두 알구 있지 않우? 들려서 나가야 한다는 걸."

춘산이 그 소리에 해머 같은 주먹으로 테이블을 쾅 내리치며 벌컥 일어섰다.

"야, 이놈아. 이 내 손으로 잡은 개만두 얼추잡아 만 마리두 거의 될 게다. 진정 피에 주린 승냥이는 나지, 너 같은 건 어림두 없다. 들려서 나갈 테니까, 어디보자."

'뛰는 놈 위에 나는 놈 있다' 더니 연변바닥을 공포의 도가니 속으로 휘몰아 넣고 있는 악마의 화신 '올빼미'도 춘산의 앞에서는 어쩔 바를 모르고 있었다.

"형님에, 그런 게 아니라 우리 공수동맹 맺었지 않우? 그 계율을 형님이 망가뜨리믄 나는 이후에 어떻게 해먹소?"

"그럼 어떻게 할 거냐? 말해 봐."

춘산이 도로 의자에 털썩 걸터앉으며 말했다.

"손가락이라두 하나 남기구 가우."

'올빼미'가 비수를 꺼내어 테이블 위에 쾅! 놓으면서 춘산의 앞으로 밀어버린다. 춘산이 칼을 집어 들며 쏘아붙였다.

"좋다. 기념으로 남겨 둘 테니 보관이나 잘 해라."

"안 된다, 이놈아. 죽이려면 나를 죽이구, 끊으려면 내 손가락을 끊어라. 안 된다, 안 돼!"

곱동녀가 와락 달려들어 춘산을 끌어안고 비수를 앗아내려고 발악하고 있었다. 춘산의 아이도 아버지한테 매달려 기를 쓰며 울고 있었다.

춘산이 어머니를 슬쩍 밀어내자 모기 같은 곱동녀가 저만큼 뿌리어 나가며 휘청거린다. 그 사이에 춘산이 왼손 다섯 손가락을 쫙 펴서 테이블 모서리에 세워놓고 새끼손가락에 칼날을 대기 바쁘게 이를 악물며 힘을 주어 꽉 누른다. 누가 어쩔 새도 없었다. 눈 깜짝하는 사이었다. 춘산은 그 칼을 들어 문을 향하여 휙 날렸다. 피 묻은 비수는 출입문에 날아가 꼽히면서 칼자루가 스프링처럼 부르르 떨며 방 안의 공기를 진동하고 있었다.

춘산은 선지피가 뚝뚝 떨어지는 왼손을 털면서 울며불며하는 양어머니와 아들을 잡아끌면서 그 마귀의 소굴에서 나와버리고 말았다.

굶주린 승냥이가 더 무서운 법이다. 곱이 진 승냥이는 그를 어쩔 수도 없었다. ♣

뻔들이는 만찬연회에서 장기를 부리고,
리춘산은 고심참담하며 깊은 사색에 잠기다

춘산은 원래 고아였다.

춘산의 할아버지 리도욱은 '쇠뿔 빼는 장사'로서 드물게 보는 장골
이었다. 특히 그가 사십대에 들어서 한번은 술에 고주망태가 되어가
지고 범의 아가리에 걸려들었었는데, 장밤을 호랑이와 실랑이질한 끝
에 끝내 호랑이를 지혜롭게 잡아 눕힌 사연이 쌍봉향 일대에서 화려
한 신화마냥 구전되기도 했었다

그의 아버지 리창덕도 봉화의 연대에 열혈 청년으로 남창에서 군복
무를 하다가 조선전쟁이 발발하자 지원군에 편입되어 압록강을 뛰어
넘어 항미원조에 참가했었다. 정전 이후 지원군들이 한 패 또 한 패씩
계속하여 귀국하고 있었지만 리창덕은 오지 않고 열사증에 이름만 적
혀 날아왔던 것이었다. 그렇게 되자 어머니마저 팔자를 고쳐 앉고, 누

나는 남의 집에 수양딸로 가버리고 말았다. 이제 춘산은 태백산 갈 까마귀 게발 물어다 던진 듯이 외톨이 신세가 되어 의지 가지할 곳이 없게 되었었다.

이때 바로 삼도만 깊은 골 안에서 포수질하며 겨우 생계를 유지하고 있는 주장원이란 포수가 있었다. 그가 듣는 바에 자기가 그렇듯 우상처럼 흠모하고 첨앙하는 '쇠뿔 빼는 장사'인 리도욱의 손자가 낙동강 오리알 신세가 되었다는 소식을 듣고서 가슴이 미어지는 것만 같았다.

그때 주장원도 이미 '룡'자 돌림으로 네 아들을 가진 아버지여서 여섯 식솔의 입에도 겨우 풀칠하는 형편이었지만 춘산을 그저 내버려둘 수는 없었다. 그래서 다짜고짜 이삿짐을 꾸려서 돌대문촌으로 달려와 혈혈단신의 고아를 받아들였던 것이다.

춘산은 주장원의 둘째아들 을룡과 동갑이었다. 양아버지는 춘산을 친자식들과 구별 없이 대해 주었다. 아니, 친자식들보다도 더 애지중지하며 데리고 들어온 자식을 은근히 두남두듯이 알게 모르게 지극히 보살피며 키워왔었다. 일 밭에서 돌아올 때 밭머리에서 불사른 콩쌀 개며 구운 강냉이 같은 먹을거리가 생겨도 가만히 춘산이의 손에 쥐어주며 그가 다 먹을 때까지 지켜보고서야 시름을 놓으셨다.

춘산은 을룡이네 형제들과 함께 쌍봉향에서 초중학교까지 다녔다. 애들은 모두가 공부에 열중했고 성적도 좋았건만, 그 숱한 걸 모두 뒷바라지해 줄 처지가 못 되었다. 그래서 친자식들은 초중학교를 마치면 모두 집에 붙들어 두고 일을 시켰지만 춘산이만은 태양진 고중학교에 보내어 계속 공부를 시켜주었다.

맏아들 갑룡이가 장가갈 나이 때만 해도 총각들이 이마를 튕겨가며 처녀들을 고를 수가 있었다. 그래서 갑룡은 처녀들을 고르고 고르다 아까운 나이를 훌쩍 넘겨버리고 말았던 것이었다.

을룡과 춘산의 차례가 왔을 때는 이미 세상이 많이 변해 있었다. 이 제 농촌 처녀들의 마음속의 백마 탄 왕자는 도시에서 직장에 출근하는 샐러리맨들이었다. 이제부터 농촌과는 담벼락을 쌓고 농민총각은 아예 안중에도 없었다. 이제 처녀들은 시집가는 기회를 농촌에서 해탈되어 팔자를 고쳐 앉는 유일한 루트로 간주하고 있었다.

가난이 죄다. 산골이 원수였다.

예조리 영감 말마따나 딸 가진 집들에서는 오원짜리 월급쟁이라도 시내 사는 직장인들한테 딸들을 시집 주는 열풍이 크게 일고 있어서 농촌총각들은 턱 떨어진 개 지리산 쳐다보듯 시내로 시집가는 동네 처녀들을 바라보고 있을 수밖에 없었다.

어쩌다 '눈깔 먼 처녀'가 나왔다. 주장원은 당신의 자식들은 다 제 쳐놓고 먼저 춘산에게 그 처녀를 붙여주었다. 그 덕분에 춘산은 장가를 들고 떡두꺼비 같은 아들까지 보게 되었건만, 주장원의 넷이나 되는 아들들은….

시장경제를 발전시킨다고 전국이 들썩거리자 농촌의 여자애들은 어슷눈만 뜨면 뿔뿔이 시내로 외국으로 통발에 미꾸라지 빠지듯 빠져 달아났다. 농촌마을 그 어디서나 계집애들은 보고 죽자 해도 볼 수 없을 그런 형편이 되었고, 쇠 같은 총각들만이 논의 올챙이처럼 우글우글했다. 그러니 주장원네 네 아들들도 그 와중에 빠져서 집구석에서 푹 썩고 있을 수밖에 없었다.

여자는 겉으로 눈물을 흘리지만 남자는 속으로 피를 떨구는 법이다.

큰아들이 서른다섯 살을 넘어서서 사십 고개로 올라서는 그때부터 안질로 시름시름 앓고 있던 주장원은 눈앞에 얄포름한 안개가 가린 듯하던 시력이 점점 떨어지더니만 작년 그러께부터는 완전히 뜬소경이 되고 말았던 것이었다.

춘산은 이 불쌍한 양아버지를 마주할 때마다 사무치는 서글픔을 금할 길 없다. 그래서 극력 자취를 감추느라 했지만 그 기미를 알아차린 아버지가 술잔을 도로 놓으며 푸념질한다.

"아니, 춘산이 너, 울고 있는 것 아녀? 울기는 왜 울어? 남자 대장부가 눈물을 거둬. 나도 울지 않는데."

"예, 아버지. 아닙니다. 이 시루떡도 자셔 보십시오."

날이 새면 인당수 깊은 물에 몸을 던져야 할 효녀 심청이가 동냥해 온 음식으로 심봉사를 공양하듯 춘산은 떡도 떼어 입에 넣어 드리고 순대도 집어 드리면서 속으로 가만히 흐느껴 울고 있었다. 소경 영감이 쯧쯧쯧 하면서 혀를 찬다.

"눈물이란 여인들이 흘리는 거야. 주먹을 쥐는 것이 대장부지. 나야 뭘 볼 짱을 다 봤다만 너희들은 꼭 잘 살아야 할 텐데. '천불능궁력색가'라, 하늘도 힘써 농사하는 사람을 빈궁하게 하지는 않는다고 했느니라."

"예, 아버지. 꼭 잘 살 날이 있을 겁니다. 그때까지 오래오래 앉으십시오."

"응, 그래그래. 이건 참 맛 좋구나. 애야, 너도 좀 먹어 보렴."

"예, 전 이미 많이 먹었습니다. 어서 잡수십시오."

춘산은 눈물을 닦고 꿇어 앉아 아버지의 술상을 지켜드리고 있었다. 그는 불을 만나면 욱하고 댕기고, 물을 만나면 촉촉이 젖어드는, 사나이의 강인함과 여인들의 유순함을 겸비한 그런 성격의 소유자였다.

　"전투준비하자,

　동북의 인민 사천만.

　용감히 일어나,

　총을 들고서…."

　"와…!"

　연회장의 주흥이 한창 무르녹고 있는데 불현듯 저쪽 한 구석에서 노랫가락이 흘러나온다. 모두들 진작 기다리고 있었다는 듯이 환호소리가 일제히 터져 나온다.

　"'전투준비' 또 나온다. 잘한다!"

　"뻔들이, 잘하우. 박수!"

　뻔들이가 술이 거나해 가지고 작대기를 총가목 삼아 틀어잡고 '제자리 걸엇!' 동작을 하면서 부르는 노래였다. 연회장은 금세 죽 가마처럼 끓어 번지며 활기를 띠기 시작하고 이제부터 오락판으로 번져가고 있었다.

　뻔들이는 원래 튀기였다. 즉, 아버지가 한족이고 어머니가 조선족이었다고 한다. 그는 태어나서부터 쭉 조선족 마을에서 조선족들과만 어울려 자랐으며, 청년시절에는 돈화의 밀림 속에서 알쭌한 조선족으로 꾸려진 부대에 편입되어 조선족들과 어깨 걸고 혁명하였다고 한다. 그래서인지 그의 조선말 구사능력은 진짜 조선족들보다도 더 유창하고, 유머적이며, 매혹적이었고, 특색이 있었다.

뻔들이의 본명은 우본덕(于本德)인데 그의 한어 이름의 발음이 조선족들의 입에서 뉘앙스가 묘하게 변하면서 '뻔들이'로 되어버린 것이다.

그의 머릿속에 들어있는 노래는 전부가 항일가곡이었고, 그 당시에 불리던 항일가곡은 모르는 것이란 없으니 그야말로 그는 한 부의 '항일가곡대전(大全)'이라고 하는 것이 더 타당할 것이다. 그래선지 그는 지금까지도 다른 노래는 아는 것이라고는 하나도 없었다. 그 중에서도 '전투준비하자'가 그의 명창곡이어서 그의 별명도 아예 '전투준비'가 되어버리고 말았던 것이었다.

그런 뻔들이가 언젠가 격렬한 전투마당에서 부상을 당하면서부터 정신 이상에 걸렸는지 지금까지 늘 막대기를 거머잡고서는 항일가곡을 부르는 불정상적인 작태를 보이고 있다고 한다.

국가의 구제로 살아가고 있는 뻔들이는 정신 이상에 걸린 조선족 여인을 아내로 맞아들였는데, 그녀가 이 태도 못 살고 병으로 죽은 후 지금까지 쭉 혼자 외톨이 생활을 하고 있었다. 그 후 향에서는 그를 향 양로원에 보내어 행복한 말년을 보내게끔 배려를 해주었건만, 거의 한 달도 못 배기고 관리원의 단속에 못 살겠다며 다시 뛰쳐나왔다.

그래서 지금은 집체 때의 탈곡장 보초막이었던 너덧 평 되는, 집이라고는 할 수도 없고 전기도 없는 움막에서 혼자 살고 있다. 이제는 환갑 나이이니 매일하는 노릇이란 술 얻어 마시고는 저 혼자서도 막대기를 총가목인 양 틀어잡고 항일노래를 부르는 것이 업이라면 업이었다.

뻔들이는 겉보기에는 미친 사람 같지만 미친 사람이 아니었으며, 바보 같지만 또한 바보도 아니었다. 이런 뻔들이를 돌대문골 안은 물론이고 쌍봉향과 태양향에서도 뻔들이를 모르는 사람이 없는데, 어떤 사람들은 그와 지껄이기를 좋아했고 또 노래를 몇 소절씩 불러야 놓아주곤 하기도 했다.

그러한 사람이 오늘 저녁 같은 이런 술판을 만났으니 독판을 치지 않고 견딜 수가 있겠는가. 뻰들이의 노래주머니에서는 한 곡 또 한 곡의 노래가 연달아 내달아오고 촌민들은 좋다고 아우성을 치고 있었다.

"뻰들이 잘 한다. 여보, 하나 더 하우, 하나 더….”

"야앙, 내 노래 좋지, 야앙? 내 야앙, 돈화 밀림 속에서 유격전할 때 야앙, 한번은 일본 놈들 굴에 정탐할라 들어 갔댔소. 나무막대기를 이렇게 틀어쥐구 야앙, 머저린 체하구서, ‘전투준비하자, 동넷집 령감 사촌들…’ 하면서 걸어 들어가믄, 일본 아들이 야앙, 저 어디서 저런 머저리 왔는가구 하면서 모두 슬슬 피해 달아나재우. 그러믄 나는 야앙, 내 마음대루 댕기면서 수집할 정보를 싹 보구 싹 알아가지구 돌아오우. 내 야앙, 그때 숱한 공 세웠소. 그러믄 이제 하나만 더 부를 게 잘 듣소, 야앙.”

뻰들이는 이렇게 한참 씨불이고 나서 장밤 불러봤자 또 그 동작에 그 노래건만 한 곡 더 부르고 나앉았다. 기실 촌민들은 그의 노래를 듣자는 것보다도 오히려 그를 가지고 놀기가 더 재미있어서였다.

"자, 이제는 딴 사람이 부르우. 내 한족 보토리 혼자 놀아서야 되우? 나야 하자믄 끝이 없지만 그러믄 재미 슬하재우? 야앙, 놀기우. 놀재쿠 뭐하겠소, 놀기우.”

이렇게 또 한 줄금 연설을 늘어놓고 나서 풍덩 들어 앉아 술을 퍼마신다.

뻰들이의 첫 개최로 하여 연회장에서는 온 마을의 남녀노소가 노래와 춤으로 흥성흥성한 오락마당을 벌리고 있었다….

춘산은 텅 빈 마을에 들어섰다. 이 끝에서 저 끝까지 눈 감고도 이 집은 누구네 집이고 그들의 내력과 신상에 대하여, 또 재산은 얼마나 되고, 빚은 얼마를 걸머지고 있는지를 얼음 위에 표주박 밀듯이 거침없이 구사할 수 있을 정도로 익숙한 동네이다. 심지어 집집의 가구는 어떤 것들이며, 마을사람들을 만나서도 그의 표정과 그가 가는 발길을 보고서도 그가 지금 무슨 일로 어디를 가고 있다는 판단까지도 아주 정확하게 내릴 수 있을 정도로 때 묻고 익숙한 사람들이다.

춘산은 집집의 사립문밖에서 발걸음을 멈추고 생각에 잠기면서 한참씩 서 있었다. 거기서 다시 발걸음을 자박자박 옮겨 다음 집의 사립문밖에 멈춰 섰다.

그 집은 홍준이네 집이었다. 홍준은 어제 저녁에 춘산과의 대결이 있은 후 오늘 아침에 선잠을 깬 채 연길로 돌아가고 없었다.

우파분자 윤광조의 막내아들 윤홍준도 불쌍한 사람이다. 어쩌면 우리 돌대문촌에는 맨 불행하고 불쌍한 사람들만 모였는지? '다리 부러진 노루, 한 굴에 모인다' 더니, 그래서일까!

홍준은 아버지가 불혹지년에 낳은 늦둥이로서 작은 형 영준과는 열한 살 차이였다. 영준은 교장인 아버지가 우파 모자를 쓴 후 일 년 반을 이를 악물고 공부하면서 끝내 연변 일중 필업장을 받아들고 학교문을 나오고 말았다. 우파분자의 자식이고 거기에다 또 폐결핵까지 걸려있었음으로 하여 대학입시에 참가할 자격이 취소되고 말았었다. 그렇게 오매에도 바라보던 대학문이건만 이제 그것은 한낱 유토피아에 불과한 것이었다. 그래도 그는 손에서 책만은 떼지 않고 열심히 각

과목을 전공하면서 조만간에 자기의 능력을 테스트하여 볼 준비를 차분히 하고 있었다.

그에게는 권식이라는 절친한 친구가 있었다. 그는 영준의 기구하고 불행한 운명을 자기 일처럼 가슴아파했다. 그는 영준에게 폐병에는 사람의 기름이 푹 배어 있는 관재의 밑판 널이 특효라고 하면서 자기가 도와 나설 테니 써보라고 했다. 그도 영준의 생각과 같이 윤 교장의 정치문제는 조만간에 해결이 될 것이고, 그때면 다시 우골탑에 오르려는 꿈을 실현하기 위해서는 건강상태까지도 차분한 준비가 되어 있어야 한다고 했다. 그래서 그들은 어머니 채옥진이 겪은 모험담과 엇비슷한 모골이 송연해지는 그런 역사 끝에 죽음의 세계인 야밤삼경 북망산에 가서 관재 밑판널 한 조각을 쪼개오는데 성공하고야 말았다.

그 이튿날, 그들은 하남다리 아래 컨 강가에 나와 있었다.

영준은 강가에서 마른 삭정이를 주워 모으고 권식은 돌덩이 세 개로 약탕관을 받쳐놓고 '약'을 다릴 준비를 하고 있었다. 잘게 쪼갠 관 널 빤지를 약탕관에 쏟아 넣고 삭정이에 불을 지폈다. 권식은 영준을 윗목 멀찌감치 올라가 있으라고 했다. 약탕관이 끓으면서 추깃내가 고약하게 진동했다. 속이 뒤집어지는 것만 같았다.

권식은 다 고은 약탕을 법랑 고뿌에 찌워 놓고 가지고온 배갈 두어 냥에 마늘쪽을 발겨가지고 영준한테로 다가갔다. 그가 손바닥으로 고뿌를 덮어 싸고 있었건만 추깃내가 진동하기는 매일반이었다. 영준은 그 고약한 냄새에 벌써부터 수캐한테 쫓기는 거위처럼 왝왝거리고 있었다.

"영준아, 너 진짜 대학가고 싶으냐? 그렇다면 좋다. 천하 없어두 이것만은 목구멍으로 넘겨야 한다. 옛다" 하면서 숨을 길게 내 쉰 후 단

모금에 쭉 들이켜라고 했다.

영준이 고뿌를 받아들고 권식이 고뿌를 덮고 있던 손을 뗐다. 그 찰나에 왝 하면서 영준이 고뿌를 밀어버리며 토하기 시작했다. 사람의 썩은 추깃물이 그렇게도 지독한 줄 몰랐다.

권식은 영준더러 술 한 모금 마시고 마늘쪽을 움켜 넣고 씹으라고 했다. 감각기관을 마비시키려는 수단이었다. 영준은 마음을 단단히 먹고 이를 악물고 고뿌를 다시 받아들었다. 눈을 딱 감고 그것을 입술에 가져다 댔다. 고뿌를 기울이기도 전에 또다시 데굴데굴 구르면서 구토를 시작했다. 권식이 화가 나서 고함을 쳤다.

"야, 너 왜 그리 골기 없니? 목구멍으로 넘기기만 하면 되는 건데. 그게 무슨 뼈를 깎는 고통이냐, 피를 짜는 진통이냐? 결핵균이란 얼마나 모진 건지 너 알기나 하니?"

그러면서 그는 이런 이야기를 들려주었다.

"전에 어느 산골에 청상과부가 유복자 하나만을 하늘처럼 믿고 어렵사리 살아가고 있었단다. 그 아들이 성장하여 장가를 들어 젊은 내외간이 불우하신 어머니를 모시고 의지가지하면서 화기애애하게 지내고 있었지만, 그 후에 단란한 이 가정에 한 가지 큰 시름거리가 생겼은 즉, 그것은 며느리가 폐병에 걸려 시달리고 있는 것이었다. 용하다는 의사는 다 보여 봤고 좋다는 약은 거의 써 보았건만 병세는 호전되기는 고사하고 점점 더 기승을 부리며 악화되어 가기만 했으니 사람은 오라지 않아 칠성판에 오르게 되었다. 시어머니는 며느리에게 온갖 정성을 다하여 사처로 뛰어다니며 약 처방을 구해 들였고, 약을 얻어 들였다. 며느리 또한 시어머니 진정에 눈물이 나게 고마웠지만

단 한 가지 일만은 속에서 내키지 않았다. 그것이 뭐냐 하면 며느리는 닭고기가 너무너무 먹고 싶어서 닭 한 마리만 잡아달라고 그렇게 손이야 발이야 빌 정도로 청들었건만, 시어머니는 그것만은 하늘이 무너져도 안 된다며 축에도 못 걸게 했다. 폐병에 닭고기가 상극이라는 것이었다. 암만 비상이라두 그렇지, 그렇게 먹고 싶은 걸 못 먹게 하는 시어머니가 그렇게 야속하고 매정스러울 수가 없었다. 그러던 어느 날, 시어머니는 또 약을 구하러 멀리 나가고 집에 없었다. 이 기회에 며느리는 또 남편을 졸랐다. 얼마든지 먹을 수 있으니 큼직한 수탉 한 마리만 잡아 달라고 했다. 너무도 먹고 싶어서 미칠 것만 같다고 했다. 남편이 들어보니 딱하기도 했다. 병에 상극이란 것을 차마 먹으라고 줄 수는 없는 노릇이었다. 비상을 먹인다는 것은 어서 죽으라는 거나 마찬가지다. 그렇다고 이렇게까지 비난 사정을 하는데 안 주자니 너무 모진 것 같기도 했다. 양 손에 떡 쥔 격으로 이러지도 저러지도 못 할 일이었다. 그것도 어머니 몰래 가만히 말이다. 아내는 두 손을 싹싹 비비며 빌었다. 불쌍했다. 그래서 다시 곰곰이 생각해보니 아무래도 병이 이기고 말 바에야 마지막 원이라도 꺼준다 싶었다. 그래서 눈을 딱 감고 닭 한 마리를 잡아서 가마에 앉혔다. 남편이 푹 고은 통닭을 그릇에 담아서 아내에게 주었다. 아내는 금방 자리에서 벙글써하게 윗몸을 일으켜 벽에 기대고 앉아서 게걸스레 통닭을 움켜 쥐었다. 그리고 이빨로 고기를 물어 떼려고 입을 쩍 벌리고 있는 바로 그 찰나에, 문이 벌컥 열리면서 시어머니가 훌쩍 들어섰다. 며느리는 어느새 이빨로 물었던 닭고기를 도로 놓고 덮은 이불을 쳐들고 그 밑에 감추면서 아닌 보살하고 있었다. 시어머니는 그만 기가 딱 막혔다.

그리 말리는 노릇을 부득부득 이기려고만 드는 며느리가 괘씸하기도
했고 가련하기도 했다. 아들이 옆에서 마지막 원이라도 꺼주고 싶어서
닭을 잡아 주었노라고 발명하며 송구스레 청죄하고 있었다. 시어머니
도 듣고 보니 별 수 없어 그럼 먹으라고 승낙했다. 그러자 며느리는 이
때 도리어 식혜 먹은 고양이 상을 하면서 안 먹겠다며 이불 밑에서 통
닭을 꺼내어 밀어 놓는 것이었다. 시어머니는 화가 버럭 났다. 닭고기
를 며느리 손에 쥐어 주며 그걸 먹지 못해 그리 기함 쓰던 사람이 먹으
라니까 또 웬 생색을 부리느냐면서 불퉁했다. 병에 상극이라니까 못
먹게 한 것이지 닭 한 마리 어디 아까워서 그러느냐고 했다. 며느리는
왜서인지 인젠 정말로 먹고 싶지 않다면서 극구 밀어놓는데, 시어머니
는 그러는 며느리가 괘씸하기 짝이 없어서 며느리를 쳐다보고 닭고기
를 내려다보곤 했다. 그러다가 두 눈이 화등잔이 되어 통닭을 냉큼 집
어 들고 유심히 들여다보았다. 세상에, 어쩌면 삶은 통닭이 구운 닭처
럼 온통 새빨갛게 되어 있단 말인가! 그 두툼하게 들러붙어 온통 새빨
갛게 된 것이 바로 결핵균이었다. 사람의 폐를 좀먹고 있던 결핵균이
닭고기를 물어 떼려고 입을 쩍 벌린 그 순간에 깡그리 내달아 와서 닭
고기에 들러붙었던 것이었다. 사람의 육안으로 보아낼 수도 없는 병균
이 닭고기에 온통 새빨갛게 덕지덕지 붙어있다 할 때 그 수야말로 천
문 숫자로나 헤아릴 정도가 아니겠는가! 시어머니는 두말없이 그 통닭
을 냉큼 들어다가 통나무불이 이글이글한 아궁이에 집어넣어 싹 태워
버리고 말았다. 그런 후부터 며느리는 병세가 차츰차츰 호전되어가더
니 내 언제 앓았더냐는 듯이 자리를 털고 병석에서 일어났다고 한다.
봐라, 이렇게 모진 결핵균인데 그걸 박멸한다는 게 헐한 노릇이겠느

냐. 목구멍으로 넘기기만 하면 되는 일을 왜 못 한다고 하냐?”

권식은 영준을 힐책했다.

그는 이번에는 배갈을 한 모금에 다 마시라고 했다. 그리고 마늘쪽도 깡그리 입에 털어 넣고 씹어 삼키게 했다.

영준이 입을 벌리고 고뿌를 가져다 대려할 때 권식이 달려들어 그의 턱자가미를 꽉 틀어쥐고 눈 깜짝하는 사이에 고뿌의 것을 몽땅 그의 입에 쏟아 넣었다. 그리고 그의 아래턱을 힘껏 올려 떠받치며 그의 입을 꽉 틀어쥐고 있었다.

영준은 미친 듯이 권식의 손에서 빠져 나가며 입과 코로 토하기 시작하는데, 그 구토하는 품이 미치는 것 같았고 금방 숨이 넘어가는 것만 같았다. 그는 토하다 토하다 나중엔 멀건 열물을 줄줄 흘리며 쓰러지고 말았다.

하남다리를 지나치던 사람들이 다리난간에 새까맣게 붙어 서서 그들이 결투를 하고 있는 것이 아닌가 싶어 웅성거리며 구경하고 있었다.

그리고 그해 가을에 세 식구는 축출을 당하여 돌대문촌으로 내려왔던 것이었다.

이제부터 세 식구는 인민공사 사원이 된 영준의 공수에 의하여 살아가야만 했다. 아직 스무 살도 안 된 영준이 이제부터는 한 가정의 세대주였고, 가정의 총대를 떠메야만 했다.

영준이네 가정이 돌대문촌과 맥락이 이어진 것은 불행 중의 다행이었다. 다시 말해서 장대록과 같은 인정 있고 이해하여 줄 수 있는 촌 간부와의 만남이 천만 중의 다행이었다.

이사 온 그날 저녁에 켜주었던 등잔불, 그 한 점의 불꽃이 전등처럼 그렇게 휘황찬란하지는 못했을망정 무덤 속 같은 낯선 보금자리를 희미하게나마 밝혀 주었을 때, 이들에게 있어서 그 불빛은 희망의 피안을 비춰주는 등대와도 같았고, 활활 타오르는 생명의 성화와도 같이 험난한 인생길을 박차고 나아갈 용기를 불러주었던 것이다.

그 이튿날 장 주임은 또 손수 구들을 뜯어 다시 털어 놓고 벌집처럼 구멍이 숭숭한 흙벽을 전부 발라주었었다. 더구나 성모 같은 장 주임의 아내는 금싸라기 같은 좁쌀 한 됫박과 감자 한 바구니를 가져다주었다. 그게 눈물이 나게 고마웠다.

장 서기는 이 인텔리 가족을 음으로 양으로 은근히 보살펴 주었다. 날이 가면서 장 주임은 이 가족의 고매한 학식과 고고한 덕성, 그리고 천부적인 예지와 후덕하고 온후한 인품에 흠모의 정이 넘치기 시작했다. 그래서 이 지성인의 가족에 경이원지의 태도를 취하고 있었다. 일촌지장이 이 인텔리가족에 경원할진대 사원들도 어느 누가 언감생심 꼭 뒤에 올라 앉아 똥 싸자고 드는 사람이 없었다. 오히려 닭둥우리에 날아 든 봉황으로 여기며 깍듯이 공경하고 있었다.

문화대혁명의 폿소리가 신주를 진감했다. 전대미문의 비풍참우가 대두하고 있었다. 영준은 또 한 차례의 난장을 모면할 길이 없음을 예감하고 있었다. 어머니는 이미 오십대에 달하는 초로기에 처해 있었으므로 괜찮았고, 동생인 홍준도 이제 겨우 열댓에 불과한 학생이므로 별로였다.

영준은 삼십육계에 줄행랑이 상책이라는 생각이 들었다.

어느 하루, 영준은 땔나무를 하러 가야겠다며 말미를 맡고 낫을 들고 집을 나섰다. 변변한 옷차림도 못하고 일하던 그 본새로 집을 나섰다. 그는 도끼봉을 넘어서 울울창창한 정글 속으로 들어갔다. 숲속을 멀리멀리 에돌면서 인적미답의 길 아닌 길을 택하여 천신만고 끝에 두만강 여울에 당도했다.

밤이 되기를 기다려 도강하여 대안으로 건너갔다. 거기서 그는 오매에도 바라던 구학몽을 이룰 수가 있었다. 대학 공부를 하게 되었던 것이었다.

하건만 그의 한 가슴은 그냥 얼어 있었다. 집에서 정치에 시달리고 노고에 찌들리고 계실 어머니와 어린동생 때문에 식불감 침불안했다. 저 혼자만 나 몰라라 빠져 나와 안일한 생활을 하고 있을 순 없었다.

다시 도강하여 쥐도 새도 모르게 밤도와 집에 들어섰다. 아무것도 필요 없었다. 사람만 무사히 빼내 가면 그만이었다. 그러나 그것도 하느님의 뜻이 아닌 것 같았다.

금방 집에 들어섰는데 아랫마을에서 호떡집에 불이 난 듯이 북적 고아대는 소리가 났다. 온 가정이 탈출하기에는 이미 늦어있었다. 영준은 어머니를 들쳐 업고 동생의 손을 잡아끌며 내뛰려고 했다. 어머니는 큰 것의 등을 밀어내며 작은 것을 끌어당겼다. 너 혼자라도 빨리 뛰라고 했다. 영준은 사활을 내걸고 다시 찾아온 걸음인데 개 바위에 갔다 오듯 그렇게 돌아갈 수는 없었다.

어머니는 식칼을 틀어쥐고 자기의 목에 가져다 대었다. "어째, 이 에미 죽는 꼴을 보고서야 시름 놓을 테냐? 당장 떠나지 않으면 찌를 테다"고 했다. 동생도 "형님, 빨리 뛰시요, 뛰시요!" 하면서 발을 동동 구르며 울었다. 영준은 어머니와 동생을 한품에 와락 끌어안고 오열을 터뜨렸다. 그러나 어머니는 아들에게 한가하게 눈물을 흘리고 있을 여유를 주지 않았다. 매정하게 아들을 마구 때리며 호령을 했다. 영준은 눈물을 억수로 쏟으며 문밖으로 빠져나갔다.

이윽고 민병들이 들이닥쳤다. 어머니는 한사코 아들이 돌아온 적 없다며 생파리 잡아떼듯 했다. 그들은 한참 떠들어대며 눈을 부라리 다가 기죽은 듯이 가버렸다.

이것은 장 주임의 계책이었다. 영준이 마을에 들어섰다는 신고를 받은 이상 묵과해 버릴 수는 없었다. 그는 '급하면 꾀 난다'고 민병들 을 찾아다니며 부산을 피워댔던 것이었다. 영준더러 빨리 피하라는 신호였다.

이제 남은 식구는 어머니와 홍준뿐이었다.

홍준은 어섯눈을 뜨면서부터 작은 형의 영향을 받으며 자랐다. 그 림책에 특별한 취미를 갖고 있는 홍준은 형님의 계발로 하여 점진적 으로 지력을 틔워나갔다. 그림책 속의 세계는 그토록 황홀하고 신비 하고 미묘한 세계였다. 형님은 그 그림책을 한 장, 한 장 넘겨가며 자 상히 읽어주며 그 내재적인 함의를 터득시켜 주었다.

그래서 홍준은 벌써 네댓 살 때부터 형님의 문학교과서에 있는 《나 무꾼과 노루》라던가 《해와 달》, 《에밀레종》과 같은 이야기를 얼음에 표주박 밀듯 구수하게 줄줄 내리 엮을 수 있었으며, 학교 갈 그 즈음 에는 벌써 《수호전》, 《삼국연의》, 《서유기》, 그리고 또 류방항우, 한신 장량 등 고전명작 속의 인물들의 이름에 '자'까지 붙여 들고 꿰며 깨 고소하게 엮어갈 수 있는 그런 기량을 갖추고 있었다. 그래서 그는 개 구쟁이들 속에서 '이야기 왕'으로 군림하고 있었다.

저녁이면 홍준이네 집에 춘산을 비롯한 조무래기들이 구들이 꺼지게 모여든다. 그러면 그는 모여든 아이들과 함께 쪽박을 돌려가며 옛말 내기를 하는 것이 재미였다. 아이들도 그랬다. 홍준이네 집에 그림책 보러 가고 싶으면 지레 어른들을 졸라서 옛말 서너 소절은 준비하고 있어야 했으니 그들도 모름지기 홍준이한테서 지력을 틔우는데 일정한 영향을 받으면서 자라났던 것이었다.

아무리 놓아먹인 망아지 같은 개맹이들도 홍준이네 집으로 오면 엉덩이를 딱 붙이고 앉아서 그림책을 보던지 옛말만 해야 하지, 그렇지 못한 아이들은 다시는 절대 집에 들여놓지도 않았고 동무로 사귀지도 않았다.

열한 살 이상인 작은 형은 홍준이의 계몽선생인 동시에 아버지와 같은 존재였다. 형은 물같이 부드럽고 자상하면서도 때로는 불같이 급하고 모질기도 했다. 동생이 어디 가서 말썽을 일으켰거나 죄를 짓고 들어서면 형의 스파르타교육의 본때를 톡톡히 보아야만 했다. 작은 형은 동생을 꿇어 앉혀놓고 눈물을 똑똑 떨어지게 했다.

그럴 때면 어머니도 작은 것이 불쌍하고 가슴이 저려하면서도 작은 것을 두둔해 나서거나 큰 것을 책망하는 일은 절대로 없었다.

어머니 채옥진 또한 무서운 분이었다. 헌옷이나마 언제나 꽁꽁 깁고 빨아서 풀 먹이고 꾸김살 하나 없이 곱게 다려서 자식들을 입혀 내놓았다. 그러한 어머니였기에 자식 네댓을 길렀어도 어느 하나 개맹이처럼 옷에다 잔뜩 매대기를 쳐가지고 찢어져서 너덜너덜해 들어서는 법이란 종래로 없었다.

어디 가서 신발을 벗으면 남의 발에 밟히지 않게 선반 위에 올려놓거나 한 구석에 세워놓아야 하며 매일 저녁 숙제와 공부가 끝나면 책가방 속의 학용품들을 꼭꼭 점검하여 정리해두며 속대 끊어진 연필이 있어서는 안 되었고, 무엇이나 제자리에 있어야만 했다.

그리고 잠자리에 들기 전에는 머리를 감고, 발을 씻고, 칫솔질을 해야 하며, 겉옷은 벗으면 꼭 벽에 걸어야 하고, 속옷은 차곡차곡 개여서 머리맡에 놓아두어야만 했다.

이렇게 괴팍스러울 정도로 결벽한 어머니의 손끝에서 자란 홍준인지라 지금까지 두메산골에 살면서도 전혀 촌 때가 묻어있지 않았으며, 농민들과는 전혀 어울리지 않는 선비 같은 그런 타입의 사람이었다.

문화대혁명시기인지라 초중학교 삼 년 동안에 몇 시간 글을 읽어보지도 못하고 나온 홍준은 공사 사원이 되어 일 밭으로 나가야만 했다.

어머니는 원래 꺼벙한 체질에 날로 시들해져 가고 있었다. 그러면서도 매일 나무 등짐을 지고 다니셨다. 홍준이 그리 말렸지만 그냥 고집을 쓰셨다. 숲속에서 나무를 하면 속에 붙는 불을 시원히 식힐 수 있다고 하셨다. 홍준이 어떤 때는 후레자식처럼 투박한 언사로 어머니를 몰아붙이건만 그래도 막무가내였다.

고집스레 매일 산속으로 들어가서는 해질녘에 둥덩산 같은 나뭇짐을 메고 오셨다. 그렇게 마당에는 언제나 땔감나무를 둥실 쌓아 놓고 겨울이면 집안을 화끈화끈 달구어놓고 사셨다. 땔감나무 솟는 재미로 세상만사를 잊어버리고 살아가시려는 심산이었다.

'고리백정이 버들잎을 물고 죽는다' 고 했다. 어머니는 끝내 나무등짐 밑에서 숨을 거두셨다.

그날 어머니는 나무 짐을 지고 경사도가 사십도도 더 되는 내리막길에 들어섰다. 빙 에돌아가는 유연한 길이 원래 코스건만 맥이 떨어져서 지름길에 들어섰던 것이었다. 어머니는 빼곡히 들어선 나무사이로 등짐초리를 빼돌리면서 발밤발밤 내리막을 내리톱았다. 경사면이 한백 미터 되는 내리막을 한 절반도 내려서지 못할 때였다. 신바닥 밑의 모래알이 구르면서 신발이 쭈르륵 미끌렸다. 급히 손에 닥치는 대로 나뭇가지를 움켜잡았다. 마른 나뭇가지였다. 앞으로 쏠리는 관성의 힘을 그 나뭇가지에 걸었는데 그것이 뚝 부러졌다. 무거운 등짐이 머리 위로 쏠리면서 사람을 꽉 조인 채 산비탈을 데굴데굴 굴러 내리기 시작했다. 관성이 다 풀릴 때까지 계속 굴렀다. 등짐이 저절로 멈추어 섰을 때에 어머니는 이미 저 세상 사람이 되어 있었다. 찢기고 터져서 진창이 되어 피못이 낭자한 채 등짐 밑에 깔려 있었다.

그때 어머니의 연세는 쉰아홉 고개였고 홍준은 스물두 살 나이였다.

그 후 홍준은 세 번을 어머니의 묘지를 찾아서 하늘을 우러러 피를 터치며 속이 후련하도록 오열을 터뜨렸다.

어머니의 장례를 지내고 나서 그 이튿날 또 묘지를 찾아갔다. 어쩌면 다 죽고, 다 잃어지고, 다 달아나고, 나만 홀로 태백산 갈까마귀가 물어다 던진 게발 신세가 된 내 팔자가 원통해서 심산 속에서 저 혼자 울고 또 울었다.

어머니가 사망된 후 칠팔 년이 지났는가. 아버지의 정치문제가 낙실되었다. 한 무더기나 되는 아버지의 검은 자료를 홍준의 눈앞에서 성냥개비 한 개비로 잿더미를 만들어버리는 것이었다. 그날에 홍준은 또 어머니의 무덤을 찾아서 맑은 하늘을 보지 못한 원혼을 부르며 속이 후련해질 때까지 울고 또 울었다.

이제부터 홍준은 홀가분히 살아갈 수 있었다. 대대서기이며 대대주임인 장대록은 정신질곡에서 해방된, 장년시기에 접어든 의지 가지할 곳 없는 이 고아를 무산계급선봉대의 행렬에 가담시켜 주었다.

얼마나 앞가슴에 휘날려 보고 싶었던 붉은 넥타이였던가!

얼마나 앞가슴에 달아보고 싶었던 금빛 뿌리는 공청단 배지였던가!

얼마나 우러러 바라보던 황계광과 같은 '특수재료로 만들어진 사람들' 이었던가!

홍준은 붉은 주먹을 머리 위에 높이 들고 당기 앞에 선서하던 날 또다시 어머니의 묘지에 엎드려 절규하며 울고 또 울었다.

행복과 자부심으로 넘쳐흘러야 했던 소년시절과 청춘시절은 홍준과는 외면한 채 스쳐지나가 버리고 없었다. 그것은 이제 영원한 유감으로 그의 가슴속에 응어리진 채 굳어있었다. 그것은 아나크로니즘이 남겨준 응어리였다.

이제는 온 가족 일곱 식솔의 피눈물의 조우는 보상을 받은 셈이 되어 있었다. 그리고 천국으로 가신 원혼은 위안을 받게 되었으며 눈을 감을 수 있게 되었던 것이다.

정책이 낙실된 후 장 주임의 방조로 홍준은 주와 현으로 발바닥이 닳게 동분서주한 끝에 요행 아버지의 무혈금 천원을 보상받을 수가 있었다. 그때 이미 스물여덟이 된 홍준은 장 주임의 처조카인 춘절과 결혼을 하고 가정을 이루고 있었으며, 이제부터는 진정 보통공민으로서 남들과 같은 사람으로 취급받으며 살아갈 수가 있게 되었다.

그 후 장 주임이 정년퇴직을 하게 되자 홍준이 그 뒤를 이어 일촌지장이 되어 몇 년간 잘 뛰다가 이제는 자기의 능력을 테스트해 보려는 시도에서 자기의 고향이었던 연길로 상경하였던 것이었다.

춘산은 홍준이네 사립문밖에 홀로 서서 많고 많은 뇌리에 갈마드는 생각을 하고 있었다.

어려서부터 함께 자란 막역지우라고 할 수는 있으나 필경 우리는 서로 토대가 다르다. 너는 지성인의 가정에서 태어나 수양 있이 자란 사람이지만, 나는 소 궁둥이나 두드리는 시골무지렁이다. 그런고로 철창에 갇혔던 호랑이가 산속으로 되돌아가듯이 시내로 들어서자 너는 고유의 기량을 한껏 발휘하면서 자기의 천지를 개척할 수 있었겠지만, 회남의 귤을 회북에 옮겨 심으면 탱자가 되듯이 하마터면 나는 천인이 공노할 살인마로 전락될 뻔했다.

그래, 사람이 자기의 본분을 지키고 살아야 하는 거다. '뱁새가 황새를 따라가면 가랑이가 찢어진다'고 했다. 나의 토대가 돌대문촌인 것만큼 나는 돌대문촌에서만이 성공이 가능하다. 그래서 나는 오늘 자원하여 나서서 촌장이 되었다. 예순세 호나 되는 이 극빈촌이 초요선을 뛰어넘어야 하는 무거운 짐을 내가 짊어지고 나선 거다.

이제 첫걸음은 어떻게 떼야 할 것인가? 행로에서는 또 어떠한 장애물들이 앞길을 저애하고 나설는지? 최후의 종점에는 어떻게 돌입하게 될 것인지? 이런 것들을 이제부터는 모두 염두에 두고 고려해 보아야 할 일들이다.

'대가리에 쉬 쓴 놈', 이 얼마나 형상적인 비유인가. 소망이 존재하지 않는 곳이 바로 지옥이라고 했다. 여태껏 소망이 없이 살아왔으니 머리가 아니라 호박인 것이고, 호박이니까 그 어느 땐가는 썩어서 쉬가 쓰는 것이 아니겠는가.

춘산은 홍준이 가차 없이 내뱉은 언사에 앙심을 품고 그를 한없이 저주하며 아무 때던 꼭 앙분을 하고야 말리라고 악의 덩어리만 굳히고 있는 그런 무지막지하고 저열한 인간이 아니었다. 그도 두메안골에 파묻혀 가난에 타락된 지성인이었다. 그는 홍준의 말을 모독으로가 아니라 오히려 조언으로 받아들이고 있었다.

지적인 생명을 환기시키기에는 일언반사로도 넉넉하다. 지성인은 악담도 덕담으로 받아들일 수 있고, 자기의 운을 자유롭게 조율할 줄을 알며, 동물의 특유하고 비굴한 아귀다툼이 아니라 나도 해낼 수 있다는 것을 과시하리라 마음을 굳히고 있었다.

프랑스의 철학가 파스칼의 명언 중에 '인간은 갈대에 불과하다. 그러나 생각하는 갈대다' 라고 했다. 또 프랑스의 조각가 로댕의 조각품인 '생각하는 사람' 도 사람은 사유할 줄 안다는 논점에서 세계에 명망이 높다. 인생은 생각하는 사람에게는 희극이며 느끼는 사람에게는 비극이라고 했다.

춘산은 머릿속에 명기하여 두었던 이야기 한 구절을 떠올렸다.

한 목수가 있었다. 그는 대팻밥과 톱밥이 가득 쌓인 작업장에서 일을 하다가 그만 아주 귀중한 시계를 떨어뜨려 버렸다. 그는 시계를 주우려고 톱밥과 대팻밥을 헤치며 뒤지기 시작했다. 그런데 헤집고 뒤질수록 시계는 점점 더 꽁꽁 숨어버렸다. 그래서 그는 사람들을 불러 함께 뒤지기로 했다. 숱한 사람들이 시끌벅적하면서 반나절을 뒤졌지만 끝내 찾아내지 못하고 말았다. 그는 그럴수록 더구나 찾을 수 없다는 것을 모르고 있었던 것이었다.

이때, 목수의 어린 아들이 왔다. 아이는 아버지더러 모든 사람들을 데리고 가라고 했다. 자기가 찾는단다. 조그마한 아이는 법석대던 사람들이 다 가고 조용해지자 방 한 가운데 꼼짝하지 않고 앉아있었다. 안정이 깃들면서 청각이 예민해지고 있었다.

찰칵찰칵. 시계소리가 가늘게 들려왔다. 그 애는 귀를 기울이며 소리를 찾아갔다. 그리고 그 자리에서 대팻밥과 톱밥을 살살 헤치면서 여전히 귀를 기울였다. 그리하여 그는 조금도 힘들이지 않고 귀중한 그 시계를 쉽게 찾아냈다고 한다.

남들이 모두 '뒤져서 찾자'고 할 때 그 아이는 그 사고방식이 틀렸다는 생각을 했고, 자기는 '시계보다는 먼저 시계소리를 찾아야 한다'는 추론을 내렸던 것이다.

춘산은 머릿속에 갈마드는 오만 가지 생각에 푹 빠진 채 마을을 돌다가 그만 '첨벙' 하는 소리에 정신이 버쩍 들었다. 한쪽발이 앞뒤마을 중간을 꿰지르는 강물을 푹 밟았던 것이었다. 그는 아예 그대로 물속에 들어가 징검돌에 걸터앉았다. 엽초를 말아 물고 불을 댕겼다. 구수한 담배연기를 깊이 그어 들였다가 길게 내뿜었다.

저기 연회장에서는 한창 카세트에서 흘러나오는 한국 메들리에 맞추어 촌민들이 춤추고 노래하며 웃고 떠들면서 축제의 분위기를 클라이맥스에로 끌어올리고 있었다.

보름께 둥근달이 부수어져 내리는 개울물은 커다란 용이 은비늘을 번쩍이며 꿈틀거리는 듯 자유로이 흘러가며 졸졸졸 세레나데 같은 노래를 부르고 있었다. ♣

자천촌장은 동창생을 향의 파견간부로 추천하고,
로즈칭은 사립문밖에서 알코올 남편을 크게 꾸짖다

요사이 리 촌장은 뻔질나게 향정부 박 향장을 찾아 다녔다.

'소도 언덕이 있어야 비빈다'고 오직 박 향장만이 리춘산이란 소가 비빌 수 있는 큰 언덕이었고 또 태산같이 믿을 수 있는 의지였다. 그러므로 춘산은 마을의 구체 정황을 박 향장에게 낱낱이 회보하고 일체 머릿속에 떠오르는 상념이나 공작상에서 부딪치는 애로와 고민, 그리고 심지어 자신에게 생기는 스트레스까지도 박 향장과 스스로 터놓을 수 있었다.

박 향장은 우람한 몸체에 소탈한 성격의 소유자였다. 리 촌장이 신보한 돌대문촌 촌민위원회 위원들의 명단도 이미 향에서 심사비준을 거쳐 정식 임직을 선고했다. 박 향장은 특히 돌대문촌의 '노총각위원회'라는 이 신생사물의 탄생에 대하여 크게 탄복하면서 전 향에 재빨

리 보급시켜 노총각들의 사업을 중시하고 틀어쥘 심산이라고 못을 박
았다.

리 촌장은 탈빈 계획을 락실하는 실질적인 사업에서 부딪치는 근본
문제가 바로 고락을 같이하며 항상 충고해 줄 수 있는 조언자가 필요
하다는 생각을 하고 있었다.

사람은 '독불장군' 이다. 언제든지 누구나 저 혼자서는 이 세상을 살
아갈 수가 없다. 사람이나 동물이나 이 세상의 만물은 모두가 서로 어
울려서 공생관계가 형성되어야만 각자의 생존이 가능하다. 이것은 만
물창조의 근본원칙이다. 한 개 군체를 이끌어 나가는 사업에서는 더
구나 지기가 될 수 있고, 어드바이스를 해줄 수 있는 파트너가 없이는
날고뛰는 재간이 있더라도 성공하기는 만무하다.

이런 파트너가 누구인가? 그는 촌의 당지부서기이다. 우리나라는
일원화 영도인 것만큼 선봉대조직의 역량이 없이는 그 무엇도 불가능
하다.

그렇다면 이 지부서기의 인선은 또 누구인가? 어디에 있는가? 춘산
에게는 지금 바로 이것이 문제의 핵심이었다.

오늘 아침, 리 촌장은 꼭두새벽에 아침밥을 지어서 마파람에 게눈
감추듯 뚝딱해 버리고는 자전거를 타고 나섰다. 매일 사십 리 산길을
내리면서 한 시간 반가량, 오르면서 두어 시간 하면 반나절이라는 시
간을 길에서 허비하고 말게 된다. 게다가 박 향장도 매일 돌대문촌 하
나만 안고 방아를 찧을 수는 없잖은가. 또한 그냥 사무실에만 붙박여
있는 것도 아닌 터라 될 수 있는 한 일찌감치 박 향장의 사무실에 들이
닥쳐야만 그를 물고 늘어질 수 있는 형편이었다.

이 산길을 요사이 오가면서 리춘산이 새삼스레 감지한 것은 산촌이 빈곤에서 해탈하는 데 있어서 가장 기초적인 건설이 바로 도로건설이라는 것이었다. 우선 길이 통해야만, 교통수단이 발달해야만 일체의 문제가 실마리 풀리듯 풀릴 수가 있는 건데.

이 사십 리 길을 춘산이 오가는 데 이용할 수 있는 교통수단이란 오직 자전거뿐이다. 춘산은 그날 저녁 만찬축제 이튿날부터 연이어 이틀간 자전거를 수리하는데 전념했다. 부품이 없으면 남의 헌 자전거에서 풀어다 대체하기도 했다. 그리고 헌 타이어가 펑크 나기 일쑤이므로 늘 공기압축펌프를 자전거에 처매고 다녔다.

조선영화 〈사과 딸 때〉에 '자전거반장'이 있더니만 오늘 돌대문촌에 아닌 게 아니라 '자전거촌장'이 나타났지 뭔가. '예조리' 영감 말마따나 '방귀뀌는 쟁고'나 있었으면 오죽 좋으랴. 그러나 그것은 한낱 허망한 사치에 불과했고 두꺼비가 고니고기 먹을 생각에 지나지 않았다.

아침 해가 쫙 펴질 무렵에 춘산은 태양진과 한 이십 분 거리인 리화촌에 다다랐다. 멀리서부터 황철의 목재제품공장에서 원목을 저며 내는 따발톱 소리가 골짜기를 진동하고 있었다. 그는 그의 집 문 앞을 지나면서 무심코 대문을 바라보았다.

팔년 전, 쌍둥이를 해산할 아내의 입원비 이백 원을 빌리려고 그믐밤에 홍두깨 내밀 듯이 그의 집에 불쑥 뛰어 들었다가 '면도칼' 같은 그의 아내한테 처참하게 코를 때우고 나온 일을 생각하고는 부지중 피식 웃었다. 그리고 쫄딱 벗은 알몸뚱이를 드러내어 보인 듯이 무안하고 참괴해서 얼굴이 또 한 번 와지끈 달아올랐다.

춘산은 힘을 주어 페달을 밟으며 마을을 빠져나갔다. 금방 종점을 향하여 출격을 하려고 속도를 올리다가 불시에 자전거 브레이크를 빡 걸었다. 그리고 자전거에서 내려 뚝 멈춰 섰다. 뒤를 돌아다보았다. 아무도 없었다. 무언가 머릿속의 감촉이 이상했다. 금방 누군가 뒤에서 부르는 것만 같았는데. 아니, 황철이 뒤에서 부르고 있는 것 같았는데 이상하다. 춘산은 머리를 설레설레 내저었다.

'내가 왜 이러는 거지? 고중학교를 필업한 후 한 번도 만나본 적도 없는 그가 나를 부를 까닭이 어디에 있는가?'

서로 스치고 지나친 대도 한참 서로 뜯어보지 않고서는 알아보지도 못 할 처지인데도 말이다.

춘산은 피식 웃으며 왼발로 페달을 밟고 앞으로 미끄러져 나가면서 엉덩이를 자전거에 실었다. 그리고 페달에 힘을 가하는데 이번에는 그 누가 뒤에서 또 자전거를 잡아당기는 것만 같았다. 다시 브레이크를 걸면서 내려섰다. 여전히 뒤에는 아무도 없는데도 말이다.

'정신감응일까! 그것 참 별일이다' 하면서 춘산은 다시 자전거에 올라서 냅다 문지른다. '웬일일까?' 하고 궁리하면서 한참 가다가 자기도 모르게 또 브레이크를 빡 걸면서 내려섰다. 춘산은 마을을 뒤돌아보았다. 그러다가 어망 간에 무릎을 탁 쳤다.

'옳지! 황철이다. 그래, 황철이야! 지금 나에게 구 년 홍수에 햇빛 기다리듯, 대한 칠 년에 비구름 기다리듯 수요 되는 파트너이며 박 향장이 골머리를 쥐어짜며 찾고 있는 파견간부 인선이 바로 황철이다! 아내가 죽은 후 지금까지 쭉 수없이 황철이네집 문 앞을 지나쳤건만, 또 이 며칠간 날마다 그의 대문을 바라보며 오갔건만 내가 왜 진작 그를 염두에 두지 못했을까?' 지척이 천리라더니, 옛말 그른 데 없다.

춘산은 흥분하여 온 몸의 신경세포가 달아오르고 심장이 박차를 가하여 고동치고 있음을 느낄 수가 있었다. 그는 자전거를 돌려 세워 리화촌 마을로 밀고 가면서 궁리했다.

'그를 만나면 무엇부터 말할 것인가, 초빙문제는 어떻게 말을 꺼내야 할지, 또 그가 나를 어떻게 대할 것인지, 더구나 그의 아내는?'

'뭐 좀 하는 것 같으루 하니깐 오다오다 마지막엔 별 게 다 온다'고 했다. '우리가 무슨 벼락 맞은 송아지고긴가 하는 모양' 이란 말은 조개젓 단지에 고양이손 드나들 듯이 사처에서 손을 내민다는 뜻이었다.

'그런데 오늘 내가 또 이렇게 불현듯 뛰어들면 뭐가 되는가? 축객령을 받는 것쯤은 아직 소분연이고 자칫하면 두 눈알이 한 켠에 가 박히고 가자미처럼 납작하게 되어 발에 채워 나오기가 십상이다. 그러나 그만한 좌절쯤은 아무것도 아니다. 도마에 오른 고기인데 헤아릴 것 또 뭔가. 자천하여 나선 촌장의 앞에는 이제 그 어떤 고배와 실패, 피와 눈물의 세례가 덮쳐들지도 모른다. 그러니 축객령을 받는 것쯤은 아직 꽃이다.'

춘산은 자전거를 타고 리화촌으로 되올라갔다. 집집의 구새통에서 모락모락 피어오르고 있던 아침 취연은 이제부터 점점 사그라지고 있었다.

자전거 페달을 힘껏 내딛던 춘산은 점점 속도를 늦추면서 망설이다가 자전거로 반원을 그으면서 되돌아섰다

'황철이네는 지금 한창 아침식사 중인지도 모른다. 그러니 지금은

안 된다. 식사 중에 뛰어드는 건 무례한 짓이다. 그리고 그보다도 먼저 박 향장과 의사소통을 해본 후 다시 결정지어야 할 일이다.'

섣불리 마구 그의 집에 뛰어들어서 자기의 견해만을 가지고 왈가왈부할 일이 아니라는 생각이 들어서였다. 한 가닥의 희망에 가슴이 부푼 춘산은 닫는 말에 채질하며 태양진을 향하여 부리나케 자전거를 냅다 몰았다.

식전 아침에 꼽추 노친 김곱동녀는 키를 들고 마당에 나섰다. 오막살이 한 옆 두엄무지 부근에 쭈그리고 앉았더니 지붕 위로 칭칭 감겨오른 박 넝쿨에서 박 잎을 뚝 따서 밑을 쓱 문대고 일어선다.

곱동녀는 집 주위를 돌아가며 얼키설키 엉킨 호박넝쿨을 뒤지면서 애호박을 따들고 나온다. 오막살이는 이미 뒤로 한 십오도 가량 기울어져 있었는데 여남은 대나 되는 참나무를 받쳐 집을 버티고 있었다.

곱동녀는 새우등이 된 허리를 짚고 앞마당 터앞에 들어섰다. 허리가 굽다 못해 이마가 금방 땅에 닿을 것만 같다.

빨간 고수머리 아기를 들쳐 업은 강냉이가 울바자를 따라 빙 둘러서 있었는데 잎새에는 구슬 같은 밤이슬이 수은주처럼 굴러다니면서 떨어질까 봐 자리자리해서 허둥거리고 있었다.

꼽추 노친은 강냉이를 뜯으려고 새우등을 한껏 뻗으며 두 손을 쳐들었다. 발돋움까지 해가면서 풋 강냉이를 땄다. 더불어 울바자와 강냉이를 한데다 칭칭 동여매며 올려 뻗은 줄당콩 줄기를 뒤지면서 줄당콩도 따서 담았다. 그리고 감자둔덕에 손가락을 넣어 뒤지며 감자알을 뽑아내기도 했다.

터앝에서 나선 꼽추 노친은 강냉이 껍질을 발라 외양간 구유에 쏟아
놓고 호박도 빠개어 속 씨를 주물러 뽑아 햇볕에 널어놓고 집안에 들
어선다. 소경 영감이 벽을 짚고 허둥거리며 더듬어 나오더니 울바자
에 대고 오줌을 줄줄 흘리고 있었다.

구들에는 둥글소 같은 아들 사형제가 드러누워 발 옮겨 디딜 자리도
없다. 밤이면 꼽추 노친은 새우처럼 굽은 허리를 모로 눕히고 가마를
안고 자는 수밖에 없다. 이렇게 끌끌한 대장정 넷이나 되는 집이건만
터수가 퍼이기는커녕 점점 쪼들리기만 하니 아닌 게 아니라 코 막고
답답한 일이 아닐 수가 없었다. 힘이 있어도 쓸 곳이 없었다. 엉덩짝
만한 땅을 가지고서는 네 형제가 소꿉놀이감도 안 될 형편이니 그렇
다고 달리 해볼 거리도 없다.

어머니의 기척소리에 눈을 뜬 맏아들 갑룡이 자기의 다리를 묵직하
게 누르고 있는 셋째 동생의 다리를 밀어 놓고 일어나서 옷을 걷어 입
는다. 부엌에 내려가 아궁이 속의 재를 긁어내고 불을 지핀다. 어머니
가 가마에 풋곡식으로 아침거리를 앉혀놓고 한구들 꺼지게 들어 누운
아들들을 향하여 푸념질한다.

"야들아, 니네 쇠를 안 내다 매냐?"

외양간에서 세나릅짜리 암소가 풀 뜯으러 가자고 음매음매 하며 재
촉하고 있다. 어느 놈 하나 밑구멍도 움씰하지 않는다.

"야들아, 날래 쇠를 내다 매라, 쇠를….."

매일같이 아침이면 한참씩 해야 하는 넋두리에 푸념질이다. 둘째
아들 을룡이 부스스 눈을 뜨더니 곁에 누운 동생 병룡을 발로 툭툭 차
며 명령 투로 중얼거린다.

"야, 좀 일어나서 쇠를 내다 매라."

병룡이 못들은 체하며 돌아 누워버린다.

"야, 좀 빨리 그래라."

을룡이 다시 발로 건드리며 득달이다.

"야! 이것 좀 가만있소, 곤해 죽겠는데."

"들었니?"

을룡이 짐짓 큰 소리로 호통한다. 병룡이 더는 배기지 못하고 자기 옆에 누운 동생 정룡을 흔들어 댄다.

"야, 정룡아, 쇠를 좀 내다 매라야."

"에씨, 저네는 안 하구 전탕 나만 시키네."

그 놈도 두덜대며 돌아 누워버린다.

"야, 니네 정말 사람 기를 딱 채우는구나. 둥글소 같은 대자란이 네 씩이나 있다는 집에서 글쎄, 쇠를 아침 굶기는구나. 에구에구, 실루야. 남들이 뭐라겠소, 남들이….."

꼽추 노친이 키 넘어간 자식들을 하는 수 없어서 푸념질만 땅이 꺼지게 한다.

"오마, 가만 놔두. 내 내다 매겠소."

맏이 갑룡이 아궁이에 동나무를 잔뜩 서려 놓고 외양간으로 나간다. 주인을 본 암소는 응석을 부리듯이 더구나 영각을 하면서 꼬리를 친다. 갑룡이 고삐를 풀어가지고 새롱골로 몰고 간다.

골 어귀 샘물터에서 허만택의 노친 홍 씨가 동이에 샘물을 퍼 담고 있다. 그 옆에는 언제나 지어미 꼬리처럼 묻어 다니는 무남독녀 길녀 가 멀쩡하게 서서 풍선껌을 질겅질겅 씹어대고 있었다. 그것을 씹으

면서 시허연 불룩개를 불룩거리는 품이 맹꽁이가 울음주머니를 불룩
거리고 있는 것만 같았다.

온 동네에서 '범벅이' 라 부르는 허길녀는 앵화의 사촌언니였다. 이
젠 스물여덟에 나는 노처녀건만 기나긴 마라톤식 간질병을 앓으면서
부터 지력상수가 더 트이지 못하고 그냥 아홉 살에 노박히고 말았던
것이다. 그러니까 기실은 아홉 살짜리 어린아이나 진배없었다.

길녀는 소학교 이학년 때, 하루는 한 마을 애들과 같이 하학하여 돌
아오는 길에서 장난질로 서로 밀치락거렸다. 먼저 저쪽 아이가 길녀
에게 밀려 넘어졌다. 그 아이가 털고 일어나서 저도 길녀를 밀었다.
길녀가 넘어졌다. 그런데 왠지 길녀가 일어나지 못하고 두 눈을 위로
휩뜨고 사지를 쪼그라 붙이며 가재처럼 거품을 게질게질 물면서 바들
바들 떨고 있었다. 논두렁에 태를 친 개구리 같았다. 그를 밀어 놓은
아이는 너무도 무서워서 기를 쓰고 울어댔다.

저녁 해는 도끼봉 밑에 꼴깍 떨어지고 땅거미가 스밀 스밀 마을 뒤
재빼기를 덮고 있었다. 뒤에서 오던 윗학년 큰 아이들이 이 광경을 보
고 마을로 달려 내려갔다.

한참 후, 길녀의 아버지 허만택이네 쌍둥이 형제와 동네 장년들이 허
겁지겁 재빼기로 치달아 올라왔다. 그때 길녀는 얼굴이 거품투성이가
된 채 드렁드렁 코를 골며 자는 듯이 누워있었다. 그때부터 길녀는 장
장 이십 년 세월을 병마의 시달림 속에서 지지리도 고생하면서 나이만
먹어갔고, 부모들은 눈물과 한숨으로 허구한 세월을 보내고 있었다.

길녀가 앓기 전까지만 해도 허만택은 약이 무엇인지 모르고 살아 왔
건만 이제부터는 약이라면 죽었대도 벌컥 일어설 정도로 약에 혹해

있었다. 간질병을 고친다는 약이라면 가산을 탕진하면서라도 사들였고, 그 약을 얻기 위해서는 지옥의 문이라도 박차고 들어갈 정도로 극성을 부렸다.

무슨 약인들 못 써 봤으랴! 겨울에 눈 속에 피는 꽃이 있다고 해서 그것을 얻어다 먹였다. 사람의 뇌 즙을 써보라고 해서 횡사하여 금방 앉힌 남의 묘지를 가만히 파헤치고 송장의 두개골을 빠개고 뇌 장을 꺼내기도 했다. 소용이 없었다. 유산하여 버린 사람의 새끼도 얻어다 말려서 가루로 빻아서 장복시키기도 했다. 하여튼 허만택에게는 구할 수 없다는 약이란 없었다.

신랑신부 결혼 첫날밤, 성교할 때 흘리는 분비물을 얻어 써보라고 귀띔하는 사람도 있었다. 허만택은 그 '보귀한 약'을 구하게 해달라고 잔칫집만 생기면 찾아가서 손이야 발이야 비난사정을 했다. 차마 입 밖에 말 꺼내기가 난감했지만 끝내 입을 열고야 말았다. 청 드는 사람보다도 상대방이 더구나 참괴하고 거북해서 어쩔 줄을 몰라 했다. 그러나 자식의 병을 떼기 위해 그렇듯 애면글면하는 부모의 정성에 감천지 동귀신하여 어느 신혼부부나 모두가 일생에서 단 한번밖에 구할 수 없는 그 '보귀한 약'을 흔연히 제공해주기도 했다. 허만택은 말라버려 뻣뻣해진 손수건을 물에 불려 그 '보귀한 약'을 짜내어 길녀에게 먹이기도 했다.

하여튼 거북이 털과 고양이 뿔을 제외하고 못 써 본 약이라고는 없었건만 세상에 병들기 헐치 어디 떨어지는 병이 있던가! 하느님도 무심하였다. 북두칠성이 앵돌아졌나. 가련한 천하의 부모 마음이 그러할진대 하느님도 굽어 살피련만 그게 아니었다.

길녀가 있기 전에는 내외간이 아들 탐으로 네 탓 네 탓하며 아옹다옹했었다. 결혼해서 첫 아들을 봤다. 쥐면 부서질까 놓으면 날아날까 애지중지했는데 네 살 먹여 김치움에 빠뜨려 죽였다. 그 후에도 또 아들을 낳았건만 그것도 기르지 못하고 말았다.

남편은 낳아준 아들도 키우지 못한다면서 아내를 원망했고, 아내는 제 분복에 없는 것을 괜히 집탈한다면서 아옹다옹하기도 했다.

곁에서 귀띔해 주었다. 남의 자식을 길러야 제 자식을 키울 수 있단다. 그래서 물알 같은 남의 새끼를 안아온 그해에 길녀가 태어났었다. 둘은 동갑으로 탈 없이 무럭무럭 자라났다. 허만택은 그것들이 자라는 재미에 입은 그냥 헤벌쭉이 벌어지고 일을 해도 성수나기만 했다.

그런데 그것도 잠깐이었다. 남의 새끼를 진자리 궂은 자리 가려가며 아홉 살을 먹여 학교까지 다니게 길러 놓았더니 하루는 어디서 난데없는 낮도깨비가 나타나서 제 새끼라며 훌쩍 찾아가고 말았었다. 그리고 그해에 길녀까지 저 꼴이 되었던 것이다.

'복은 쌍으로 아니 오고, 화는 홀로 아니 온다' 더니 개 뜯어 먹을 팔자라 어쩔 수 없었다. 세상이 야속하기만 했다. 홍 씨의 두 눈에는 언제나 눈물이 고여 있었다. 눈물이 고이고 고여서 눈 우물이 깊이 꺼져 있었다. 다 퍼먹은 김칫독처럼 방 씨의 눈망울도 곯아빠진 듯했다. 그래서 눈구멍이 푹 꺼져 있었다.

"저런 범벅이를 글쎄 어떻게 하구 우리 죽는단 말이요? 우리 같은 거북살이 세상에 어데 또 있겠소? 헤, 참….."

허만택은 사람을 대하기만 하면 이렇게 땅이 꺼지게 넋두리를 하곤 했다. 이렇게 되어 그들은 '거북살이 영감' 에 '거북살이 노친' 으로 돼

버렸던 것이다.

갑룡은 그런 길녀를 유심하게 바라보며 소를 몰고 골짜기로 들어서면서 골몰하고 있었다. 생각이 많았다. 저런 '범벅이'를 데려다 어떻게 할 것인가? 물론 입이 하나 더 붙는 게 문제가 아니었다. 어떤 고생문이 터질 것인지 그것이 더 막연했다.

아침상을 대강 거두고 나서 배오복은 마당에 나서서 구구구 닭을 부르며 모이를 뿌려준다. 여기저기 울타리 밖 풀밭에서 닭들이 풍기며 몰려들어 모이를 쫓는다. 오복은 닭무리 속에서 지금 한창 배란기 중인 씨암탉을 재치 있게 냉큼 붙들어 안는다. 꼬개~ 꼬개~ 소리 지르며 퍼덕거리는 암탉의 밑구멍에 손가락을 쑥 밀어 넣는다. 손가락에 딱딱한 것이 닿는 감촉이 전해온다. 오늘 점심 전에 낳을 알이다. 그녀는 입가에 흐뭇한 미소를 띠면서 닭을 놓아준다. 그리고 일어서며 집안을 향하여 남편에게 지령을 내린다.

"여보, 오늘 돼지 굴을 좀, 잘 치우. 야앙? 들었소?"

그녀는 종다래끼에 보자기를 담아들고 마을 고샅길을 씨엉씨엉 올려 걸으면서 집집의 사립문을 향하여 소리 지른다.

"향월이, 군대버섯 따러 가기요!"

"춘절이, 군대버섯 따러 가쟀겠소?"

그 소리에 이 집 저 집에서 아낙네들이 쫓겨나듯 달려 나오면서 오복을 따라나서 북골로 들어가고 있었다.

박 향장의 테이블 앞에 리춘산이 마주앉아있다. 춘산은 아침에 황철이네 집 앞을 지나면서 머릿속에 피뜩 떠오르던 아이디어를 박 향장한테 회보하고 나서 자기의 관점을 피력했다. 박 향장도 춘산의 건의에 만족을 표하면서 담뱃불을 비벼 끄며 말하였다.

"동창생인 황철을 촌의 지부서기로 파견하도록 연구해 보겠소. 그런데 그의 아내가 그렇게도 무서운 '면도칼'이라니 많은 품을 들여야 할 것 같소. 구제량 문제는 이미 향에서 진정부에 신청을 했으니까 일단 하달되면 돌대문촌에 두 톤을 내려 보내기로 답복하오. 끝으로 동무가 돌대문촌을 위해 이미 발 벗고 나선 만큼 향에서는 동무에게 큰 기대를 걸고 있소. 우리도 특별봉사로 동무의 사업에 전적으로 푸른 등을 켜주겠으니 노력하기를 바라오. 곤란에 봉착하면 종종 찾아오는 것을 환영하오."

춘산이 일어서며 박 향장의 손을 덥석 잡으면서 말했다.

"고맙습니다, 박 향장. 향의 지지가 있는 한 황철의 아내는 큰 문제가 아니라고 보아집니다. 제가 어떻게 하나 꼭 그를 꺾을 수 있습니다."

박 향장이 고개를 끄덕이며 기대와 신임의 미소를 보내준다. 그리고 공문가방을 들고 나서자 춘산도 그 뒤를 따라 사무실을 나선다.

점심때가 거의 다 되어서야 아내가 돼지 굴을 치라고 호통 치던 일이 생각난 차달석은 자리에서 겨우 일어나 밖으로 나갔다. 헛간 구석에서 삽을 찾아들고 돼지 굴을 들여다보며 코를 훌쩍 달아맨다.

"씨팔, 암만 똥돼지라두 그렇지, 어쩌면 이렇게도 매대기를 쳐놓는담."

달석은 도둑놈이 개 꾸짖듯 입속으로 씨부렁거리며 한 줄금 욕사발을 퍼붓는다.

그게 어디 돼지 탓인가? 사람 믿고 사는 짐승이니 사람 탓이지. 그게 입에 밥이 들어가는 사람의 입에서 나올 말인가?

애매한 돼지를 삽으로 썩어지라 내리치자 돼지가 선불 맞은 호랑이처럼 으르렁거리며 미친 듯이 날뛰고 있다. 똥죽이 사처로 튕기며 마구 휘뿌렸다. 달석은 낯에 튕긴 돼지 똥을 팔소매로 훔치며 아예 잡아치울 잡도리를 하듯이 그 돼지새끼를 쫓아가며 한참 패주고 나서야 상투밑까지 올라온 분이 좀 가라앉는 것만 같았다. 그제서야 마지못해 돼지 굴에 들어섰다. 똥 무지를 엉큼엉큼 건너 디디면서 삽질하는 꼴이 밥을 빌어다가 죽도 못 써 먹을 놈이었다.

"꼬개~ *꼬꼬꼬~*, 꼬개~ *꼬꼬꼬꼬…*"

한창 삽질을 하고 있는데 닭궁주리에서 씨암탉이 자기의 공로를 온 동네에서 모를까봐 요란스레 떠들어대고 있었다.

그 소리에 달석의 두 귀가 뻘쭉했다. 그는 돼지 똥을 대충 대강 밀어버리고 돼지 굴에서 나와 삽에다 신바닥을 긁어내고는 닭궁주리에 다가갔다. 궁주리에 손을 넣었다. 달걀을 꺼냈다. 묵은 씨암탉이 금방 낳은 굵직한 알은 온기가 따끈했다.

달석은 울대뼈를 꿀꺽하고 들었다 놓으며 침을 삼켰다. 병자년 까마귀 빈 뒷간 들어다보듯이 주위를 두리번거린다. 귀신같은 아내가 불현듯 나타나서 목덜미를 덥석 움켜잡을 것만 같았다. 달걀을 움켜쥔 손을 호주머니에 지르고 바닷가 도둑 게처럼 주위를 힐끔거리며 마당을 나선다.

그 길로 곧게 치달은 곳이 뽕구네 소매점이었다. 뽕구의 색시 분희가 대강 아래 칸을 꾸려놓고 소금, 식초, 칫솔, 치분 따위나 팔고 있는 상점이었다. 분희가 파리를 날리면서 뜨개질을 하고 있는데 차달석이 기신거리며 들어서고 있었다.

"민호아버지, 뭐 사자구 그럼두?"

차달석이 손가락 둘을 쳐들어 보이면서 헤헤 한다.

"야앙, 내 알량, 그저 쪽 하자구."

그러면서 달걀을 꺼내어 매대 위에 올려놓는데, 뽕구의 색시가 난색하여 어쩔 바를 모른다.

"아 참, 이러믄 아이 됩꾸마. 민호아버지"

"아이 되긴 뭐가 아이 될 게 있소? 달걀 한 근에 일곱 알 오르니까느루 한 알이믄 빼주 알량 값이나 막 먹재우?"

"그래 그러는 게 아입꾸마. 민호엄마 모르게 가만히 왔잽두?"

"아이요. 아우, 알아. 내 너무두 쌀쌀해 하니까느루 금방 낳은 이 달걀을 주면서 다시는 안 된다며 다짐까지 받재켰소, 야앙, 양. 어서 알량만…."

"정 그렇다믄 난 모르겠습꾸마."

분희는 께끄름해 하면서도 백주 두 냥을 공기에 따라준다. 차달석은 공기를 받아들고 경치 좋게 한 모금 쪼옥 하고 나니, 맹인 잔치 보름 만에 임당수야 깊은 물에 고기밥이 되어 갔던 효녀 심청을 만난 심봉사가 '어디보자, 내 딸 청아' 하면서 두 눈을 번쩍 뜨듯이 금방 세상이 훤히 밝아지는 것만 같다.

"카, 거 술 맛 좋다. 거, 아 에미. 미역 부스러기, 요맨한 거 한 오리만….”

식지 두 마디를 내밀어 보이면서 떠듬거린다. 달석은 미역 부스러기를 쪽쪽 펴서 지분거리는 모래를 털어버리고 입에 넣고 씹는다.

다시 술 공기를 입에 가져다 대려는데, 문이 더뻑 열리며 귀신같은 배오복이 살기등등해서 독수리처럼 들이닥친다. 그와 때를 같이하여 차달석이 어느새 번쩍하더니만 눈 깜짝할 사이에 공기의 술을 단번에 입에다 쭉 쏟아 넣는데 번개면 그보다 더 빠를까. 오복이 댓바람에 구풍처럼 씽 달려들어 이미 빈 공기를 빼앗아 땅바닥에 메다친다. 그와 함께 사복개천 같은 입에서 구렁이가 연이어 내달아간다.

“이 알코올 같은 나그네 새끼는 어디서, 인젠 되질 때두 됐는 겝다. 집에서는 소금알두 없어서 맹물에 장물을 끓여 먹는데두 그냥 술이요, 야앙? 그냥 술인가? 씨암탉 한 마리 간들간들 남아있는 거 병아리 두 못 안기구, 그 달걀 좀 모아서 민호 화식비래두 좀 만들까 하이. 이 알코올 같은 나그네 새끼, 안 되겠다. 오늘 정말 바루 고쳐놓던지, 내 죽던지 해야지.”

팔뚝을 걷어붙이고 남편의 코밑에 상앗대질을 해댄다.

“민호엄마, 제발 이러지 맙소. 내 탓입꾸마. 내 달걀을 받지 말아야 하는 건데, 잘못했습꾸마. 이러지 맙소. 제발….”

분희가 달걀을 쥐고 매대 안에서 달려 나와 그들을 뜯어 말리며 발을 동동 구른다. 오복이 씽 달려들어 남편을 잡아 뜯는다. 달석이 오복을 밀어내며 주먹으로 그의 머리를 쥐어박는다. 분희가 달걀을 내들고 발을 동동 구르며 아우성친다.

“제발 싸우지 맙소. 이 달걀을 내 안 받겠습구마. 그만합소.”

오복이 또 달려들어 악을 쓰며 달석의 웃옷 앞자락을 확 걸어 당기자 그것이 쫙 찢어져 나간다. 분희의 손에 쥐었던 달걀이 어느 팔매에 맞아 뿌리어 나가며 풍비박산이 되어버린다. 달석이 불이 번쩍 나게 귀뺨을 올려붙이자 오복이가 매대에 나가쓰러진다. 진열장 유리가 박살나며 쏟아져 내린다.

분희가 밖으로 내달아가서 호떡집에 불이 난 듯이 동네방네를 향하여 덴겁한 소리를 지른다.

"어구, 이거 큰일 났습꾸마. 이 집에서 사람을 잡습구마. 빨리 옵소, 빨리!"

오복이 머리를 풀어헤치고 미친 듯이 두 팔을 마구 내휘두르며 각다귀처럼 달려드는데 달석이 어느새 오복의 머리채를 휘감아 틀어쥐고 태질을 친다. 얻어터지고 째진 얼굴에는 피못이 낭자한데 그래도 한사코 사생결단을 하고 달려드는 오복을 달석은 복날 개 패듯 뚜드려 패고 있었다. 오복이 암만 제 남편을 헝겊막대기로 여기고 있지만 그래도 어쨌든 남자는 남자였다.

분희의 꼬장 소리에 진둥한둥 달려온 동네 사람들이 모여들어 달석의 손에서 오복을 풀어낸다. 아예 없애버릴 잡도리를 하고 있었는데 동네사람들에게 그만 놓쳐버리고 말았다는 듯이 달석이 손을 털면서 개선장군마냥 우쭐해서 집으로 돌아가 가마목에 드러 누웠다.

오복이 빌빌하며 달석의 뒤를 멀찌감치 따라갔다. 집에는 감히 들어가지 못하고 울바자 밖에서 한참 훌쩍거리다가 집안을 향하여 주먹을 내두르며 입이 사복개천이 되어 줄 욕을 퍼붓기 시작했다.

"달석아, 이 쌍 개새끼야. 나오라 나와. 니 죽구 내 죽구 해보자 어디. 니 같은 건 열 개라두 내 얼마든지 자신 있다, 자신 있어. 니 무시레 나를 잡아먹자구 드니, 으응? 무시레? 내 오늘 그른 게 뭐야, 그른 게 뭔가? 다 너를 위해서구 가정을 위해서지. 그래두 나를 잡자구 드니, 응? 잡자구 드는가?"

정신병자 같은 오복이 제 설움에 못 이겨 흑흑 흐느껴 울면서 악다구니질을 한다.

"지나간 일을 생각하믄 분통이 터진다, 분통이 터져. 도문에서 내 이 빌어먹을 산골 안에 싸상(하향)한 것만두 분해 죽겠는데 거기에다 또 니 같은 알코올을 만나서 한 뉘 이 골 안에서 개고생하는 게, 허이구, 통분해라, 어이구…."

그는 땅바닥에 덜퍼덕 앉아서 발버둥질치고 땅을 치면서 초상이나 난 듯이 통곡을 치고 있다.

"내 아이였드믄 저따위 어디서 여자 천신이나 해보구 돼지겠구나? 서방은 고사하구 동방두 못 간다, 동방두 못 가. 그래두 연애할 때는 무슨 '당의 부름에 용왕매진하는 하향지식청년들에게 경의를 드리오.' 무슨 '인텔리' 요, '천사' 요 하면서 수숫대에 기름칠이 반지르르 하던 게, 지내보니 개똥이다, 개똥이야. 그때 내 진짜 사랑한 게 니 같은 겐 줄 아니? 윤홍준을 사랑하구 있었다, 이 버새야…."

온 동네 사람들이 바자굽에 나서서 구경하면서 너무 해괴하고 우스워서 입을 틀어막고 키득거리고 있다.

뉘 집 덜퍽진 텁석부리 수캐 한 마리가 오복의 뒤에서 컹컹 짖어대고 있었다.

"남들이 다 빤청(반성)할 때두 그렇지, 우리두 가짜 리혼을 하구 이

골 안을 빠지자구 멋있는 골을 썼는데두, 저 알코올이 글쎄 죽어두 리혼은 못하겠다는 바람에 이렇게 됐지. 그래두 우리 본가 집에서는 나를 금이야 옥이야 고이고이 자래워서 부모덕, 남편 덕, 자식 덕에 하늘 덕, 땅 덕까지 혼자 안구 잘 살라구 이름두 오복이라 졌지만두 오복은 어디 가서 썩어 빠진 오복이구, 어디서 저런 맥두 못 추는 알코올을 만나서 한뉘 개고생한다, 개고생 해….”

오복이 열을 내면 낼수록 텁석 개도 더 무섭게 으르렁거리며 자지러지게 짖어대고 있다. 집안에서 아내의 악다구니질에 더는 참을 수 없는 달석이 살며시 일어나서 봉당 한 구석에 세워놓은 삽을 거머쥐고 벌컥 문을 걸어차며 내달아간다.

“에구야 저게 뭐야. 사람 살리요, 저 천도깨비 사람 잡소!”

소스라치게 놀란 오복이 혼비백산하여 내뛰면서도 계속 악다구니질을 해대고 있는데 텁석 개가 그 뒤를 따라가며 금방 덥석 물어 태를 칠 기세였다. 그 꼴을 보면서 한참 씨근거리고 있던 달석은 마당에 삽을 뿌리치고 집안으로 되들어가서 또 다시 드러눕는다. 한참 만에 병든 까마귀 어물전 돌듯 뱅뱅 돌아 바자굽에 되돌아온 오복은 주먹을 불끈 쥔 팔을 휘두르며 고래고래 소리 지른다.

“나오라, 어디 해보자. 이 무지렁이야. 내게 무슨 원쑤 있어서 니 나를 잡자구 드니, 으응? 내 니한테 와서 떡두꺼비 같은 아들까지 낳아 줬으문 됐지, 그래두 사람을 잡자구 드니, 으응? 잡자구 드는가? (동네를 향하여) 저게 저래배두 음새는 대단한 겜꾸마. 저녁마다 그 잘난 맥두 못 추는 것 가지구 온 밤 사람을 못 살게 굽꾸마. (집안을 향하여) 너 오늘 저녁부터 다시는 내 발치에두 오려니 꿈두 꾸지 마라, 꿈두 꾸지 마. 쌍디메이다야, 쌍디메이야….”

이렇게 오복이 동네에 나서서 마구 휘젓는 통에 온 동네 개들이 전부 모여 들어서 오복을 둘러싸고 컹컹 짖어대고 있었다.

“워리개, 이 개새끼들. 너네두 어째 달석이하구 한편하겐?”

오복이가 개배때기를 돌아가며 걷어차니 개무리는 한 발짝 물러서면서 더욱 악을 쓰며 자지러지게 짖어댄다. 달석은 아내의 주라통까지도 아예 동넷집 개가 짖어대거니 여기고 개잠이 들어 드렁드렁 코를 골고 있었다.

“오늘 일두 그렇지, 그 달걀 한 알을 내 먹자구 그럴까? 민호를 공부시키자구 그러지. 공부를 시켜야 이 산골을 빠지지, 되기나 하겠다? 봐라, 지금 그 숱한 둥글소 같은 총각들이 서방두 못가구 산골을 빠지지 못해서 푹 썩구 있는 거. 눈깔 뜨구 좀 보란 말이야, 봐….”

오복은 울바자를 푹 덮고 있는 줄당콩 잎을 따서 깔때기 모양을 만들어 가지고 병아구리처럼 동그랗게 굽힌 두 손가락 위에 받쳐놓고 다른 손바닥으로 탁 쳐서 콩 잎이 터지는 소리를 내면서 한 숨 쉬고 있는 것 같았다. 그러다 금방 수그러드는가 싶더니 또 별안간 억양이 한 옥타브나 뛰어오르며 꽥 소리 지른다.

“그래두 내 말이 틀리니, 으응? 내 말이 틀리는가?”

이때 향으로 갔던 리춘산이 돌아오다 이 광경을 보고 자전거에서 내리며 오복을 꾸짖는다.

“이 안깐은 어째서 동네에 나서서 숱한 개들을 짓기면서 이러우, 야앙? 안깐이라는 게 이게 무슨짓이요, 본때 없이. 먹물이나 먹었다는 사람이 이렇소, 야앙? 이런가?”

"아이, 리 촌장. 글쎄 내 말 좀 들어봅소"

"들을 게 없소. 들어가우, 들어 가."

춘산은 계속 변명을 하려고 떠듬거리는 오복의 등을 밀어 사립문 안에 꾸겨 넣고 나서 왝 하고 발을 탕 굴러 짖어대고 있는 개무리를 쫓아 버린다.

아랫마을 뒷구석 산 밑에 모택동시대에 지은 벽돌집이 있었다. 하향지식청년들의 집체호 숙사였다. 세월이 바뀌면서 그 속에 있던 하향지식청년들이 모두들 자기들의 귀속으로 돌아가 버린 후 대대의 창고로 사용하고 있다가 호 도거리 후부터는 지금까지 쭉 그림 속의 떡으로 비워있었다. 그때에 바람벽에 석회로 쓴 그 당시의 힘찬 구호의 글발들이 이십 성상이 지난 오늘까지도 고즈넉이 그 자취를 잔재하고 있었다.

지금 이 집체호의 건축물은 역사의 한 구석에 처박혀 세월의 훈도를 받으며 새로이 자기의 위치를 기다리고 있다.

얼마나 많은 열혈 청년들이 그 속에서 붐비며 몸부림치며 실낱같은 한 가닥 희망의 끄나풀을 잡으려고 아득바득 하였던가. 이 자배기 속 같은 돌대문촌에만도 이러한 열혈 청년들이 이백사십 명이나 악머구리 끓듯이 왁시글덕시글 하였은즉, 그 속에 또한 유망한 인걸인들 얼마였으랴. 속담에 '개천에서 용 난다' 고 이 자배기 속에서도 미래의 주장, 성장, 그리고 대상해의 혁혁유명한 대기업가나 상층건축부문의 거물들도 잉태하고 분만되어 조국의 방방곡곡으로 달려 나갔은즉, 돌대문촌은 그들의 어머니임에는 틀림이 없었다.

자식들은 자라나서 큰 사람이 되었건만 어머니는 지금도 굶주림과 추위에 허덕이며 거지노파로 되어 인생의 뒤안길에서 모질음을 쓰고 있을 뿐이다. 어머니는 기진맥진하여 쓰러지면서 호소하고 있다.

'내 아들들아. 너희들은 어디에 있느냐? 보고 싶구나!'

그래서 오늘은 어머니의 슬하에 있는 이 못난 아들 리춘산이 숱한 자식들을 고이 품어 싹 틔우던, 지금은 쓸모없이 된 어머니의 자궁을 수술하여 그의 생명에 신생의 활기를 부여하려고, 가난하신 어머니의 신상을 개변시켜 드리려고 서두르고 있는 것이다.

춘산은 그 당시의 집체호를 공장으로 개건하고 있다. 제멋대로 날아들어 자기들의 동산으로 간주하고 서식하며 살아가는 뭇새들의 보금자리를 털어버리고 깨어진 기와장도 바꾸어 얹었다. 문짝과 창틀들도 제대로 이를 맞추어 달았으며, 세월의 상처도 지워버리고 새롭게 분지를 찍어 화장도 시키고 있었다.

리 촌장은 '지나간 물로는 물레방아를 돌릴 수 없다'는 이치를 터득하고 있었다. 오직 다가오는 새로운 물로만이 물레방아를 돌려야 한다. 세월은 누구에게나 주어진 공평한 행복이다. 나에게 주어진 행복을 내가 소중히 여기지 않으면 나중에 나밖에 손해가 없다. 그래서 그는 이 주어진 행복을 소신껏 이루어 보려고 기를 쓰고 있었다.

춘산은 황철을 초빙하는 문제 상에서도 확신이 컸다. '열 번 찍어 안 넘어가는 나무가 없다'고 했다. 열 번이 아니라 백 번 천 번을 찍더라도 성공하여야 한다. 위대한 성취는 오직 강한 의지력에 의해서만 이뤄지는 것이다. '낙숫물이 댓돌을 뚫는다', '쇠공이를 갈아서 바늘을 만든다.' 이것은 끈질긴 의지력의 성공이다. 매일 세 시간씩 걷는 사람이 칠 년 동안을 걸은 길이 지구를 한 바퀴 돌아온 거리라고 한다. 꾸준하게 작용하는 작은 힘의 역량이 위대한 업적을 쌓는 것이다.

어느 한 물리학가가 다음과 같은 실험을 하였다고 한다.

무게가 오백 파운드 되는 강철 덩어리를 쇠사슬로 허공에 드리웠다. 그 옆에 또 보잘것없이 작은 코르크 병마개를 실에 달아 드리웠다. 실험의 목적은 코르크 병마개로 강철 덩어리를 타격하여 그 결과를 보자는 것이었다.

코르크 병마개가 강철 덩어리를 때리기 시작했다. 처음에 강철 덩어리는 움직일 기미가 조금도 보이지 않았다. 코르크 병마개가 계속하여 타격했다. 이렇게 타격하여 십여 분이 되자 강철 덩어리는 불온정하기 시작했다. 또 십 분이 지나자 강철 덩어리는 반응이 일어났다. 반시간이 되었을 때는 강철 덩어리가 공중에서 시계추처럼 왔다 갔다 하면서 움직였다고 한다.

이 실험에서 보다시피 무슨 일이던지 각고의 노력을 부여하기만하면 기필코 성공할 수 있다는 도리를 제시해 주는 것이다.

춘산은 이미 심리상의 준비가 되어 있었다. 황철을 데려오고야 만다는 확신을 가졌으므로 그의 공장을 돌대문촌으로 옮길 작업장을 미리 꾸리는 것이었다. 아이를 낳기 전에 강보부터 갖춘다고 하지 않는가.

선두자 리춘산의 지휘 하에 김석, 앵화, 갑룡, 그리고 오복과 춘절 등 몇몇 촌 간부들이 땀동이를 흘리면서 작업장을 만들어가고 있었다. ♣

면도칼은 불청객을 손 잰 승이 비질하듯 하고,
처녀총각은 밤을 지새우며 경제정보를 수집하다

황철이네 집이다.

한족식으로 구들과 봉당으로 된 방 세 칸이 한 줄로 쭉 늘어선 집인데 모두가 미닫이로 칸막이가 되어 있었다. 일단 미닫이를 밀어 붙이면 집안 전체가 통칸으로 되게 설계가 되어 있었다. 가정기물들은 더 이를 데 없이 줄느런했다.

춘산은 지금 고중동창생인 황철과 무릎을 마주하고 앉아 있다.

필업 후 처음 만난 두 동창생은 서로 여유 있게 학창생활로부터 아련히 떠오르는 동창들을 회고하기도 하고 필업한 후 서로 자기가 지나온 경과며 인생행로를 두런두런 이야기하고 있었다.

황철은 작달막한 키에 두루뭉술한 체구, 숱이 많고 오리가 센 머리털을 왼쪽 가르마로 보기 좋게 갈라 붙이고 있었다. 거기에다 얼굴에

덮인 꺼칠꺼칠한 다박나룻이 안받침하고 있어 보기에도 대추나무 방망이처럼 단단하고 야무지게 생겼으며, 성숙한 남자의 자연미를 과시하는 중년배의 사나이였다.

그의 이미지를 보면 인텔리와는 거리가 멀고 생산직에 종사하는 블루칼라에 속하면서도 화이트칼라에 더 치우치는 그런 타입이라는 평이 더 적절할 것이다. 총체적으로 말하면 남을 지배할 수 있는 능력을 가진 보스형의 사나이였다.

지금 그들의 대화는 춘산이 아주 자연스럽게 자기의 인생역정으로부터 시작하여 돌대문촌의 운명을 끌어내어 화제에 올렸으며 거기에 한 술 더 떠서 향정부의 결정까지도 피력했다.

처음에 황철은 너무도 뜻밖의 일이라 아연하게 춘산의 입만 뻔히 쳐다보고 있었다. 그러나 황철도 세상물정을 모르는 사람이 아님에야 이의를 달 수 없었다. 전국적으로, 특히 우리 연변에서는 지금 한창 날고뛰는 유망한 간부를 빈곤 촌에 파견하는 공작이 농촌 빈곤 부축 사업에서의 한 개 중요한 과제로 나서고 있지 않은가! 그래서 황철은 춘산의 뜻을 이해할 수 있었고 또 그렇게 그의 말을 내심하게 듣고 앉아있을 수가 있었다.

떡 줄 사람은 꿈도 안 꾸는데 김칫국부터 마신다던가. 황철은 아직까지 그저 덤덤하게 듣기만 하고 앉아 있었으나, 춘산은 벌써부터 도도하게 자기 촌의 자연 정황을 묘술하고 있었다.

"… 우리 마을은 예순두 호에 총 인구가 이백십칠 명이다. 경작지는 수전한전 통 털어서 한 90헥타르 가량 되는데 수전이 한 20헥타르를 점한다. 산골이다 보니 가산이 적지 않다. 500헥타르의 목초

지가 있다. 산에는 거지반 참나무들 위주로 원목(原木 ; 통나무) 내
원이 괜찮은 편이다. 팔십년대 초에 장 서기가 집체농장 장원들을
이끌고 심은 5만 그루의 이깔나무와 한 500그루의 과일나무도 있
다. 지금 우리 촌의 생활형편을 보면 윤홍준이라는 상기 촌장네 집
을 내놓고는 모두 그저 그러한 정도다. 그 집에는 채색텔레비전에
냉동기구, 녹음기 등 없는 것 없이 갖춰놓고 산다. 너희 집만 못지
않게 살구 있지. 집두 괜찮구. 그리구선 온 동네를 통 털어 봤대야
낡은 흑백텔레비전 두 대, 소형녹음기 한 대, 옛날 라디오 다섯 대,
그저 이 정도다. 그리구 매인당 연 수입이 270원 가량밖에 안 된다.
각종 신문과 잡지는 주문하여 보려 해도 배달이 안 되는 상황이라
할 수 없는 노릇이다. 문화 정도를 놓구보면 우리 마을에서 대학생
은 적지 않게 나왔지만 그들이 마을에 남아 있을 리 없고, 고중생이
네 명(그 중에 하향지식청년이 한 명)에 초중 정도가 한 60명 가량
되고 그 외는 소학교문화 정도거나 문맹이다."

이때 문이 덜컥 열리며 황철의 아내가 한 네댓 살 되는 남자아이를 안
고 들어선다. 춘산은 급히 일어서며 허리를 굽적하고 먼저 인사를 했다.

날씬한 몸매에 깔끔하게 생겼으나 눈초리가 관자놀이 위로 찍 째
져 올라가 붙었으며 꺾어진 버들잎 같은 눈썹 밑의 한 쌍의 눈에서
는 서슬이 시퍼렇게 번뜩이고 있었다.

8년 전에 받은 첫 인상과 오늘 다시 마주보는 재인상이 모두 춘
산에게는 '면도칼'처럼 날카롭고 찔러도 진물 한 방울 안 날 여자라
는 생각을 떨쳐버릴 수가 없었다.

"여보, 인사하우. 내 고중 때 한 반 동창생이요. 그때 우리는 서로

무척 친한 딱 친구였소.”

“예, 내 압꾸마. 그때 한 번 왔땐 게 무슨.”

면도칼이 춘산의 인사는 뒷전으로 치며 덤덤한 어투로 남편에게 대꾸한다.

“그랬니? 언제 왔댔게?”

황철이 의아한 시선으로 춘산을 쳐다보며 묻는다.

“응, 이제는 한 8년 될 게다.”

춘산은 그때 그 일이 화제에 오르자 너무 송구스러워 두 손을 썩썩 비비며 몸 둘 바를 모르고 있었다.

“그런데 어째 우리 못 만나? 무슨 일에 찾아왔게?”

“좀 급한 일이 있어서 염치없이 뛰어 들었댔다. 너는 연길루 가구 없드라.”

“내 여기에 있는 줄은 어떻게 알구 와?”

“목재가공창인 줄 알구 묻구묻구 해서 찾았지.”

“무슨 일이 있었니?”

황철이 하도 꼬치꼬치 캐묻는 통에 말 못할 일이지만 아니 말할 수도 없었다.

“야, 별일 아이다. 그때 우리 안까이 난산하게 됐는데 병원에서 입원비 이백 원이나 먼저 내라 하쟀겠니, 그래 너무두 딱해서 너를 찾아 왔댔다.”

“그래, 어떻게 돼?”

“응, 쌍둥이였는데, 내 돈을 만들어 가지구 병원에 막 들이닥쳤을 때는 벌써 죽었더라.”

“뭐라니?”

황철은 두 눈이 화등잔이 되어 펄쩍뛴다.

“그래 돈을 안 줬소?”

그가 아내를 향하여 무섭게 눈을 부릅뜨며 물었다.

면도칼이 남편을 째려보며 하는 말이,

“뭐랍까? 내 무시레 생전 코빼기두 못 보던 남의 나그네한테 그렇게 큰돈을 훌쩍 내놓겠습까?”

그러고 나서 남편을 흘겨보며 도둑놈 개 꾸짖듯 입속으로 구시렁거린다.

“저 여물지 못한 나그네 어디서….”

춘산이 송곳방석에 앉은 듯이 난감하여 어쩔 줄을 모르고 있었다.

“야, 그만 둬라야. 괜히 생이 벼락 맞던 일을 꺼내가지구야. 이제는 아득한 옛날일이다야. 우리 하던 얘기나 계속하자야.”

아닌 게 아니라 생이 벼락 맞던 이런 이야기가 이제 춘산이한테는 아무 쓸모없는 이야기로써 괜히 시간 낭비밖엔 없었다. 황철은 너무도 기가 막혀 아내를 잡아먹을 듯이 쏘아보다가 머리를 돌려버리고 말았다.

“금방 얘기하다시피 우리 마을이 이런 형편인데 어떻게 하니? 나는 이렇게 본다. 우선 먼저 먹고 입는 문제를 해결해야 된단 말이다. 우리 촌 같은 형편에 어디서 돈이 한 글자 나올 데 있니. 글쎄 산에야 산나물이구 약재구 잣, 호두, 버섯 같은 것들이 째구 버렸지만 그게 어디 돈이 되니? 향에서 사십 리나 떨어진 오지 촌이다 보니 뻐스두 못 통하는데, 그저 생각뿐이지 별 용빼는 수 없드라야.”

춘산의 얘기를 들으면서 '면도칼'은 배알이 뒤틀리는 것을 어쩔 수 없었다. 그래서 괜히 약간 칭얼거리며 응석을 부리는 아이 머리에 딱 소리 나게 알밤 한 알을 먹여준다. 아이는 차라리 잘 됐다는 듯이 와앙 하고 울음보를 터뜨린다. '면도칼'은 이번에는 또 아이가 운다고 두들겨 패면서 남세스럽게 굴고 있었다.

황철이 아이를 안아다 무릎에 앉히고 달래서 겨우 입을 막아버린다. 춘산은 피라미와 상어의 싸움 같은 현장에는 아랑곳없이 자기의 계획만을 짓궂게 밀고 나가고 있었다. 아직 그런 일에 뒤틀리고 나앉을 춘산이 아니었다.

"우리 촌이 이렇게 째지도록 가난하다보니 생계를 찾아 떠나갈 사람들은 진작 다 빠져버리구 지금은 꼼짝달싹할 수 없는 사람들만이 마을을 지키고 있는 실정이다. 향에서두 파견간부 네댓을 갈아대다 못해 인제는 보낼 사람이 더 없어서 그대로 내버려둔 지두 량년이나 된다. 하두 방법이 없어서 내가 자천해서 촌장질한다. 그러구 보니 내 혼자서는 어쩌지 못하겠드라야. 그래서 너를 찾아온 거다. 어쩌겠니. 니 좀 방조해 달라야. 우리 마을에 와서 지부서기를 감당하구 나하구 좀 같이 고생해 보자야."

춘산은 '면도칼'이 앉은 자리에서 툭 털어놓고 이야기했다. 어쨌든 부딪쳐야 할 장애물이고 부부간이 합의돼야 해결될 수 있는 일인데, 회피할 수 없을 바엔 일찌감치 맞다들어 보는 것이 더 낫다는 생각이 들어서였다. 길고 짧은 건 먼저 대보아야 알 수가 있다.

'면도칼'의 머릿속에서 신경이 우적우적 곤두서는 소리가 춘산의 귓속으로 파고드는 것만 같았다.

“야, 안된다야. 너두 보다시피 내 지금 이렇게 가득 벌려 놓구 있
는데 어떻게 하니? 당장 한국에 수출할 자동차를 씻는 솔 자루 4만
대를 합동한 것두 있지, 또 쪽무이판 500립방두 금년 시월 말 전으
로 수출하게 대답했는데….”

“글쎄, 니 그렇게 바쁜 사람이길래 향에서 초빙하는 게 아니겠니?
이건 향의 결정이다. 오늘은 내가 먼저 와서 너에게 향의 결정을 귀띔
해줄 뿐이지. 그러니까 너두 각오해야 될 것 같다. 지금부터 너네 집을
짓기 시작하믄 한 달가량 걸리믄 다 될 거구, 또 우리 마을 그전의 그
집체호를 작업장으로 개건하고 있는 중이니까 그것만 다 되믄 한 이삼
일 사이에 훌쩍 이사를 해버리믄 생산에도 크게 지장이 없을 게다.”

“이삼 일을 가지구 어떻게 하니? 전기톱, 전기 대패, 목기선반 등
두루두루 허술한 설비들이 그래배두 고정재산이 한 삼십만 된다. 적
이두 댓새는 걸려야 될 게다.”

“동무 뭐랍까? 이사한다구? 골 안으루 들어간단 말입까?”

귀를 강구고 있던 ‘면도칼’이 배알이 꼴리고 창자가 뒤틀리는 것만
같아서 끝내 남정들의 말말 간에 뛰어들어 훼방을 놓는다.

“누가 이사한다우? 우리끼리 하는 말이니 동무는 삐치지 마우, 좀.”

“동무, 좀 똑똑이 노시요. 예? 아이 됩니다.”

말이 끝나기도 바쁘게 ‘면도칼’이 빗자루를 들고 와락와락 구들을
쓸어내는데 그야말로 손 잰 승이 비질하듯 한다.

춘산은 그 빗자루가 엉덩이 밑까지 쓸며 들어오자 빗자루를 피하며
드티어 앉는다. 드티어 앉으면 드틴 자리만큼 더 바투 들이대며 비질
을 해대는 데야 어쩌랴. 더는 드텨 앉을 자리가 없는 춘산은 할 수 없

어 훌쩍 일어선다.

"그럼 오늘 이만하자. 니 잘 생각해봐라야."

"무스거 생각해볼 게 있음두? 아이됩꾸마. 우리 집에서는 내 말이 수~웰라쌴(내 말이 법이다)이꾸마."

'면도칼'이 촉새처럼 먼저 나서서 외꼭지 도리듯이 춘산의 말끝을 잘라버린다. 춘산이 봉당에 내려서며 신에 발을 꿴다.

"그럼 난 가겠다, 후에 다시보자."

"야, 너 어째 이러니? 오랜만에 친구 집에 왔다가야 점심두 안먹구 가겠니? 올라오라, 빨리."

황철은 춘산의 팔을 꽉 틀어잡고 올려 끈다.

"자꾸 오겠는데 점심은 무슨 점심이야. 내 또 다른 데 볼일이 있어 안 된다야."

"안 된다. 오늘은 어쨌든 우리같이 점심 먹자. 동무, 채를 몇 가지 데꺽 볶소."

"뭐하랍까, 아무것두 없는데."

"없기는 왜 없어? 그 냉동기 안에 쇠고기구 물고기구 있재우? 그 통닭이랑. 얼르덩 하우."

황철은 세대주답게 인정사정없이 아내를 닦아 세운다.

춘산은 푸줏간에 들어서는 소처럼 황철이한테 끝내 끌려올라왔으나 송곳방석에 앉은 듯하여 안절부절 못하고 있었다.

그 정도 되자 더는 남편의 의도를 꺾을 수 없는 '면도칼'이 저녁 굶은 시어미상을 해가지고 부엌간으로 들어서더니 왱강댕강 도깨그릇 부딪치는 소리가 실로 리화촌을 덜렁덜렁 들었다 놓는 것만 같았다.

저녁 후, 김석은 윗방에 드러누워 한국 현대그룹 회장 정주영의 자서전을 보고 있었다. 리춘산이 자천촌장 취임연설에서 한 '뒷간의 쥐와 곳간의 쥐' 이야기에 매료되었던 김석은 요사이 리춘산에게서 그 책을 빌려다 짬짬이 들여다보고 있는 중이었다.

'같은 쥐라도 뒷간의 쥐는 똥 먹다 죽고, 곳간에 있던 쥐는 쌀 먹다 죽는다.'

이렇게 장바 댓 컬레나 되는 기다란 격언이 국어사전에서는 찾아볼 수 없는 걸 보면 정주영이 자기 나름대로 지어낸 말인 것만은 자명한 일이지만, 어쨌든 아주 묘하고 유명한 속담의 씨가 되는 것만은 사실이었다.

우리나라에서도 등소평이 '흰 고양이든 검은 고양이든 간에 쥐만 잘 잡으면 좋은 고양이다' 라는 유명한 격언을 만들어내어 중국의 경제체제 개혁을 멋지게 리드하지 않았는가! 한어문의 원본원판도 이렇듯 장황하게 길지만 원 우리말의 속담으로 대체하면 '꿩 잡는 게 매' 라는 다섯 글자면 족하다. 하여튼 얼마가 길던지 간에 상관없이 그날 춘산은 이 어구를 아주 영활성 있게 인용하여 장내의 군중 정서를 승지에로 끌어올렸던 것만은 사실이었다.

리 촌장은 그날 먼저 뒷간의 쥐가 똥을 먹는 신세와 곳간의 쥐가 풍의족식(豊衣足食)하는 선명한 대비를 형상적으로 제시해 놓은 후 질문을 들이대었다.

"여러분, 대답해 보십시요. 뒷간에서 살아야 합니까, 아니면 곳간에서 살아야 합니까?"

세 살짜리 아이의 입에서도 쉽게 반응을 일으키게 하는 질문이었다.

"곳간에서 살아야 합니다!"

이구동성으로 힘 있게 외쳤다.

리 촌장은 연거푸 질문을 들이대었다.

"곳간에서 살자면 어째야 합니까?"

또 이내 생각할 필요도 없이 한결같이 긍정적인 대답이 나왔다.

"구멍을 뚫어야 합니다!"

그리고 우레와 같은 박수갈채가 터져 나왔다.

리 촌장은 그날 이렇게 아주 간단한 이치와 두 마디의 물음으로 빈궁에 눌려 점진적으로 죽어가고 있는 사람들의 심령에 삶의 욕망을 환기시켜 주었던 것이다. 리 촌장의 스피치가 크게 히트를 쳤던 것이었다.

김석도 그날 리춘산의 화술에 깜짝 놀라지 않을 수 없었다. 그래서 그는 요사이 리 촌장한테서 그 책을 빌려다 열심히 보고 있는 중이었다.

똑, 똑똑….

노크소리가 들렸다. 그리고 저절로 문이 열렸다.

"오빠!"

앵화가 부르면서 들어섰다. 지분 냄새와 함께 여자의 체취가 흠씬 풍겨왔다. 신문 두루마리를 옆에 끼고 있었다.

"그건 뭔데?"

김석이 겉곡 한 마대나 되는 몸을 일으켜 앉으며 물었다.

"이것도 몰라? 신문. 새로운 뉴스야. 그러니까 새로운 소식과 정보라는 거야."

"흥, 어디서 석삼 년 묵은 폐지를 갖고 와서 다이아몬드나 얻은 듯이, 놀고 있네."

"폐지라니? 그럼 이 폐지 속에 있는 문제를 하나 알아맞혀 볼래? 자신 있어?"

"누가 너와 놀쟀니? 가. 나 지금 책을 보고 있어. 건드리지 마."

김석이 몸을 뉘이며 책을 펴든다.

"안 돼, 일어나. 그리고 내가 퀴즈를 낼 테니까 어디 맞춰보란 말이야."

김석이 책을 펼쳐든 채 못들은 체하고 있다.

"중공중앙농촌사업회의가 열렸다. 국무원빈곤부축개발령도소조에서는 '빈곤부축 공격전계획'을 제기하고 될수록 7년이란 시간 내에 전국적으로 빈곤에 허덕이는 8천만 인구의 먹고 입는 문제를 해결해야 한다고 했다. 문제 첫째, 농촌사업회의는 언제 어디에서 열렸는가? 문제 둘째, 먹고 입는 문제란 바로 초요수준을 말하는데, 그것은 몇 개 종목에 어떤 내용인가? 오빠, 대답해 봐."

"시시하다야. 물러, 저 가."

김석이 누운 채로 발로 앵화의 무릎을 밀어낸다.

"지지위지지 부지위부지 시지야, 못났거던 읽지나 말지."

앵화가 새끼 제비 상한 다리 흥부 덕에 완전히 소생하여 강남으로 날아갈 제, 비거비래 줄에 앉아 남남지성 우짖는 소리로 지절거린다.

"우허, '지지지지 부지부지'가 뭐야? 너 제비혼 타구 났니?"

"연변일중학생이 그래 이런 말도 여태껏 못 배웠어? '알면 안다 하고, 모르면 모른다고 하는 것이 아는 것이다.' 이런 말이야. 제로, 오빠 진짜 제로야."

"너, 나가! 가란 말이야. 너하구 놀믄 진짜 재수 없어."

김석이 짐짓 성을 낸다.

"내가 가면 또 오빠가 닭똥 같은 눈물을 떨구면 어떡해. 퀴즈 해답 알려줄까? 자, 여기 있어, 저절로 찾아."

앵화가 신문마리를 펴놓으며 김석의 옆으로 다가든다.

김석이 신문을 뒤지다가 앵화가 가리키는 문장을 들여다보고 있다.

초요선이란 말은 귀 헐게 들어왔지만 실제로 몇 개 종목에 어떤 내용인지는 진짜 깜깜부지였다.

문장에서는, 초요는 우리나라 사회 및 경제발전에서의 계단적 단계로써 빈곤선에서 벗어나 먹고 입는 문제를 해결한 다음, 부유한 생활 수준에 이르기 전의 한 단계를 말한다고 했다. 어떻게 말하면 먹고 입고 하여 여지가 있지만 또 푼푼하지도 못한 정도를 말한다고 했다. 난포문제를 기본상 해결한 다음, 부유하게 되기까지는 상당한 거리가 있는데 이 행정에 벌린 활동이 바로 초요수준 쟁취인 것이라고 했다. 초요 표준에는 16종목으로 지표가 채워있었다.

"오빠, 우리 촌은 신문배달이 완전히 불가능한 사각지대잖아. 그래서 이제부터는 리 촌장이 매번 향정부에 갔다 올 때마다 박 향장 사무실의 신문을 걸어 온댔어. 그리고 우리더러 신문에 실린 농촌경제정보를 수집하여 스크랩북을 만들랬어."

"그럼 그건 네 임무지, 내 임무야?"

"내 임무니까 우리 함께 완수해야 할 것 아냐? 내가 단지부서기니까."

앵화가 익살스레 지분거리며 약을 올리고 있다.

"걷어치워, 나 그런 자잘한 노릇할 사이 없어. 내 임무는 재무야."

김석이 또다시 책을 펼치며 누워버린다.

"응, 오빠. 일어나. 나 혼자 못하겠단 말이야."

앵화가 김석의 윗몸을 취세우려고 버둥거리면서 칭얼거리고 있다.

"좋아. 그럼 진투로 청들란 말이야."

앵화가 애첩 같은 야살을 부리면서도 내키지 않은 듯이 비아냥거린다.

"오빠, 나 좀 도와줄래?"

"음, 그러지. 미운 아이 떡 하나 더 주라고 했다."

"흥, 래일 지부대회에서 그 코 납작하게 눌러 버릴 거야. 두고 봐."

앵화가 약이 올라 뾰루퉁해 가지고 신문을 뒤적이며 재료를 찾고 있었다. 김석이 한 문장을 찾아 읽어 내려가다가 앵화를 툭 쳤다.

"이봐, '그들이 택한 치부의 길', 첫머리에 이렇게 썼어. 사람들은 조림업의 사회적 효과, 생태적 효과, 경제적 효과에 한해서는 잘 알고 있다. 하지만 주기가 길고, 투자가 많고, 효과가 늦어 흔히는 언제 그 덕을 보라며 도외시한다. 그러나 현 촌에서는 촌민들이 멀리 내다보고 장원하게 타산하여 7년째 부지런히 나무를 심으며 조림업으로 치부의 길을 닦고 있다…."

앵화는 김석의 무릎에 자기의 팔을 얹고 앉아서 함께 기사를 들여다보고 있다.

"이걸 오려내. 여기 또 '당원 리춘택이 연합체를 이끌고 공동치부의 새 길을 연다'라는 문장이 있다. 봐라."

앵화가 가위를 들고 그 문장을 조심스레 오려내어 묵은 달력에다 하나씩 정성껏 붙이고 있다.

"여기에 또 봐. '대부금 쓰지 않고 농사 못 짓나?' 변강산구에 위치한 이 진에서는 땅을 떠나야 잘 살수 있다는 바람을 배격하는 한편, 농민들을 이끌고 땅에 의거해 산품생산을 크게 발전시켰다. 우선 재배업 구조를 조절하고 공예작물생산을 힘껏 발전시켰다. 시장수요와 당지의 토질, 기후 등 특점에 비추어 공예작물 재배면적을 5.52 헥타르로 늘렸는데, 이것은 총면적의 60.4퍼센트를 차지한다. 헥타르 당 평균수입은 9천원, 총수입은 496만 원이나 되어 농업인구당 1,200원씩 돌아갔다. 산구우세에 모를 박아 다각경영과 목축업도 크게 발전시켰다. 인공림은 1,400헥타르, 소는 세대 당 2.5마리, 돼지는 세대 당 두 마리로 발전시켜 소사양업에서만도 백만 원의 수입을 기록했다. 상품생산의 신속한 발전은 이 진의 경제템포를 빨렸다. 지난해 인구 당 순수입은 2,200원이나 되어 시에서 첫 자리를 차지했다…."

김석은 신문을 뒤질수록 눈이 뜨였고, 용기가 났다.

이제 보니 남들이 치부를 하여 터수가 점점 좋아지고 있는 그 비결이 그들이라고 특별히 우월한 환경에서 살강우의 모갯돈을 내리우는 것이 아니라 자기가 밟고 선 그 땅에서 어떻게 시장정보에 따라 산업 조절을 합리하게 하는가에 달려 있다는 이치를 터득하게 되었던 것이었다.

"야, 여기에 또. '양봉란의 청년봉사련합체' 라는 문장에는 이렇게 썼어. 여섯 명의 청년들로 무어진 이 련합체에서는 당지 농민들께 생산항목과 가격 등 정보를 제때에 제공해 주고 농민들이 생산한 제품을 수매해 들이고 외지에 팔아 주었다. 지금 그들은 연길에만도 두 개의 판매점을 설치하고…."

이때 앵화가 이탈리아 제노바의 탐험가 콜럼버스가 신대륙을 발견했을 때와도 같이 흥분에 들뜬 소리로 김석의 낭독을 가로챘다.

"오빠, 이봐. 여기에 이런 문장 있어. '쌀보다 비싼 쑥' 이렇게 썼어. '지금 일본, 한국 등 나라에서는 쑥 음식이 개발되어 나오고 있고, 녹색음식으로 선호 받으면서 그 수요량이 날로 늘어나고 있다. 반산간지대에 속하는 연변은 산과 들에서 너무나 쉽게 찾을 수 있는 쑥이다. 해마다 많은 공을 들여 농사는 지어도 쌀 0.5킬로에 일원을 넘기기 바쁜 현실인데, 쑥 0.5킬로에 일원 오십 전 좌우로 팔고 있으니 쌀보다 더 비싼 쑥 채집이 농민들에게는 너무나 좋은 부업거리다.' 오빠, 또 이봐. '신기한 발효비료', '×××농민 발효비료로 질 좋은 농산물 생산' 오빠, 우리 촌처럼 몇 년 가도 신문 한 장 제대로 얻어 볼 수 없는 산골에 사는 사람들 진짜 먹통이야. 그치?"

"그러게 말이다. 보는 것 없구 듣는 것 없으니까 무지렁이가 될 수밖에 없지. 여기에 또 이런 것 있어. '시장분석과 예측, 농촌 열 가지 종류의 농민들 치부를 빨릴 수 있다', '쌍궤도 경영체제 하의 농민들의 요구는?', '농민부담통제표준초과현상 엄중' 와, 우리 〈연변일보〉에 이렇게 훌륭한 정보들이 가득 실리는 줄 진짜 몰랐어. 나 당장 〈연변일보〉를 주문하여 보고 싶은데 어떻게 하니?"

"오빠, 배달만 잘 됐더믄 우리 촌이 지금까지 이렇게 천하 유명한 특빈촌으로 소문 놓고 있겠어? 그러나 근심 말어. 리 촌장이 때 지난 '구문'이지만 그냥 갖고 온댔으니 우리는 수집만 잘하면서 정보를 장악하면 될 것 아냐?"

처녀총각은 처음으로 〈연변일보〉 속에서 농촌경제정보를 수집하면서 부푸는 격정에 들떠 온 밤을 지새우며 스크랩북을 만들기에 여념이 없었다.

그들이 오늘 저녁 이 신문 속에서 얻은 가장 큰 수확이라면 일약 대부자로 되는 그 어떤 어마어마하게 큰 보물을 감추어 둔 암호 문자를 찾아낸 것이 아니라, 남들이 치부하고 생활이 향상되는 그 비결이 그들이라고 우리들보다 아주 우월한 환경과 조건을 가지고 있어서가 아니고, 또 우리가 아직 치부하지 못하고 있는 것도 우리라고 그들보다 더욱 악렬한 환경과 조건을 가지고 있는 것도 아니라는 이성 지식을 터득하게 된 그것이었다. 즉, 탈빈치부의 출로를 모색함에 있어서의 사상상의 해방이 더욱 큰 소득이었다.

태양향 박 향장은 리춘산이 황철을 돌대문촌 지부서기로 초빙하는 것에 관한 제의를 심사숙고한 후 그가 더없이 알맞은 인선임을 확신했다. 그래서 리 촌장더러 동창생의 인맥관계로 먼저 커뮤니케이션을 해보라고 했었다.

물론 춘산은 전번에 황철을 찾아 갔다가 '면도칼' 인 그의 아내한테 빗자루에 쓰레기처럼 쓸려 나갈 뻔도 했지만, 그런 아내를 용케도 얼리고 닥치며 살아가는 그의 남편인 황철의 덕분에 코는 그런대로 그럭저럭 붙어있었을 뿐만 아니라 점심밥까지 얻어먹고 돌아 왔었다. 그 점심밥 얻어먹는다는 게 오죽했으랴! 그 앙칼진 여자의 손에서 취사도구는 왱강댕강 탭댄스를 춰대고 칼도마에 언 닭이 난도질당하는 소리 삼도만 목재판에서 '마루다' 를 찍는 도끼질 소리인 듯 쩌렁쩌렁 돌대문골을 뒤흔들었었다.

거기에다가 남의 아이인 듯한 어린아이까지도 계속 칭얼거리기만 하여 차라리 잘 됐다고 여겼던지 수시로 아이의 엉덩이를 잡아 뚜드

려 대는데 실로 초상난 집처럼 부산하기만 했다. 춘산은 몇 번이나 그
고역에서 벗어나려고 일어섰지만 황철이 기어이 눌러 앉혔다. 기세는
흉흉해도 심성은 바르다며 동창생을 위안했다.

밥상이 차려졌고 술병까지 올랐다. 춘산은 이 사잣밥을 어찌 목구
멍으로 넘기랴 하는 생각이 들면서 구미가 통 돌지 않았다.

황철이 술을 따라 부었다. 동창 간에 처음 부딪쳐 보는 술잔이다.
곁에서 천둥이 치든 지둥이 울든 아랑곳 말라고 했다. 안사람들의 낯
빛까지 보다가는 동창생 발길이 끊긴다면서 위안했다.

그럴 만도 했다. 동창생 아내의 이만한 냉대도 견디어 내지 못한다
면 내가 집념하는 사업은 요람이자 무덤이다. 저절로 자천하여 나서
서 촌장이 될 때는 이미 홍해도 건너야 하고 알프스산도 넘어야 할 전
정을 각오하고 나선 걸음이다. 그런데 첫 시작부터 벌써 체면이나 깎
이는 요만한 좌절 앞에서 물러설 수는 없었다. 게다가 황철이 천둥이
치든 지둥이 울든 아랑곳 말라는 데야. 그렇게 생각하니 속이 좀 편
했다.

'면도칼'도 그랬다.

남편이 고중을 필업한 후 농사를 하면서도 짬짬이 책을 들여다보면
서 이것저것 가지고 씨름하더니 어느 땐가는 밭을 남에게 훌쩍 주어
버렸다. 그런 후 날마다 일찌감치 나갔다가는 저녁 느지막해서 돌아
오곤 했는데, 그때마다 넝마주이처럼 쇠붙이들을 잔뜩 걷어 들이곤
했었다. 그는 그 쇠붙이들을 불로 자르고 다시 붙이고 하더니만 엉뚱
하게도 목재를 가공하는 갖가지 기계를 조립하더라. 그리고 점진적으
로 목재 가공업에 투신하잖겠는가.

그래서 이제 금방 물이 올라 넝쿨을 뻗을 만하니까 사처에서 농민기업가라며 짧은 속곳을 추어올리면서 조개젓 단지에 고양이손 드나들듯이 손을 내밀어 온다.

속담에 '사람은 드날리면 덜 좋고, 돼지는 살이 지면 죽는다'고 하였다.

그런데 어느 하루는 난생 코빼기도 못 보던 동창생이요 하는 누구네 허술한 나그네가 남정들도 없는 빈집에 뛰어들어서는 이백 원이나 되는 목돈을 내놓으란다. 어디 그뿐인가? 잘 되는 호박에 말뚝 박는 격으로 오늘은 또 공장을 막 걷어가지고 두메 구석으로 가자고 남편을 꼬드긴다.

당장 상추밭에 똥 싼 개처럼 내쫓아야 하는 건데, 저 역지 못한 나그네 글쎄, 이 드바쁜 한 낮에 술상까지 차고 앉아 흥이야항이야 하고 있다.

그래서 으시으시 눈총도 쏘아주고 이빨을 앙다물어 보이면서 암시를 해주건만 저 여물지 못한 나그네 글쎄, 제 아낙네는 꿈에 네뚜리만도 안 여긴다. 그래서 가만가만 남편의 옆구리를 꼬집어 떼기도 하고 발끝으로 엉덩이를 찌르기도 했지만, 목각처럼 아무 반응도 없다. 밸 같아서는 당장 술상을 뒤집어 엎어놓고 싶었지만 한번 참는다 하고 말았다.

그 이튿날 박 향장은 리 촌장과 함께 지프를 타고 리화촌으로 들이닥쳤다. 그들이 황철이네 집 대문에 들어서자 민공들과 같이 일하고 있던 황철이 옷의 먼지를 털면서 마주나와 박 향장을 맞이했다.

박 향장은 그의 공장을 두루 살펴보았다. 매달 평균 공업 총생산액이 백만 정도 되는 개체기업이 이만한 정도면 괜찮다는 생각이 들었다. 특히 산품계약과 판로가 그저 그만이었다. 대부분 산품은 한국과 계약을 맺고 전부 한국으로 수출하고 있었기 때문이었다. 그러니까 태양향에서 개체기업의 수출액은 황철이네 공장이 으뜸인 셈이었다. 박 향장은 그의 창업정신을 높이 평가하고 있었다.

황철은 박 향장과 춘산을 집안으로 안내했다. '면도칼'이 인사를 하고 나서 커피를 올렸다. 그 허줄한 나그네를 다시는 문전에 얼씬거리지도 못하게 하리라고 마음을 굳게 키우고 있었는데 오늘 박 향장까지 앞세우고 뛰어들었다. '두억시니' 같다는 생각이 들면서 아니꼽기 그지없었다.

"리 촌장한테서 이미 들었을 텐데, 황 창장 고려해 봤소?"

박 향장이 커피 맛을 음미하면서 단도직입적으로 화제를 꺼냈다.

"예, 생각 많이 해봤습니다. 그런데….."

"돌대문촌이 우리 향의 특빈촌인 것만큼 향에서는 황 창장을 이 촌에 파견하기로 결정했소. 이 간고한 임무를 황 창장이 짊어져야만 하겠소."

"박 향장, 기실 저는 이제 겨우 제 입벌이나 하구, 그저 남들만큼 살아보기 위해 역사질하는 것뿐입니다. 제가 어떻게 륙십 호두 남아 되는 그런 한 개 촌마을을 책임진다고 그럽니까?"

"황 창장이면 얼마든지 될 수 있소. 세상에 어디서 긍정적으로 가능한 일만 하겠소? '길고 짜른 건 대어보아야 안다'고 하지 않소? 사업이란 착수해서 실천하는 중에서 시련을 이겨나가면서 모색하여 점차 성공하는 것이지. 그러니….."

"도리는 그렇지만 실제 곤란이 많습니다. 저는….."

"알 만하우. 누구나 될 수록이면 대처로 빠지자지, 골 안으로 기어들 잘 사람이 어디 있겠소. 또 생산에도 막대한 손해를 초래하게 될 거구, 어쨌든 경제상에서 잠시는 손실이 이만저만이 아닐게요. 하지만 그렇다 해서 우리 공산당원들이 가난한 우리 농민들의 현 상태에 눈길을 돌리지 않는다면 어떻게 되겠소? 빈곤부축사업은 나라의 안정과 번영에 관계되는 아주 중요한 사업이라고 중앙에서는 제기하고 있소. 특히 대륙에서 흉흉하게 몰아치는 부패현상의 와중에 우리 공산당원들의 형상이 여지없이 저락되고 있는 이때요. 그래도 우리 당은 정확한 당이고 대다수의 당원들은 참된 당원들인 것만은 노백성들도 믿고 있소. 이런데 지금 우리 향에 특빈촌이 존재하고 있다는 사실을 그래, 우리가 외면하고 강 건너 불 보듯 하고 있을 수 있단 말이요? 황 창장은 그래 나만 잘 살면 된다던지, 또 나와는 상관없다고 할 수 있소? 야앙?"

저쪽 컨에서 '면도칼' 이 향장의 앞인지라 함부로 끼어들지는 못하고 옆구리가 켕기는 듯이 그저 움찔거리고만 있다.

"글쎄 말입니다. 대도리는 그런데 실제 곤란이 막심합니다."

"곤란이 없는 사업이 어디 있소? 국무원 총리의 사업에는 곤란이 없는 것 같소? 국가주석은 속을 아니 썩이는 줄 아우? 어느 사업이나 누구에게나 그에 특정된 곤란은 다 주어지게 되는 법이요. 리 촌장과도 동창간이라니 두 동창생이 손을 맞잡고 사업해 보느라면 일이 풀릴 게구, 또 고생하는 재미두 별 멋일 게요."

"야, 어찌겠니. 박 향장께서 이다지두 간곡하게 부탁하시는데 우리 손잡구 같이 해보자야. 너는야 청해서 하지만 나는 하라는 사람이 없는 데두 자천해서 한다야. 안 그러문 어쩌니. 전 돌대문촌이 오라지 않아 굶어 죽구 얼어 죽겠는 거.”

박 향장이 훌쩍 일어서며 황철의 두 손을 덥석 잡아 흔든다.

“자, 그럼, 황 서기. 미리 성공을 축하하오.”

‘우머, 이제는 아예 황 서기란다. 마구 억지를 들씌우는 거다. 가만 있어서는 안 되겠다.’ ‘면도칼’ 이 불쑥 내달아 온다.

“박 향장, 이 일은 정말 대답하기 무겁습꾸마. 우리는 공부하는 아이까지 있구 한데 학교두 없는 골 안으로 쫓아버리믄 우리는 어떻게 함두?”

“그건 념려마우. 그 애는 내가 맡지. 우리 집에서 그 애를 학교에 보내면 안 되우? 나두 손녀 하나 또 벌구.”

거기에 대구 또 뭐라 하랴! 그래서 황철의 안 사람은 별수 없이 벌써 한 수 지고 드는 모호한 물음을 던진다.

“정 그러믄 우리 황 동무 매일 오토바이를 타구 출근하믄 안 됨두?”

“그건 절대 안 되우. 농민들이 그런 독신간부는 ‘철새간부’ 라구 하면서 오래 있을 간부가 아니니 절대 믿을 수 없다고 하오. 심지어 ‘방귀뀌는 쟁고를 탄 간부’ 라고까지 말하고 있소. 안 가면 말았지, 그렇게는 절대 못하오.”

박 향장은 마른나무 꺾듯이 딱 소리 나게 결단을 내리면서 지프에 오른다.

황철이 대문 밖까지 따라 나와 멀리 지프를 배웅하고 있었다.

그는 그 자리에 멍하게 선 채 생각에 잠긴다. 머릿속에서는 두 황철이 불티나는 언쟁을 벌이고 있었다.

'가서는 안 된다. 갈 수 없다. 나의 사업이 한창 전성기에 치닫고 있는 중인데 산골로 들어간다는 건 제 손으로 제 눈을 멀게 하는 노릇이다. 중도이폐다. 제 밖에 손해가 없다. 가서는 절대 안 된다.'

다른 한 황철이 반박하고 나선다.

'인간이 모두 자기 안일(安逸)만 추구하고 나선다면 이 세상에 행복이란 있을 수 있을까? 부자가 된 뒤 가난한 사람을 돌보지 않는 자도 지옥으로 가야 하는 한 개 부류의 사람이라고 했다. 내가 아직 부자는 아니지만, 그래두….'

"여기서 뭐합꺄? 이 여물지 못한 나그네 어디서, 동무 혼자 가시요, 난 안갑다."

황철이 벌떡 놀라 돌아서니 아내가 노기등등해서 째려보고 있었다.

"자네, 오늘 일찌감치 돌아오네 그려?"

비쉬(빗자루를 매는 데 쓰는 수수)를 한 짐 가득 걸머지고 고샅길을 걷고 있던 허준택은 자전거를 타고 돌아오는 리 촌장을 보고 하는 말이었다.

"예, 오늘은 부업거리를 찾느라구 돌아다니구 별일이 없으니까 좀 일찍이 올라왔습니다."

"이 사람아, 들을라니 자네 이사호를 받는당 게, 그게 정말잉가?"

춘산이가 벌씬 웃어 보인다.

"예, 소식이 빠릅니다. 한 호 받을까 합니다."

"자네 정신 있능가? 그 사람은 토지를 베어서 감아가지고 다닌다나, 하늬바람 마시고 산다나? 당치않은 소리."

"이제는 밭이 문제될 게 없습니다."

"문제던 문제 아니던 이런 일부터는 촌민대회를 열구 토론해야 할 것 아잉가?"

"예, 토론두 할 게 있구, 안 해두 될 것 있잽니까? 아직은 토론할 형편두 못되구."

"이렇게 큰일을 어째 자네 혼자 지 마음대루 처녀가 뒷고방에서 아이를 낳듯이 그렇게 우무룩이 하는 기여, 아앙?"

"앵화 아버지, 제가 촌장으로 나설 때 모두 의견이 없다고 했잽니까? 딴 의견이 없다는 것은 나를 믿는다는 것을 말하는데 저를 믿어주십시오."

"지금 어디 그리 믿을 사람이 있능가? 위에서 배치한 간부나, 제 바닥의 간부나."

"그런 사람이 그렇겠습지, 다 그렇겠습두? 앵화 아버지, 전 먼저 갑니다, 예?"

춘산이 자전거를 타고 앞질러 마을로 들어간다.

"시팔, 그눔두 그게지, 별랐겠냐? 마음대루 콱 해봐라, 어디."

허 영감은 침을 툇 뱉고 등짐을 훌쩍 올려 추며 춘산의 뒷모습을 흘겨보고 있었다. ♣

〈제9회〉

예조리 영감은 촌민들을 휘동(麾動)하여 평지풍파 일으키고,
꼽추 노친은 야속한 세상을 한탄하며 오열을 터뜨리다

"자, 묵이요. 둘이 먹다 하나가 죽어두 모르는 동배묵이요. 빨리빨리 사가시요."

묵사발을 나르면서 외치는 옥화라는 아낙네다. 노는 입에 염불이라지만 부처님도 공경하지 않으니 염불해선 뭘 하랴. 그러니 매일 하는 일 없어서 손바닥에 발바닥에 털이 나느라 근질거려 일주일이 멀다 하게 벌리는 아낙네들의 되놀이였다.

딱 누가 주모라 할 것도 없이 아낙네들이 모여 앉았다가 먹을 소리가 나오게 되면 '그럼 우리두 해 먹어보지 뭐' 하면서 욱 몰려들어 저마다 쌀 한 됫박 동배 한 사발씩 퍼들고 나와 되놀이를 벌이고, 걸쭉한 육담으로 웃고 떠들면서 놀아댄다. '남정들은 만날 술추렴하는데 여자라고 입이 없다더냐' 는 오기에서였다.

오늘도 아낙네들이 춘절이네 집에서 동배묵을 해놓고 모여 앉게 되었다. ‘둘치’ 네 집이야말로 되놀이판으로는 그저 그만이었다. 값진 카세트오디오까지 덩실하게 놓여 있자 한 잔 알딸딸해가지고 날라리 하기도 십상 제격이었다.

“자, 빨리 빨리 사가시요. 돌대문촌 특호 안깐 향월의 전매품이요.”

춘절이 묵사발에 우유 같은 콩물을 얹으면서 맞장구를 치고 있었다. 아낙네들 일여덟이 상에 빙 둘러앉아 게걸쟁이 감식하듯 묵사발을 우겨 자르는데 옥화란 여인이 젓가락으로 사발 통을 쨍그랑 친다.

“오늘 낮에 야앙, 내 집에서 낮잠 자다가 마당에서 닭 새끼들이 하는 소리에 혼자서 썩어지게 웃었단데.”

“닭이 무슨 소리했게?”

“들어보우, 야앙. 뭐라 했는가. 우리 집에 찌뻘건 수탉있재우. 그게 한쪽 날개하구 다리를 쫙 펼쳐가지구 간질병 하듯이 암탉 주위를 뱅뱅 돌면서 퍼더덕거리데만 ‘꽂끼요’ 하재겠소. 그러이까 암탉이 있다가 ‘꽂겠으문 꽂구, 꽂겠으믄 꽂구 꽂구’ 하드란데. 그러자 병아리새끼들이 ‘빼오 빼오 빼오’ 하면서 떠들어 대재우. 어찌나 우스운지….”

아낙네들이 묵을 씹다 말고 서로 멍하니 쳐다보고만 있다.

“나는 또 특호 입에서 별루 신기한 소리나 나오는가 했데만 어디서 잠꼬대 같은 소리를 하는구만 무슨.”

“아이, 그게 어째 잠꼬대요? 저네 그 ‘꼬’ 자에 ‘ㅈ’ 밭임을 붙여서 읽어보란데.”

아낙네들이 모두 ‘꼬’ 자에 ‘ㅈ’ 밭임을 붙여가며 ‘꽂끼요, 꽂끼요’ 하면서 귀신이 씨나락 까먹는 소리를 내더니 와그르르 웃어젖힌다.

"야, 네 하여튼 특호 옳기는 옳다. 이제부터는 너는 특호 위에 특대호다. 자, 우리 모두 특대호로 급을 춘 옥화를 축하하여 간베이 하기오."

"야, 특대호믄 난 할망구 됐단 말이야? 우리 나그네 좋아하니?"

"야, 니 주둥이 특대호란 말이지, 어디 니 밑구멍이 특대호란 말이야?"

아낙네들이 또 한 번 팥주머니 터지듯 짜르르 웃어젖히는데, 이번에는 춘절이 젓가락으로 밥상을 두드려 웃음판을 눌러놓고 화제를 꺼낸다.

"어떤 곳에 야앙, 신혼 부부간이 있었는데 잔치해서 일 년 만에 각시가 몸을 풀게 됐다우. 그때 이 집에서는 늙은 노친네를 데려다가 접생하게 했는데, 산파가 혼자서 바삐 돌아치다가 아래 칸에 대구 더운 물 한 소랭이 떠오라구 소리쳤재겠소. 그래서 아이애비 될 사람이 더운 물을 담아들구 '문을 엽소' 하니까느르 산파가 사잇문을 쫙 열어제꼈지 뭐겠소. 이러다나니 신랑쟁이가 무망 간에 제 안깐이 아이를 낳는 장면을 보게 됐단 말이요. 한창 아이가 빠져 나오느라구 바득거리는 장면을 떼꾼해서 보구 있던 아이애비는 물소랭이를 넘겨주구서는 혼비백산해서 달이나 버렸다재. 그 후에 그 아이가 첫돌이 다 되두룩이 신랑쟁이는 안깐을 제 발치에두 못 오게 하드라우. 여자가 이불 밑에 기어들믄 밀어내구 차버리구 하면서 제 털끝 하나 못 다치게 하드라재우. 밤이믄 남자는 이불을 몸에다 칭칭 감구서는 저 혼자서만 한쪽 구석에서 쿨쿨거리구 자면서 말이요. 밸이 잔뜩 불어난 그 각시는 홧김에 제 친정 에미를 찾아 가서 고자질했지 뭐겠소. '엄마, 저 똘이 아부지 야앙, 그때 내 똘이를 낳는 거 봤단 말이요.' '봤는데는?' '그 후부터는 밤이믄 제 발치에두 못 오게 하재우. 애앵….' 그 딸이 너무두 통분하구 애가 나서 발을 동동 구르며 울드라우. 친정 어미가 다 듣고 나서 '응, 알 만하다. 그 새끼를 어느 때 한번 여기 보내라' 하면서 모주 먹은 돼지를 벼르듯이 버르면서 되게 휘여 잡을 잡도리를 하고 있었다우. 그래서 어느 날 사위가 장모 집에 찾아갔지 뭐겠소. 장모가 오란다니까 속으로는 씨암탉 모가지를 비틀어 주려니 하구 제 좋은 생각부터하면서 말이요. 김칫국부터 마셨재우? 사위가 금방 구들에 척 올라서자 장모가 아래 칸에서 큰 함지짝을 씽 들구 올라 와 구들에 쾅 내려놓으면서 하는 말이 '이보 사위, 똘이 에미 똘이를 낳은 담에 제 발치에두 못 가게 한다면서?' 하구 을러메기 시작하더라우. 사위가 함지를 들여다보니 거기에 물엿이 가득 담겼길래 웬 영문인지 몰라 어리벙벙해 있는 판인데 글쎄, 가시 에미가 팔소매를 불끈 걷어 올리면서 으르렁거리는 품이 당장 잡아먹자구 드는 것만 같드라우. 제 딸을 잘 해주지 않는다구 아마 불같이 화가 났던 모양이오. 그 등쌀에 사위가 두 눈이 뒷등에 가 붙으며 엉거주춤하는데, 이때 가시 에미가 '사위, 이것 좀, 눈을 딱바루 뜨구 땍땍이 보우, 야앙?' 하면서 불끈 쥔 시뻘건 주먹을 물엿에다 쿡 박았다가 뿍 빼드라재우. 그러이 어떻게 됐겠소. 사위가 함지를 들여다보니 물엿에 글쎄 밥통 아구리만한 구멍이 펑 뚫렸는데 물엿이 저절로 스르르 풀리며 흘러내리더니 한참 만에 자취 없이 제대로 아물어 붙드라재우. 사위가 웬일이냐 싶어서 물엿을 내려다 보구 가시 에미를 올려다보구 하는데 장모가 또 한 번 큰소리 뻥 쳤지뭐요. '땍땍이 봤소, 야앙? 우리 여자라는 게 이렇소’ 하드라우.”

이 말이 떨어지자 아낙네들이 와하고 웃어젖히는데 입안에 씹던 묵을 내뿜는 아낙네도 있었고, 뒹굴면서 웃다 못해 바늘구멍에 김빠지는 소리로 실수하는 아낙네도 있었다. 그래서 그네들은 더구나 배를 끌어안고 떼굴떼굴 구르면서 숨이 넘어갈 듯이 자지러지게 웃고 있었다.

눈물까지 쥐어짜며 허리 끊어지게 남을 웃겨 놓고 자기는 흉측스레 점잔을 빼고 앉았던 춘절이 웃음소리가 좀 사그라지자 이야기를 마무리 짓는다.

“눈을 슴벅거리며 이제야 알았다는 듯이 머리를 주억거리던 사위가 그 후부터는 안깐을 제 이불 밑에 넣드라재우.”

아낙네들 또 한 번 배꼽이 빠질세라 움켜쥐고 나뒹굴면서 웃어대는데 어느 아낙네가 도둑놈이 개 꾸짖듯이 춘절에게 욕사발을 퍼붓는다.

“저 범이 씹어갈 게, 저게 어디서 저런 게요? 둘치 돼 가지구서 제 따위께 신통히 아이를 낳아본 상이다.”

“야, 우리는 물엿이믄 너는 뭐야? 어애야?”

아낙네들 금방 진정이 되어 다시 술잔을 들려는데 누가 또 화제를 꺼낸다.

“모두 듣소? 우리 촌에 또 ‘철새’ 한 마리 날아 온다우.”

“야앙, 어디서?”

모두들 눈이 휘둥그레지며 나앉는다.

“모르지, 어디서 오는지. 리 촌장이 이 근래 향으루 오금에 비파 소리 나게 뛰길래 내 그렇다 했소.”

"헤구, 이제는 독신간부라 하믄 이에서 막 신물이 나우."

"그럼 또 앵화 아버지마따나 '방귀 뀌는 쟁고를 탄 간부' 겠구만, 무
슨."

"그 '방귀 뀌는 간부들' 이….."

와! 아낙네들이 또 폭소를 터뜨린다.

"우마야, 난 어찌라우? 어구, 말두 어찌믄 이렇게 나가우? '방귀 뀌
는 쟁고를 탄 간부' 라구 한다는 게 그만 급해서 그렇게 나간 말이요.
어디가 말을 내지 마우, 야앙? 내 정말루 한 말이 아이요. 정말."

"에구야, 별 머저리 다 있다. 정말인데는 어째? 방귀 뀌는 간부거
그래, 방귀 뀌는 간부라는데 뭐이 무서워서. 개방귀 뀌는 간부래라,
씨. 이 손바닥만 한 돌대문촌에 갓난아이 기저귀 갈아대듯 방귀 뀌는
간부들을 그만 갈아 댔으믄 됐지 그래, 뭐이 아직두 부족해서. 파견간
부라는 게 불 두 쪽만 달랑 차구 와서는 맨날 오토바이를 타구 올라 뛰
뛰 내리 뿡뿡하이 그래, '방귀 뀌는 간부' 아이구, 그래 무스게요?"

"정말 방귀 뀌는 간부 옳지 무슨, 누구나 금방 와서는 이러구저러구
하면서 담방 하늘의 별을 딸 샹하던 게 차차 가만 보니 알게 모르게 야
금야금 제 중태나 꽁꽁 채워 가지구 내 꼬리 봐라 하구 내뺍데. 맨 그
런 '비둘기표' 간부들만 해마다 자꾸 갈아대니 우리 촌은 그냥 요 모
양 요 꼴이지, 어떻게 늘어나우?"

"글쎄, 제 중태기를 채우는 것두 그렇지비. 그런 세월이니까 별 수
없는데, 좋은 간부라 하믄 제 중태기는 적당하게 챙겨 넣구, 가족이나
데리구 와서 안착해 있으면서 실제적인 일이나 좀 해주믄사 좋지비.
그런데 그런 간부 어디 있소?"

"모주석시대의 간부들을 보우. 우리 농민들과 함께 일하구 한 가마 밥을 먹으면서 진정 농민들과 갖은 고생을 함께 했겠구뭐요. 지금 간부들이라구사, 점심때나 돼서야 뛰뛰 하구 와서는 점심밥을 잘 차려 잡수시구 한두 마디 빈 소리를 줴 치구서는 한낮이 좀 지나믄 벌써 달아나는 년처럼 꼬리 빳빳해서 내빼재우?"

"글쎄 하향했다는 간부가 기술에 문외한이구 자금이나 정보는 더구나 없는데다가 시장경제에는 깜깜한 먹통들이니 백 개 온들 뭐 하우?"

"그러게 말이 아이요. 실적이 없는 간부, 말 타구 꽃구경하는 간부, 빈소리만 치는 그런 간부는 파견하지 말았으믄 아이 좋겠소? 하향했으믄 진정으루 농촌에 점을 잡구, 농민들과 한덩어리 되어 하나 해두 먹게 하믄사 우리라구 어째 환영 안 하겠소."

"우로부터 내리내리 그런 판국인 게 어찌우. '꼭 뒤에서 부은 물이 발치까지 간다'구, 안 그러믄 그게 되려 이상한 게지."

"에구 됐소, 이거. 묵 맛이 다 달아나우. 어떤 간부오던 우리하구 상관있소?"

"그럼, 이번에 오는 그, 나두 말조심해야겠다. 그 '방귀 뀌는 쟁고를 탄 간부'는 언제 간다우?"

"아직 오지두 않은 거 언제 가는지 그거 무스게 아우?"

"그것두 그렇겠지 무슨, 몇 달이나 삐치겠소?"

"야앙. 그럼 우리 미리 그 '방귀 뀌는 쟁고를 탄 간부'를 환송해서 우리 촌 안깐들이 한잔 깐베이!"

"깐!"

아낙네들이 술잔을 딸깍딸깍 부딪친다. 그리고 쪽쪽 소리 나게 술을 빨아들이고 나서 또 한 번 자가사리 끓듯이 와그르르 웃어젖힌다.

흑백텔레비전에서는 한창 치고 박고 하는 쿵푸영화의 스릴 있는 장면이 흐르고 있다. 칼이 서로 부딪치는 소리 절그렁 쟁그랑하고 '하이, 하이' 하고 고함치는 소리 소란스럽다. 돌대문촌은, 골든아워가 되면 온 동네의 남정들은 뽕구네 집에 된장에 풋고추 박히듯 모여들어 텔레비전을 보고 있다. 물론 바깥양반이 집에 없는 춘절이네 집은 아낙네들의 차지로 되어 헌머리에 이 박히듯이 모여들기는 뽕구네 집이나 매일반이었다. 뽕구네 집의 열어 놓은 부엌문으로는 삼단 같은 담배연기가 빠져나오고 있다.

허준택이 뒤늦게야 흥청망청 들어서며 그믐밤에 홍두깨 내밀 듯 불쑥 소리 지른다.

"모두들 듣능가? 춘산이가 이사호를 받는당게."

"예? 이사호를?"

모두들 두 눈이 휘둥그레져서 허 영감을 쳐다본다.

"무슨 사람을 받는담두?"

"그걸 누가 아나? 그러나 이제는 농촌 간부라는 것들이 꼬리를 쳐들믄 무슨 똥을 내밀 건지 뻔한 일이 아녀?"

허 영감이 가마목에 걸터앉으며 곰방대에 담배를 눌러 넣고 불을 댕긴다.

"글쎄 춘산이두 무슨 궁리 있어서 하는 노릇이겠지만 그럴 바에는 촌민회의나 열구 이러저러해서 이렇게 됐다구 했더믄 참 좋았을 걸

그랬습니다.”

어느 누가 주견 없이 고추 먹는 소리를 한다.

“그렇게 광명정대한 간부 지금 어데 있능가? 촌장이 저 혼자 쥐락펴락 아무 짓이나 하는 세월에. 자네나 나를 위해 하는 노릇이겠능가, 제 옆채기를 채우느라구 벌써부터 설치는 기지.”

허 영감이 괜히 격분해서 풀풀거린다.

“어떤 먹통이 이런 두메골 안에 기어들지 못해서 누구한테 코밑치성까지 하겠습두, 그렇챕두?”

“그걸 어떻게 아나? 어디에 눈독을 들이는지. 방목할 초지두 째구 버렸겠다. ‘엎딘 김에 절’이라구, 말이 난 김에 찾아가 조져보잔기여.”

“옳습구마. 모두 가서 따져봅시다.”

장년들과 노인들 축에서 우르르 일어나 쓸어나간다. 허준택이 한 애송이 총각더러 춘절이네 집에 모인 아낙네들도 불러오게끔 심부름을 시키고 나서 남정들을 휘동해서 춘산이네 집으로 향한다.

앵화와 김석은 이때 리 촌장네 집에 모여 있었다. 전 번 날 김석과 앵화는 스크랩을 만들면서 신문을 오려낼 때 ‘청년봉사연합회’에 관한 기사에서 큰 계발을 받고 돌대문촌에서도 이런 연합회를 꾸릴 의향을 여쭈려고 리 촌장을 찾아왔던 것이다.

지금 막 소추수(小秋收) 시즌이 돌아온다. 돌대문촌 주위의 산속에는 없는 것이 없다. 봄 산나물부터 시작해서 도라지, 더덕, 두릅에, 가을에는 버섯, 잣, 호두며, 일 년 내내 귀중한 약재 같은 것들도 얼마든지 있다. 그러나 그것을 채집하여도 돈을 만들 수가 없다. 교통 조건이 없으니 사십여 리 산길을 이고지고 갈 수도 없는 노릇이고 택시를 이용한다는 것은 배보다 배꼽이 더 큰 노릇이어서 수지가 맞지 않는다. 그러니 집집이 봄부터 가을까지 그 아까운 산중보물이 산속에서 그저 썩어빠지는 게 속상해서 채집해 왔건만 다 먹어버리기도 아까워서 그저 집에 방치해 두고 있는 실정이다.

어디 그뿐이랴! 집에서 기르는 가금의 알이거나 기름개구리 같은 것도 제때에 팔아 돈 잎을 만들어 좀 쥐여봤으면 좋으련만, 그래 벼르고 벼르다가 뉘 집 손잡이트랙터가 혹시 시내로 갈 때면 거기에 헌 머리에 이 박히듯 꽉 베껴 앉아 장보러 간다. 그러다 보면 들었다 났다 키질하는 농경차우의 사람들이 이리저리 쏠리다보니 쩍하면 뒤집어지고 사고를 치기가 일쑤다. 그래서 어디서 무슨 일이 생겼소, 혹간은 아무개가 어찌해서 죽었다는 등등의 비보가 무성하게 퍼지고 있기도 한다.

김석과 앵화는 청년봉사연합체를 무어 산중보물이 고향친인들에게 조금이나마 윤택한 살림을 마련해 주기를 진심으로 바랐다. 그래서 그들은 청년단의 명의로 촌민위원회에 건의하였던 것이다. 리 촌장은 적극 지지하여 나섰다. 그리고 교통운수문제를 박 향장과 교섭하여 보리라고 대답했었다.

그 이튿날 리 촌장은 기쁜 소식을 전해 주었다. 박 향장은 돌대문촌의 이 제안을 크게 지지하면서 첫 시작에는 자기의 지프를 내놓아 운수문제를 풀어주겠노라고 했단다. 그러면서 동시에 향에다 농부상품 수구짬을 앉혀 농민들에게 생산항목과 가격 등 경제정보를 제때에 제공해주며 그들이 생산한 제품을 수매해 들인 후 판매점을 통해 상품으로 시장에 나가게 한다고 했다. 그리고 점진적으로 발전하면서 촌의 농부상품생산 규모가 커짐에 따라 향수구짬에서는 공급과 판촉간의 유대작용을 하게 되리라고 했다. 이렇게 이들 세 농촌 간부는 한창 신명나게 공작상의 문제를 토론하며 열을 올리고 있었다.

바로 이때 허 영감이 동네 남정들을 휘동해 데리고 우르르 몰려들었다. 리 촌장은 십중팔구를 짐작하면서 그들을 맞아들였다.

"모두들 어찌하여 이렇게 모였습니까? 들어오십시요."

오기는 했으나 모두들 서로 눈치를 보면서 바닷가 도둑 게처럼 뒷걸음질 치며 남의 등 뒤로 몰래 몰려선다.

"자, 이리 안쪽으로 썩썩 들어들 오십시요."

사람들은 봉당에 가득 들어차고도 이직 문밖에도 숱해 몰려 서 있었다. 허 영감과 몇몇 마을의 좌상들이 구들에 올라와 춘산과 마주앉고 각자는 제각기 부엌아궁이 앞에 서 있기도 하고 나무단 위에 걸터앉기도 했다.

"리 촌장이 이사호를 받는다기에 촌민들 모두 퍽 관심하는 문제라 알고 싶어서 이렇게들 찾아온 기여."

허 영감이 목을 가시고 이렇게 운을 뗐다. 춘산은 말 안 해도 뻔할 뻔자인지라 머리를 끄덕이며 빙그레 웃는다.

"마을의 일을 여러분들이 관심해 주셔서 고맙습니다. 이사호를 받기로 했습니다. 촌민회에서 결정짓고 향에서 비준한 것입니다. 여러분들과 토론을 못한 것은 아직은 시기상조이기 때문이었습니다. 양해하여 주십시요"

"시기가 어느 땐지는 몰라두 어떤 사람을 무슨 일루 받는지 왜 말 못하는 기여?"

"예, 말할 수 있습니다. 새로운 당지부서기가 오게 됩니다. 우리나라 체계가 당의 일원화영도인 것만큼 당서기가 없이 됩니까? 그래서 향에서 파견하여 오는 겁니다. 빈곤부축사업을 주관하게 됩니다."

"서기가 오는데 이사호와 무슨 관계가 있다능 기여?"

"가족이 따라오니까 이사호가 아니고 뭡니까?"

"가족이라니? 지금 세월에 가족까지 데리고 산골로 기어드는 그런 공산당 간부가 있다는 얘기여? 거 참, 모를 소린데…."

"독신으로 오는 그런 '철새간부'는 저부터도 반대합니다. '텃새간부'가 아니고는 우리는 절대 신임할 수 없습니다."

"옳소. '철새간부'를 들여놓으면 안 되오."

"방귀 뀌는 쟁고를 탄 간부, 우리는 싫소."

"안착해서 일해 줄 간부라면 우리두 두 손 들어 환영하오."

촌민들이 여기저기서 한마디씩 툭툭 내쏘고 있었다. 이때에 또 춘절이네 집에 있던 아낙네들 팀이 우르르 몰려들었다. 리 촌장은 그들을 일별하고 하던 이야기를 계속하여 내려갔다.

"그럼 지금부터 제가 여러분들에게 자세히 교대하겠습니다. 이번 향에서 파견하는 서기감은 고중 때 저의 한 반급 동창생인데 그는 물리과에 특별히 남다른 흥취를 갖고 있었으며 성적도 아주 뛰어났습니다. 그는 평시에 쩍하면 집의 라디오도 뜯구 시계도 해부해 보구 가정 전기기기도 고장 나면 저절로 고치고 하더니만, 그 후부터는 아예 모터까지도 척척 수리하는 그런 재간을 익혔던 것입니다. 그는 고중을 졸업한 후 한 삼 년간 농사질을 하다가 향농기쩜에 들어가 일했습니다. 거기에서 기량을 한층 더 닦은 그는 공장에서 나와 집구석에 틀어박혀 있었습니다. 뭐했는지 압니까? 각가지 설비의 설계도를 그렸습니다. 그런 후 그는 폐품수구짬들을 샅샅이 찾아다니면서 폐철 무지에서 푹 썩고 있는 모터며 쇠붙이들을 주어다가 설비를 만들었습니다.”

아낙네들 속에서 쩌쩌 혀를 차는 소리가 들려오고 있었다.

“이렇게 노력한 결과 그는 원목을 켜는 전기톱이며 전기 대패, 목기선반 등 열 몇 대의 설비를 마련했습니다. 그가 이런 설비들을 만드는데 든 자금은 한 삼천 원 가량밖에 안 되지만 그가 창조한 설비의 가치는 30여 만의 큰 자금이 되는 고정자산이었습니다.”

귀를 강구고 있던 촌민들이 찬탄을 금치 못한다.

“그는 지금 이 설비들로 주로 두 가지 산품을 생산하고 있는데 하나는 쪽무이판이고 또 하나는 하이야를 씻는데 쓰는 솔 자루입니다. 쪽무이판 500립방은 금년 시월까지 한국에 수출시켜야 하며 솔 자루 4만 대는 년말 전에 수출시키기로 되어 있습니다. 그의 매달 평균 생산액은 100만 원 정도에 달하고 있으며, 세금을 비롯한 일체 비용을 납부하고도 순리윤 20만 정도를 올리고 있습니다. 이 사람이 바로 리화촌에 있는 황철이라는 사람입니다.”

온 방안이 불시에 부글부글 끓어 번진다.

“아, 그 사람 사적을 나도 신문에서 본 적이 있는데.”

“우리 향에서 으뜸가는 개체근로자의 영예를 안고 당에까지 들었다는 사람이요.”

“향농기짬에서 공장장을 하라구 청해두 ‘뚜이부치’라 한다는 그 사람을 어쩨 모르오?"

춘산이 장내가 가라앉기를 기다려 계속한다.

"내가 그를 초빙하는 목적이 우리 촌에다 공장굴뚝을 세우자는 것만이 아닙니다. 우리에게는, 특히 우리에게만 주어진 환경조건이 있으며, 매개 촌민들마다 제 나름의 장기가 있습니다. 례를 들면 정룡이네는 끌끌한 대로동력이 네댓씩 있으니 황소를 비롯한 목축업을 위주로 하는 전문호로 부상할 수도 있고, 민호네는 아주머니가 걸쌈스러워 돼지를 길러 폭팔호로 될 수도 있으며, 앵화와 길녀네 같은 집들에서는 황연 같은 경제작물로 변신할 수도 있습니다. 그 외에도 어떤 집들에서는 남의 토지를 임대받아 다면적 곡물 생산으로 가난에서 해탈될 수도 있습니다. 모든 문제는 자금입니다. 여기에 어느 한 가지가 밑천 없이 될 일이 있습니까? 황 서기가 우리 촌에 오게 되면 그야말로 우리가 탈빈치부하는 데 있어서 자금을 제공해줄 수 있는 은행역할을 하게 되며, 우리에게 조건을 창조해주는 토대로 또 우리를 이끄는 선줄군의 역할을 하게 되는 것이 아닙니까?"

누군가의 선동에 이어 힘찬 박수소리가 집안을 세차게 진동하고 있었다.

"그런데 지금 그가 오게 될지 말지는 미결입니다. 그래서 여태껏 여러분들에게 터놓지 못했던 것입니다. 세상에 밑지는 장사를 하잘 사람이 어데 있습니까. 벌레 같은 미물도 제 살 도리를 하는데 그 사람도 자기 타산이 있을 것 아닙니까. 골안에 들어서면 막대한 손실을 보게 되는 것은 불 보듯 뻔한 사실인데. 그야말로 호박 쓰고 돼지굴로 들어가는 격이지 뭡니까. 지금 향에서는 우리 돌대문촌 때문에 갖은 골머리를 쥐어짜고 있습니다. 황철을 초빙하는 것도 내가 그를 추천했을 뿐이지 기실은 향에서 빈곤부축사업의 공작원으로 파견하는 것입니다. 박 향장은 그를 우리 촌에 파견하는데 그에게 5년 동안의 세금을 면제하는 등의 일련의 우대정책을 주어 그를 부르는 것입니다. 특히 그의 아내는 '면도칼'이라는 별명을 가진 아주 강한 여자인데 안 된다면 절대 안 되는 그런 성격입니다. 지금 그의 관을 넘기기가 아주 힘듭니다. 그러나 속담에 '열 번 찍어 안 넘어가는 나무 없다'고 했고, '부처님도 백 번을 절하면 소원을 들어 주신다'고 했습니다. 저는 어떻게 하나 꼭 그 나무를 찍어 넘기고야 말겠습니다."

"거 옳소. 리 촌장이 혼자서 안 되면 우리 전 촌이 총동원해서라두 꼭 그를 청해오기요."

"가족까지 데리고 온다면야 얼마든지 믿어두 랑패 될 것 없지, 안 그렇소?"

일이 이쯤 되자 어느 샌가 슬금슬금 뒷걸음질 쳐 뒤 구석에 구겨 박힌 '예조리' 영감이 저 혼자 고추 먹는 소리를 한다.

"흥, 가족만 데려오면 다 되능가? 두고 보잔기다."

"오마, 저녁상 얼른 거두구 길녀네 집에 좀 갔다오우."

저녁술을 놓은 후 담배를 피면서 앉아 깊은 사색에 잠겨있던 갑룡이 하는 말이다.

"거긴, 왜?"

설거지를 하고 있던 어머니 김곱동녀가 건성으로 묻는다.

"혼삿말을 걸어야겠소."

"?"

꼽추 노친이 마주앉으며 떼꾼해진 눈으로 큰아들을 쳐다보고 있다.

"오마, 내 길녀한테 장가들겠소."

"뭐라냐?"

꼽추 노친의 두 눈이 금시 화등잔처럼 커지며 자기의 귀를 의심하여 되묻는다.

"방법이 없소. 내 하나 덜어지믄 밤에 잘 때 쟤들이 돌아눕기라두 좀 편해질 게 아이요?"

"그건 워쩐 소리냐?"

"내 그 집에 데릴사위로 들어서겠소."

가시던 그릇을 덜렁하는 꼽추 노친.

"너 미쳤냐, 으응? 글쎄 가문이야 더 이를 데 없지만 너 당자를 봐라. 아홉 살 때부터 간질병을 앓다보니 지금두 아홉 살짜리 어린아이 구실을 하구 있는 그런 여자를 너 데리구 살만 하냐? 으응?"

"오마, 당자를 볼 때 아이요. 길녀가 간질병을 하지만두 그 아부지 오마 부지런하구 손부리 알뜰해서 잘 거둬 주길래 일없소. 또 생활두 우리보다는 부자 아이구 뭐요. 집두 헐망하나 그만하믄 너르구 깨끗하지, 그 집에서 믿을 자식이 없는데다가 외동딸이 저렇다나니 내가 데릴사위로 들어서자믄 마다는 안 할게요."

"안 된다, 안 돼!"

어머니는 단호하게 꺾어버리며 사공이 뱃머리 돌리듯이 빽 돌아앉는다.

"오마, 내 말 들어보오. 그 집 영감 노친이 이제 앉으믄 얼마나 앉겠소. 로인들을 내가 모시구 있는 동안 길녀두 아이나 하나 낳아 주믄 나도 만족이요. 그러믄 후대는 이을 수 있재우?"

곱동녀는 말문이 막혀 대답을 못하고 치맛자락으로 눈굽을 찍으며 흐느끼고 있다.

"오마!"

갑룡도 주먹으로 눈굽을 문지르며 목이 메어 말을 못하고 있다.

'어이쿠, 세상이 야속하다. 창천이 눈이 있으면 굽어 살피실지여!'

곱동녀는 금방 시댁 문턱을 넘어선 이팔청춘 새색시로 울 안에 뛰어든 호랑이도 슬기롭게 잡아 엎던 여중호걸이었건만, 오십 성상이 지난 오늘은 꼽추 노친이 되어 인생의 뒤안길에서 저승의 대문을 바라보니 눈물이 대동강이 되어 흐른다.

"나 죽는 건 설치 않으나 몽당귀신이 된 아들 사형제를 어찌 나 몰라라 두고 간단 말이요? '무자식이 상팔자' 라고 이럴 줄 알았으면 저 애물들을 낳지나 말았을 걸. 어이구, 내 팔자야!"

꼽추 노친은 치마폭으로 얼굴을 덮어 싸고 오열을 터뜨리고 있었다.

김곱동녀는 한창 꽃나이인 이팔청춘에 부모들의 정혼으로 주장원이란 총각한테 시집을 왔었다. 신랑의 부친은 한평생 포수로서 해방 전인 그 당시에 삼도만 일대에서 살았었는데 아들도 부친의 가업을 계승하여 사냥총 한 자루를 물려받았었다. 주장원은 삼도만에서도 한 이십 리 더 깊은 산속에 오두막을 짓고 매일매일 사냥을 업으로 결발부부 아기자기 살아가고 있었다. 신랑은 며칠에 한 번씩 사냥물을 삼도만 시내에 싣고 가서 쌀과 기타 생필품을 바꾸어오곤 했다. 생활은 풍요롭지는 못할망정 오붓하기만 했고, 오두막일망정 알토란같이 알뜰살뜰 가꿔가며 살아나갔다.

그 당시만 해도 사냥물이 많기도 했다. 꿩, 토끼, 노루, 사슴, 곰까지 뭐나 닥치는 대로 수렵했다. 짐승들은 주장원의 눈에 걸려들기만 하면 뛸 데 없이 그의 손에 잡히고야 말았다. 차차 주장원은 자잘한 토끼나 노루 따위는 눈에 차지도 않았다. 그래서 그는 늘 거기서도 더 깊은 숲속으로 들어가서 좀 더 큰 사냥물에 눈독을 들였다. 어떤 때는 하루 이틀씩 산속에서 밤을 지새우기도 했었다.

어느 하루, 주장원은 또 심산 속으로 가고 없었다. 그날 저녁도 집에 홀로 남은 곱동녀는 일찌감치 저녁밥을 지어먹고 나서 아주까리등불을 밝혀놓고 시집올 때 못 다 한 혼숫감을 주어들고 섬섬옥수로 한 뜸 한 뜸 바느질을 해나가고 있었다. 아직은 스무 살도 안 되는 아녀자가 담도 컸다. 심심산골 외딴곳 외딴집에 홀로 긴긴밤을 지낸다는 것이 실로 간이 크다고 아니할 수 없었다.

한창 바느질에 여념이 없는데 홀연 바깥에서 대붕이 나래치는 소리와 같은 휘익 소리가 나더니 뒤이어 쿵하고 둔중한 물건이 땅에 떨어지는 소리와 함께 집채가 들썩했다. 곱동녀는 흠칫했다. 그는 일손을 멈추고 창문을 쳐다보았다. 그리고 머리를 굴려 궁리를 해보았다.

오두막을 지은 후 매사에 까근한 신랑이 원시림 속에서 두어 길씩 맷맷하게 뻗으며 자란 참나무를 찍어다 위 끝을 창끝처럼 뾰족하게 깎아서 빈틈없이 집둘레를 높다란 울짱으로 빙 둘러 막았었다. 이런 요새를 웬만한 짐승은 물론, 산중호걸이라 할지라도 별 볼일 없이는 서슬이 시퍼런 창끝 위를 뛰어 넘을 엄두도 아니 낼 것이었다. 그러니까 곱동녀는 무람없이 산속 오두막집에서 혼자서도 시름 놓고 집을 지키며 밤을 지새울 수 있었던 것이다.

그런데 지금 어떤 불청객이 이 삼엄한 요새를 뛰어넘어 들이닥쳤다. 지둥치는 듯한 그 위용을 보아서는 대자임에 틀림이 없었다. 곱동녀는 눈알 한번 까딱하지 않고 뙤창문만 뚫어지게 쳐다보고 있었다.

이윽고 창호지에 코를 대고 드르렁거리는 소리가 들려왔다. 창호지가 파르르 떨면서 참벌이 나래치는 소리를 냈다. 산중대왕이었다. 코밑 진상을 하라는 신호였다.

곱동녀는 집안을 휘둘러보았다. 부엌아궁이 맞은 켠에 사냥개가 낳은 햇강아지 일곱 마리가 금방 걸음발타면서 서로 붐비며 오글거리고 있었다. 곱동녀는 알아차렸다. 암만 산중지왕이라 해도 연고 없이는 만물의 영장인 인간하고는 섣불리 맞설 염을 않는다고 한다. 그러니 그놈은 필연코 그 여리고 젖비린내 나는 일곱 덩이의 고기냄새를 탐하고 뛰어든 것이다.

곱동녀는 주저 없이 아궁이 앞에 내려가 강아지 한 마리를 들어 품에 안았다. 이제는 어섯눈도 뜨고 걸음발까지 타는 강아지는 포동포동하고 귀여웠다. 호랑이의 먹을거리로 내주기에는 너무도 아까웠고 불쌍했다. 살점을 저며 내는 듯 가슴이 아팠다. 그러나 다른 뾰족한 수도 없었다. 뉘 앞이라고 언감생심 거부한다던가!

곱동녀는 출입문 문풍지를 째고 거기로 강아지를 밖에 내던졌다. 밖에서 강아지가 땅에 떨어지기도 전에 덥석 받아 물고 꿀꺽하더니만 이빨 다시는 소리가 돌덩이 부딪치는 소리처럼 떡떡 하고 났다. 그리고 나서 또 문풍지에 코를 대고 드르렁거린다.

으흠, 그놈 맛 괜찮은데, 먹을 만해. 뭘 꾸물거리고 있느냐, 빨리 내보내지 않고?

곱동녀는 강아지 한 마리를 또 안았다. 그리고 그 불쌍한 어린생명 머리를 보듬어 주었다. 저린 가슴을 움켜잡고 강아지를 문구멍으로 또 내던졌다. 바깥에서 또 덥석 받아 물고 꿀꺽해 버린다. 이윽고 또 문풍지에 코를 대고 드르렁거린다.

이 나리님의 배를 채우자면 이제 초저녁이니 그저 부지런히 주어 섬기라는 거다. 알겠느냐?

예, 알았소이다.

곱동녀는 호랑이가 덥석 물어 삼키는 족족 강아지를 세 번째, 네 번째 연이어 문구멍으로 주워섬겼다. 이제는 한 마리밖에 남지 않았다. 대왕님은 계속 드르렁거리며 재촉이 성화같고, 문풍지는 프릉 프르릉 떨고 있었다. 곱동녀는 그 마지막 강아지도 품에 안았다. 네눈박이였는데, 그 귀여운 것의 코끝에다 마지막 키스를 안겨주었다. 그리고 그것의 머리를 보듬어 주고 나서 이를 악물면서 문구멍으로 내던졌다.

이렇게 일곱 마리의 강아지를 내던질 때마다 호랑이는 차반감을 받아놓고 언제 틀거지를 차리거나 양공이질 할 염도 없이 넙죽넙죽 받아 삼키기만 했다. 그리고 나서 또 문풍지에 코를 대고 드르렁거린다.

주어 섬기라고 했잖아, 무얼 하고 있는 거냐? 어흥.

콧구멍으로 드르렁거리던 소리가 이제는 목구멍에서 으르렁거리는 소리로 바뀌어 나온다. 그만큼 참을 수가 없어 화가 난다는 뜻이었다.

참, 대왕님두 답답하시여. 다 잡수시고도 무얼 또 내놓으라 하사이까?

답답하기도 했고 급급하기도 했다. 곱동녀는 그 자리에 우두망찰한 채 섰다가 다시 집안을 휘둘러보았다. 바닥 한 구석을 내려다보는 순간 눈빛이 번쩍했다. 거기에는 낮에 거두어들인 가을노배가 가득 쌓여있었다. 곱동녀가 수풀 속의 쑥밭을 뒤지고 그 기름진 부식토에 가을노배를 심었더니만 어찌도 잘 됐던지 노배마다 금방 범의 뱃속으로 들어간 강아지와 어금지금했다.

'급하면 꾀 난다'고 곱동녀는 부지깽이로 아궁이 속의 불을 뒤졌다. 저녁밥을 지어먹은 지 몇 참 안 되는 부엌아궁이에는 저녁 밑불이 아직도 이글이글하고 있었다. 삼도만의 통나무 불이었다. 노배 하나를 집어넣었다. 그리고 통나무불로 꽁꽁 묻어 놓았다. 문밖에서는 왜 소식이 없느냐고 으르렁거리며 득달이다. 곱동녀는 창문만 바라보면서 숨이 한줌만 해가지고 어서 빨리 노배가 익어주기만을 고대하고 있었다.

대왕님, 잠깐이면 되나이다. 날것보담두 한번 따끈따끈한 익은 차반을 진상하오니 자셔 보사이다.

대왕이 노발대발하여 이제는 제법 앞발로 문짝을 슬쩍슬쩍 건드리며 화를 내고 있었다. 곱동녀는 마음을 조이며 부엌아궁이만을 들여다보고 있었다.

집안으로 뛰쳐들까보다. 멀었느냐?

대왕님은 이렇게 호통을 치고 있었다. 곱동녀는 버선 한 짝을 벗어서 뜯었다. 그 속에서 솜을 꺼내어 한 벌 엷게 발겨냈다. 그리고 아궁이에서 겉은 이미 새까맣게 타면서 속까지 푹 익어 버린 노배를 그을려 냈다. 그것을 버선 솜으로 감싸 쥐여 문구멍으로 내던졌다.

바깥에서 성깔이 불같이 성급한 어르신님이 그 맛깔스러운 '강아지'를 또 덥석 받아 물면서 꿀꺽하고 삼켜버리는 소리가 들려왔다.

뒤이어 '따웅' 하고 산천초목도 벌벌 떨게 하는 포효였다. 단말마의 울부짖음이었다. 연달아 쿵하는 둔중한 웅글림 소리와 함께 또 한 번 집채가 들썩했다.

대왕님이 급한 김에 그 높은 요새를 훌쩍 뛰어 넘어갔던 것이었다. 그리고 울짱 밖에서 용을 쓰며 나뒹구는 소리가 아수라 전쟁터마냥 소란스럽더니 좀 지나 차츰차츰 안정을 되찾기 시작했다.

곱동녀는 그제야 안도의 한숨을 후! 내쉬며 그 자리에 풀썩 주저앉았다. 온 몸이 사태지어 흐르는 식은땀에 흥건히 젖어있었다.

그 이튿날 사냥 갔던 신랑이 죽은 호랑이까지 한 마리를 파리에 싣고 돌아 왔다. 부부간이 범 가죽을 벗기고 배를 갈랐다. 내장이 푹 익어 있었다. 그 불쌍한 일곱 마리의 강아지도 삶아져 있었다. 곱동녀가 노배를 꺼내어 쪼갰다. 흐물흐물하게 익은 노배는 아직도 호랑이 한 마리는 더 잡아 엎고도 남을 것만 같았다.

남자보다도 소뇌가 더 발달한 여자의 임기응변술의 대성공이었다.

세월은 백대지과객이라 오십여 성상이 흐른 오늘, 꼽추 노친이 되어 버린 곱동녀는 지금 제 새끼 하나 제대로 돌보지 못하는 무기력한 인간이 되고 말았다. 그래서 아들 사형제가 여태껏 가시나 손목 한 번 잡아보지 못한 노총각으로 늙어가는 꼴을 눈이 헐게 바라보고 있을 수밖에 없었다. 기가 찼다.

호랑이를 잡아 엎던 지혜만으로는 어림도 없었다. 지혜로 해낼 만한 일도 아니었고 힘으로도 어쩔 수 없는 노릇이었다. 하느님의 멱살을 움켜잡고 휘두르는 재간이 아니고서는 그 누구도 별 도리가 없는 일이었다. 생각 같아서는 지금 당금 가시나들을 천 개 만 개 메밀국수 누르듯이 줄줄이 뽑아내어 장가 못 간 총각들에게 여람 개씩 막 나누어주고 싶지만 별 수 없는 일이었다.

기실 하느님의 탓도 아니었다. 조물주는 천지를 창조할 때, 이 세상의 모든 것이 조화를 이루도록 설계를 했다고 한다. 음과 양의 비례가 밸런스를 이루도록 된 것은 조물주의 걸작 중의 걸작이다. 언밸런스를 초래한 장본인은 우리 인류 자체이지 절대 조물주의 에러가 아니다. 사회발전의 불가피한 부산물이다.

우리보다 한 발 앞서 발전한 한국도 이런 진통을 겪어 왔고, 지금도 그 미완성으로 하여 제 땅에서 장가 못가는 무지렁이들이 중국의 조선족 처녀들을 독수리가 병아리를 채어가듯이 가로 채가는 실태다. 그 와중에 더구나 우리 조선족들의 처녀총각의 비례가 엉망진창이 되고 있는 것이다. 여자라 하면 죽었다가도 벌떡 일어선다는 한국 놈들에 의해 얼마나 많은 가정들이 무참히 해체당하고 있는지는 만천하가 다 아는 사실이다.

중국도 이제 금방 남이 걸어간 그 전철을 걷게 된 것이다. 그래서 그 와중에 휩싸여든 불행아들이 애꿎은 속죄양이 되어 그 진통을 겪고 있는 것이 아니겠는가!

곱동녀는 어깨를 들썩이며 흐느껴 울다가 눈물을 닦고 강경하게 머리를 쳐들면서 일어섰다. ♣

〈제10회〉

리 촌장은 구제량을 나누어 초미지급을 해결하고,
돌대문촌은 배광주리 부업에 대 열조(熱潮)를 일으키다

곱동녀는 설거지를 대강 마치고 일어섰다. 아들의 말이 옳았다. 언제 당자를 놓고 왈가왈부할 계제가 못 되었다. 이 주씨집의 후대를 이어줄 자식 하나만 낳아줄 수 있는 여자이기만 하면 감지덕지해야 할 판이었다. 이것도 '급하면 꾀 난다' 는 속어에 부합되는 것인지도 모른다. 그 밖에는 딴 도리가 없었다.

곱동녀는 활등같이 휜 허리를 뒤로 그러안고 거북살이 영감 노친네를 찾아갔다.

홍 씨의 우묵하게 곯아빠진 눈 우물에는 눈물이 그득 고여 있었다. 그는 머리를 수긋하고 앉아서 꼽추 노친의 청혼 사연을 묵묵히 듣고 있었다. 눈구멍에 눈물이 차고 넘치면서 양 볼을 타고 주르륵 흘러내렸다. 그 눈물을 훔치지도 않고 그대로 앉아 돌부처처럼 굳어진 채 듣고만 있었다.

"아줌마이, 그건 안 되우. 저런 지 새끼를 가지구 어찌 남의 끝날같은 아들을 앗아낸단 말이요? 우린 그저 어디서 지 같으루한 한족 보토리나 나지믄 주자구 했는데, 그것두 글쎄 제 혹을 넌데 붙이자는 게 아이구, 시집가서 아이나 낳으믄 혹시 병이 떨어지는 폐단이 있다기에 그러는 게유. 정 할 수 없으믄 우리는 은근히 뻔들이한테나 저걸 줘버릴까 궁리를 하는 중이유."

"생원이, 우리 갑룡이가 나이 많아서 꺼리시는 게 아입능가?"

"꺼리는 게 아이유. 그런 복을 우리 같은 거북살이한테 당치않아 그러지비."

'범벅이' 인 길녀는 지금 그들이 도대체 무슨 얘기들을 하고 있는지도 모른 채 추잉검을 짝짝 씹으면서 맹꽁이처럼 시허연 기낭을 불룩거리고 있었다.

"꺼리지만 않으믄 됐으꿔이. 그럼 바깥사돈, 날래 절을 받으습꿔이."

쇠뿔도 단김에 빼랬다고 곱동녀가 아예 사돈이라 칭하면서 일어선다.

"하 이거 참, 이렇게 마른나무 꺾듯이…."

허만택은 너무도 당돌한 일이라 꼽추 노친을 쳐다보며 어쩔 줄을 모른다.

"생원이, 몇 십년간 한 마을에서 손금 보듯 서로 다 아는 처지에 무슨 자꾸 길게 얘기할 게 있읍능가. 날래…."

호박이 넝쿨째 굴렀자 너무 좋아 헤벌쪽해진 만택 영감이 무망간에 일어서서 어쩔 줄을 모르는데 곱동녀가 벌써 살포시 내려앉으며 큰 절을 올린다. 허만택도 '하, 이거 참…' 하면서 급히 두 손을 맞잡고 마주 엎드리며 맞절을 한다.

곱동녀가 다시 홍 씨에게 돌아서며 절을 하려고 서둘자 홍 씨도 급히 일어서더니 서로 이마가 마주칠 듯 가까운 거리에서 손을 포개며 살포시 내려앉는다.

홍 씨의 눈에 고였던 눈물이 엎질러진 물처럼 쏟아지며 흘러내린다. 꼽추 노친도 홍 씨의 두 손을 움켜잡고 앉았다가 치맛자락으로 눈굽을 훔치고 있었다.

뗑, 뗑, 뗑….

느티나무에 달아맨 자동차 타이어 테를 두 번째로 울리는 리 촌장의 종소리였다.

"모두들 구제량을 타 가십시요."

뗑, 뗑, 뗑….

청신한 쇳소리가 분지촌마을 상공을 진감한다.

리 촌장이 터울거리며 억척같이 밀고 나가는 사업이 하나하나씩 낙착이 되어가고 있었다. 룡정과수농장에 합동한 만 개의 배광주리 부업거리는 이미 낙착되어 노총각위원회 위원장인 주갑룡이 이미 자기의 팀을 거느리고 산속으로 싸리나무 하러 들어갔었다. 두 톤의 구제량도 박 향장이 이미 실어 보내 왔었다. 청년봉사연합회에서는 촌민들의 수중에 있는 달걀이며 고사리, 도리지, 약재 등 농부산품을 받아들이는 한편, 절기를 틀어쥐고 농민들을 소추수 생산에로 이끌어나가고 있었다.

농민들을 그냥 그저 그렇게 무정부상태에서 술추렴이나 벌이고 트럼프치기에 화투치기와 되놀이로 허송세월을 하고, 한 달에 몇 번씩이나 되는 돌림생일상에만 들어 앉아 허송세월만 보낼 사이 없도록 그들을 조직하여 살판으로 내몰아야만 했다.

'눈 먼 망아지도 워낭소리를 들으면 따라간다' 고 했거늘 선두에서 그들을 이끌어야만 했다. 욕망을 부어넣어야만 했다. 우선 잘 살아보자는 신심을 북돋우어 주어야만 그들을 이끌 수 있었다.

소망이 존재하지 않는 곳이 바로 지옥이라고도 했다. 돌대문촌이 결코 지옥이어서는 안 된다. 낙원이어야 한다. 이 낙원을 건설하기 위하여 리 촌장은 터울거리며 단단무타 열심히 뛰고 있었다.

마을사람들이 줄레줄레 새로 개건한 공장 마당으로 모여들고 있었다.

"춘산은 먼저 번 간부들과 다르긴 다르오. 그전에사 구제량이 내려와두 얼마나 내려왔는지, 뉘네 얼마를 분배했는지, 지가 얼마를 먹었는지 누가 알기나 했소? 그저 지네끼리 뒷고방에서 처녀가 아이를 낳듯이 우무룩했지."

"헤구, 춘산이두 그렇지비. 아직이사 어찌 아우? 지내봐사 알 일이지."

삼삼오오 몰려선 촌민들 중에는 이렇게 쑥덕공론을 하면서 분배를 기다리는 사람들도 있었다. 김석과 앵화가 장부책과 수판을 들고 나타나더니 자물쇠를 따고 창고 안으로 들어섰다.

차곡차곡 쌓아놓은 쌀 마대 꼭뒤에서 시허연 입쌀이 흘러내려 땅바닥에 수북이 쌓이면서 그 주위에 가득 널려있었다. 쌀 마대 하나가 풀어져 훌쭉했다. 김석이 헤어보니 쌀 마대는 그대로 있었다.

"리 촌장, 이 마대의 쌀이 축이 났습니다."

춘산이 들어서자 김석이 정황을 보고했다. 리 촌장은 창고 안을 빙둘러 살펴보았다. 뒤창문의 걸개 하나가 삐어져 있었다. 창문을 열고 내다보니 창문 밑에 흰 입쌀이 모이를 뿌려 놓은 듯이 널려 있었다.

그는 회계더러 구제량을 분배하라고 이르고 나서 횃대에 동저고리 넘어가듯 창문을 훌쩍 뛰어나가 땅바닥을 유심히 살피며 널려 있는 쌀알을 따라 발밤발밤 더듬어 나갔다.

"주정룡이네 백팔십 근."

김석이 저울 눈금의 가름대를 고정시키고 나서 구제호의 분배 숫자를 공보했다. 앵화가 장부에 체크를 해나가면서 곁들고 있었다. 갑룡이 나서면서 저울 위의 쌀 마대를 훌쩍 메고 감사하며 성큼성큼 가버린다.

"차달석이네 백이십 근."

차달석이 촌민들 속에서 나서는데 신체의 각 부위가 제멋대로 제가끔 따로따로 움직이는 것만 같았다. 그는 저울 위의 쌀 마대를 겨우 끌어당겨 내려놓고 들었다 놓았다 하면서 어쩔 줄을 모르고 있었다. 그 뒤에 들이닥친 배오복이 씽하고 다가오더니 쌀 마대 아가리를 훌쩍 잡아챈다.

"이 밥함지머리에 처매두 굶어 죽을 나그네, 이 꼴을 좀 보우, 어찌는가. 나한테 메우우."

달석이 쌀 마대 궁둥이를 들어주자 오복이 훌쩍 한 어깨에 걸쳐 등에 업고 씨엉씨엉 걸어 나간다. 그 뒤를 달석이 서리 맞은 뱀처럼 후줄근해서 따라가고 있다.

"헤구, 저렇게 걸싼 안깐을 만났으이 그렇지, 지 같은 게 되기나 하겠소?"

뉘네 참새주둥이 아낙이 입을 비틀면서 삐쭉거리고 있었다.

"허만택이, 길녀네 누구 안 왔습니까?"

김석이 길녀 아버지의 명함을 곱씹어 불러도 나서는 사람이 없다.

"야, 안 왔다. 그 집은 덜 바쁜겝다."

누군가 촉새같이 나서서 촐랑거렸다. 앵화가 백부의 명함 앞에 등자를 쳐놓고 다음 호로 넘어간다.

"허준택이."

"으나, 여기. 왔다, 왔어."

앵화의 아버지가 수다를 떨면서 나선다.

"서른 근."

그 소리에 예조리 영감이 경악하여 스톱모션에 걸린 영화 속의 인물처럼 입을 짝 벌린 채 그 자리에 굳어져 버린다.

"뭐랑 기야? 서른 근이라니? 우리두 세 식군데 워째 딴 집들의 한 사람 몫밖에 안 된당 기야, 어엉?"

"앵화 아버지, 앵화네는 한 식구에 열 근으로 돼 있습니다. 엊저녁에 촌민회에서 구체적으로 토론하여 결정지은 겁니다."

"왜서 우리는 열 근이여? 쌍꺼새끼덜. 그래, 니깐 놈덜 눈깔에 이 허준택이가 허술하게 보이는 기여? 어엉?"

"아부지, 구제량이란 누구네나 꼭 같게 평균 분배하는 게 아입꾸마.

우리는 아직 그럭저럭 끼니를 이어갈 수 있겠구 무엄두."

앵화가 너무 겸연쩍어 얼굴을 붉히며 설명하고 있었다.

"당나발 불지 말랑 기다. 니사 해주는 밥 처먹구 가마목의 딱한 사정 알기나 하냐, 어엉?"

"아부지, 남들은 때거리를 끊은 지 며칠씩 됩꾸마. 윤 촌장네 같은 집들은 구제량을 취소하기로 했구, 리 촌장은 더 구차한 집들에 한 근이라두 더 보탬시키라면서 자기는 아예 밀어버리구 말았습꾸마. 그런데 봅소. 아부지…."

"걷어치워, 줄라믄 고루 주구, 안 줄라믄 싹 밑쓸이 해야지. 안 된다, 안 돼."

쌀 마대를 땅바닥에 홱 뿌리치고 배분 중인 쌀 마대에 걸터앉아 버티고 나설 태세였다. 한 다리를 다른 다리 위에 포개놓고 앉아 곰방대를 꺼내어 문다. 잎담배를 재워 넣고 불을 댕긴 후 깊이 빨아들였던 담배연기를 길게 후~ 내뿜으며 앞산을 쳐다보고 있다. 마을의 좌상들 연세건만 이렇게 덜퍽부리고 있었다.

김석이 어찌할 바를 몰라 앵화를 바라보기만 하고 앵화도 너무 참괴해서 낯을 붉히고 있었다.

"앵화 아버지, 그럼 육십 근을 드립시다. 되겠습니까?"

"그러하믄 더 말치 않겠다. 사람을 너무 허술하게 보지 말랑 기다."

김석이 쌀을 저울에 달아놓자 허 영감이 쌀 주머니를 훌쩍 둘러메고 개선장군마냥 의기양양해서 침을 퉤 뱉으며 가버린다.

한편, 창고 뒤창문으로 나선 리 촌장은 쌀알이 흘린 방향을 바라보며 십상팔구는 짐작이 갔다. 그는 창고로 되돌아와서 구제량 서른 근을 떠서 어깨에 메고 곧추 집체 때 탈곡장 보초막이었던 뻔들이네 집으로 올라갔다.

보초막은 바람막이 울타리도 없이 바람벽이 비에 씻겨 산재 뼈가 앙상하게 드러나 있었다. 리 촌장은 삶은 개다리처럼 각이 빠져 거들거리는 문을 열고 안으로 들어섰다.

너덧 평 되는 집안은 자그마한 냄비 하나가 구들난로 위에 놓여 있었고, 물 양동이 하나에, 쪽바가지 하나, 사발 두 개, 간장병에 수저 한 쌍, 이것이 모든 재산이었다. 중국 대지 대서남과 대서북 지방의 농민들의 생활이 그러하듯이 뻔들이네 집 총재산을 다 털어봐야 5원어치가 안 되었다.

새까맣게 그은 천방과 벽으로는 햇볕이 구멍을 찾아 구질구질 기어들고 얼기설기 서려있는 거미줄에서는 흉측스레 시꺼먼 말거미가 그네를 타고 있었다.

뻔들이는 지금 한낮이건만 금방 잿더미에서 뽑아낸 듯한 이불 두루마리를 베고 모로 누워 개잠에 곯아 떨어져 있었다.

춘산의 눈길이 벽 구석에 가서 멈춰 섰다. 기름때가 반질반질한 헌 솜옷이 덮씌워져 있는 그것은 뻔한 쌀자루였다. 냄비를 열어보니 쌀밥을 해먹은 가마다.

"여보, 뻔들이. 이게 어느 때이니 아직두 자우? 야앙? 어서 일어나우."

뻔들이의 다리를 잡아당기며 들쑤신다. 그는 신도 벗지 않은 채 자고 있었다. 부스스 눈을 비비며 리 촌장을 올려다보던 뻔들이는 뎬겁

하여 참벌에 쏘인 듯이 벌컥 일어나 앉는다. 춘산은 빙그레 웃으며 구들에 걸터앉는다.

"여보, 뻰들이. 구제량을 가지구 왔소. 이 집처럼 이렇게 구차한 집에는 육십 근이 차려졌소. 어쨌든 이걸루서 햇곡이 나올 때까지 느루 먹어야 하우, 알 만하우?"

'도둑이 제 발이 저리다' 고 촌장을 쳐다보며 가재처럼 뒤로 주춤주춤 물러앉는 뻰들이의 눈에 차츰차츰 물기가 번지면서 부들부들 떨고 있었다.

"아이, 아이요. 리 촌장. 내가 나쁜 놈이요. 나는 이미 내 몫을 가져다 지난밤에 이밥까지 해 먹었소. 가만히 가져다가, 도둑질해서…."

뻰들이는 저절로 제 따귀를 이리 철썩 저리 철썩 갈기면서 넋두리를 하고 있다.

"내가 나쁜 놈이요, 내가 죽일 놈이요."

그가 두 손바닥으로 엇갈아 제 따귀를 짝짝 올려붙이는데 그야말로 섣달그믐께 흰 떡치는 소리가 났다. 리 촌장이 그의 두 손을 틀어쥐고 큰소리를 치며 제지시킨다.

"리 촌장, 내가 죽을죄를 졌소. 기실은 야앙, 내, 쌀을 훔치자는 생각이 없었소. 어제 있재우? 그 뽕구 야앙, 그 집 문 앞을 지나는데 나를 부르재우. 알냥하겠겠는가구 말이요. 내 야앙, 그 집에 술 마신 돈이 야앙, 써장한 게 한 이십 원 되우. 그래 내 야앙, 써장한 것두 많은데 싫다구했지 뭐요. 그러이까 그 뽕구가 그까짓 거 가지구 뭐 그러는가 하면서 빼주 두어 냥에 마른명태까지 한 오리 찢어 주잤겠소. 그리구서 하는 말이 야앙, 래일 구제량을 타믄 써장한 거는 입쌀루 줘두 된다 하재우. 생각해 보이 이런 호배채 어디 있소. 나는 쌀밥을 못 먹어 본 지두 이저는 며칠째 되지 해서 배고프던 김에 급해서 어젯밤에 창고에 갔댔소. 내 이 늙은 게 야앙, 죽을죄를 졌소."

말을 마치고나서 뻔들이는 아이들처럼 눈물코물이 범벅이 되어 회한의 눈물을 흘리고 있었다.

"됐소, 그만하우. 들어보니 이 일은 뭐 딱 마음먹구 한 것두 아니구, 또 남이 꼬드겨서 한 일이니까 없었던 걸루 치구 묵과해 버리기요. 그러나 후에 또다시 이러른 그때는 정말이요 야앙? 들었소?"

"야앙, 양, 양. 들었소. 내 또다시 그러른 내 야앙, 왕바요, 왕바."

"자. 그럼 이 쌀을 받소. 난 가봐야겠소."

"안 되우, 이 쌀은 가져가우. 싫소. 나는 이미 내 몫을 가져왔소."

뻔들이는 급히 벽 구석에 헌 솜옷으로 덮어놓은 쌀 주머니를 꺼내놓는다.

"뻔들이, 내 보니깐 이것두 그저 한 서른 근 될 것 같소. 이것까지 합쳐서 이 집에 육십 근을 보조하는 거니까 그대루 받소."

리 촌장은 너무 송구스러워 어쩔 줄 모르는 뻔들이를 눌러 앉혀놓고 밖으로 나섰다.

김석은 구제량 서른 근을 떠서 둘러메고 길녀네 집에 들어섰다.

"김회계, 이건 뭐요?"

삼 껍질을 벗기고 있던 허만택이 급히 일어나 쌀 주머니를 받으며 묻는다.

"예, 구제량입니다. 이 집은 인구당 열 근씩 서른 근밖에 안 됩니다.

적은 대로….”

거북살이 영감 노친이 콩 튀듯 팥 튀듯 펄쩍뛴다.

“우리는 구제량을 안 받겠네. 우리는 괜찮네. 아직은 좁쌀이 엔간히 있으니까느루 감자나 호박 같은 것을 보태서 느루먹으믄 가을까지 잇 꿔댈 수 있네. 날래 이 쌀은 우리네보다 더 민망한 집들에나 갖다 주 게.”

“예, 근심 마십시요. 다 좋도록이 처리했습니다. 그러게 이 집은 3 등으루 드리는 것 아닙니까.”

“김회계네는 몇 등으루 분배 받았소?”

“예, 우리두 3등으루 받았습니다.”

“그래서사 안 되지비. 김회계네 3등이믄 우리는 미내 없어두 일없 네. 날래 이 쌀은 도루 가져가게.”

거북살이 영감 노친이 밀어내는 쌀자루를 김석이 억지로 요행 눌러 놓고 겨우 빠져 나왔다.

도끼봉으로 올려 뻗은 골 어귀에서 싸리나무를 꽉 박아 실은 소 수 레들이 줄쳐 내려오고 있다.

춘산이 자진하여 나서서 중임을 떠멘 후 자전거를 타고 사십 리 길 을 오르내린 거리를 계산한다면 아직은 그리 놀랄 만큼 긴 거리는 되 지 못할망정 그가 밀고 나가는 실제적인 사업은 하나하나 눈앞에 뚜 렷이 안겨오고 있었다.

돌대문촌의 해결하여야 할 문제들 중 뭐니 뭐니 해도 가장 초두난액 의 문제가 구제량 문제였다. ‘사람은 먹는 문제가 하늘처럼 큰일이럇다.' '먹은 소가 눈다' 고 먹는 문제를 해결해야만 무엇을 하던 할 것이 아닌가. 그래서 리 촌장이 향으로 큰집 나들듯이 드나들면서 박 향장을 물고 늘어져 해결한 제일 첫 실제적인 일이 곧 구제량이었다.

먼저 먹여 놓은 후 다시 채찍질을 하면서라도 일들을 시켜야 한다. 그래서 룡정과수농장의 배광주리 부업을 물어왔던 것이다.

이제 촌민들이 배광주리를 겯는 사이에 아직 어떻게 될는지는 알 바 없는 황철을 초빙하는 문제에 살손을 대야 한다. 이 관건적인 문제가 해결되어야만 명년 봄부터는 본격적으로 밀고 나아갈 산업구조 조절문제를 연구할 것이며, 구체적으로 촌민호에 낙착시킬 수 있는 것이다.

이런저런 사업 중에 청년단의 제의 하에 꾸려진 '청년봉사연합체'의 작용이 상당히 컸으며 촌의 농부산품판로문제를 향수구소와 손잡고 한결 활성화시키고 있었다.

리 촌장은 이제 황철의 초빙문제가 풀린 후에 다잡아해야 할 보취(步聚)도 구상해 놓고 있었다. 그것인즉 바로 빠른 기일 내로 돌대문촌에 문화실을 세워야만 한 방면으로는 마을에서 불어치는 마작과 트럼프치기, 술추렴과 되놀이, 그리고 집집의 돌림생일잔치 등 부정기풍을 배격하는데 유조할 수 있고, 다른 한 방면으로는 문화실이라는 이 창구를 통하여 농민들이 바깥세상을 내다볼 수 있는 조건을 창조하여 주며, 그들의 의식형태, 문화수준, 정보수집, 과학농법 등 각 분야의 제고를 담보할 수 있는 것이다.

노총각위원회의 주 위원장이 거느린 싸리나무 부업대는 연 며칠간 깊은 산속에 거주하면서 질 좋은 싸리나무 생산임무를 원만히 완성하고 오늘 산에서 돌아오게 된 것이다. 싸리나무를 꽉 박아 실은 수레행렬이 마을에 들어서자 촌민들은 큰 경사나 난 듯이 줄레줄레 모여들었다.

리 촌장이 싸리나무가지를 뽑아 휘어 보면서 말했다.

"여러분, 오늘 해온 이 싸리는 모두 연한 햇싸리로써 기장도 질적 요구에 부합되는 좋은 재료입니다. 이번 합동한 배광주리는 만 개로써 하나에 이 원 육십 전씩 이만 육천 원의 부업거리입니다. 과수농장에서는 금년에 사과배 풍년이 들어갖고 대량의 배 광주리가 수요 되는 바 우리더러 적어도 량만 개의 합동을 제의했습니다. 저는 우리 촌의 실제정황에 근거하여 절반을 덜었는데 뉘네든지 얼마를 결어도 제가 책임지고 팔아드릴 테니 시름 놓고 일들을 하십시요. 그럼 지금부터 김회계한테 수량을 자보하고 싸리나무를 실어가도록 하십시오. 솜씨 잰 사람은 하루에 여람 개씩은 결으니까 적지 않은 수입입니다. 바라건대 살손을 붙여 일을 하되 꼭 질적 요구를 보증해야 합니다."

촌장의 지시가 끝나자 촌민들은 회계인 김석을 물샐틈없이 둘러싸고 너도나도 배광주리 숫자를 자보하고 있었다.

돌대문촌 마을에서는 배광주리 열조가 충천하게 타오르고 있었다. 집집마다 싸리나무를 덩두렷하게 쌓아놓고 살손을 붙여 배광주리를 틀고 있었다. 리 촌장은 집집이 돌아다니면서 시범동작을 해보이기도 하고 또 산품의 질에 대한 요구를 별도로 강조하고 있었다.

'로즈칭' 배오복은 원체 걸쌈스러운 여자이다. 그녀는 지금 댓진 먹은 뱀마냥 알코올 은이 박힌 남편을 휘동해 가지고 배광주리를 틀고 있다.

금방 리 촌장이 왔었다. 그는 배오복의 손재간이 다른 사람들의 곱이나 더 빠른 것 같다며 추슬러주고 나서 좀 더 촘촘하고 탄탄하게 겄었으면 더 좋겠다는 절충안을 내놓았었다. 촌장의 고무 하에 사기를 올린 오복은 남편의 사부가 되어 생산을 지휘하며 흥겹게 일손들을 다그치고 있었다.

갑룡이네 집에서는 앞마당이 비좁아 아예 사립문밖 마을 고샅길을 작업장으로 이용하고 있었다. 광주리를 트는 일이란 워낙 손에 피 터지는 일이건만 끌끌한 대장정 사형제와 꼽추 어머니는 싸리가지를 잘도 휘어잡아 비틀며 예쁜 배광주리를 만들어 더덩실 쌓아 올리고 있었다.

메라면 지고, 길로 가라면 뫼로 가는 당나귀 뒷발통 같은 허준택 영감은 배광주리 부업을 가지고 또 한바탕 온 동네를 남세스럽게 굴었다.

앵화가 자보한 배광주리를 겄을 싸리나무를 마당에 부리는데 그 예조리 영감이 문을 열고 나왔다. "누가 이따위 걸 달라던가? 이따위 노릇을 누가 한다던가" 하면서 까치뱃바닥같이 희고 곰팡이 쓴 소리를 쳤다. "우리는 배광주리 트는 그따위 손에 피 터지는 노릇은 안 해도 시집간 딸들이 얼마든지 섬겨준다"면서 도로 싣고 가라고 야단질쳤다.

앵화가 나서서 아버지와 엇섰다. "배광주리 겄는 일을 한낱 부업으로만 봐서는 안 된다"며 "이것은 전 돌대문촌이 빈곤에서 해탈하는 한 단계의 보치이며, 꼭 잘 살아보려는 촌민들의 정신역량의 대발로"라고 했다.

염통이 비뚜로 앉은 옹고집쟁이 영감은 숱한 사람들 앞에서 감히 올 콩볼콩 콧대를 세우고 나서서 맞서는 딸년이 괘씸했다. 그래서 철부지라기보다 소갈머리 없는 딸년을 그냥 두어서는 안 되겠다는 생각을 하고 있었다.

"야, 이 시커먼 먹통 같은 년아. 뉘 집에 니같이 편한 년이 있더냐. 응? 밖에는 만 냥의 황금산이 있는데, 그래 이게 어느 때이니 아직도 이 깊은 두메산골 뒷고방에서 탈빈이요, 치부요 하면서 계속 혁명 구호를 외치고 있느냐!"고 고래고래 소리 질렀다.

앵화는 심사가 꽁지벌레 같은 아버지가 한스럽고 남보기가 창피해서 피해버리고 말았다.

이렇게 득세한 허 영감은 온 동네가 배광주리 옹헤야를 부르고 있을 때 그는 혼자 집구석에서 틀어박혀 키를 겯는 노들강변을 부르고 있었다.

이 장면을 목격한 갑룡은 허 영감네 집에 부리려던 싸리나무를 제집 마당에 부렸다. 그리고 동생들을 거느리고 수걱수걱 일손을 재우쳤다.

지금 마을에서는 앵화네와 뽕구네, 그리고 뻗들이 이렇게 세 호를 제외한 온 마을이 총동원되어 배광주리부업에 만부하를 가동하고 있었다.

리 촌장이 뽕구네집 문 앞을 지날 때 그의 집안에서 카세트녹음기의 멜로디가 울려나오고 있었다. 리 촌장이 발길을 멈추고 울바자 너머로 집안을 들여다보았다. 뽕구 내외가 맞붙어서 곡조의 리듬에 맞추어 사교무 훈련을 하고 있었다. 분희가 예술 세포라고는 눈곱만큼도 없는 뽕구와 템포가 맞지 않아 승강이질을 하고 있었다.

"동무는 오른발부터 떼시오. 예, 옳습니다. 다시, 시작. 하나 둘 셋, 둘 둘 셋, 아가파라. 발은 어째 디딥꺄?"

"누가 딛고 싶어 딛소? 되지 않아 그러지."

"둘 둘 할 때 동무는 왼발이 나와야 합니다. 옳습니다. 동무 몸을 돌리면서 뒤로 물러서시요."

리 촌장이 한참 들여다보며 서 있다가 너무 어처구니없어서 피식 웃으며 자리를 뜨고 말았다.

　　최후의 결전을 맞으러 나가자~
　　생사적 운명의 판가리다~
　　나가자 나가자 굳게 뭉치여
　　다 앞으로 동무들아~

문밖에 나서서 촌마을을 내려다보며 호미를 총가목삼아 어깨에 메고 뺀들이가 '제자리 걸엇' 동작을 하면서 노래를 부르고 있었다.

"여보, 뺀들이. 당신두 돈 좀 벌어 보잖겠소? 좀 내려다보우. 남들이 다 돈벌이 하느라구 눈코 뜰 새 없는 걸."

춘산이 뺀들이의 보초막에 올라서며 말했다.

"돈벌이? 돈 벌어 뭐하우? 나는 야앙? 돈이 있으믄 인차 죽소. 돈이 없길래 지금까지 이렇게 경치 좋게 노래부르며 유쾌하게 살지."

"돈이 없이 어떻게 술이랑 마시겠소? 술이라 하믄 쪽두 못 쓰면서."

"헤, 술이란 게 생기믄 마시구, 만나믄 마시구, 청하믄 마시구 그렇지. 언제 그거 다 사서 마시겠소. 그렇찮으믄 나는 술이란 게 없어두 노래만 하면서두 얼마든지 살만 하우.”

리 촌장이 너무도 어이없어 피식 웃어버린다.

“하루에 두 끼나 이틀에 세 끼만 먹어두 사는데 무슨, 나는 그리 아득바득 아이하우.”

말을 마치고나서 뻔들이는 호미를 앞가슴에 받쳐 들고 또다시 두 다리를 엇갈아 들었다 놓았다 하면서 노래를 부르기 시작했다.

춘산은 기가 찼다. 맨 이런 맹추들을 데리고 해보겠다고 나선 자신이 머리가 잘못 돌지나 않았나 하는 생각까지 들기도 했다.

향정부 박 향장의 지프가 돌대문촌에 들어섰다. 박 향장의 운전수인 쑈리가 ‘돌대문촌 청년단봉사연합체’ 의 주임인 김뚝길에게 박 향장의 지시를 전달했다.

오늘 아침 리 촌장은 지금 촌에서 기세 드높이 진행되고 있는 배광주리부업 정황에 대하여 박 향장께 상세한 회보를 한 뒤 청년단봉사연합회의 공작상황도 곁들여 피력했다. 그리고 이미 수구해 들인 농부산품을 “빨리 실어내려야 할 텐데” 하면서 운수문제를 내비쳤다.

박 향장이 금방 간판을 내건 ‘향농부산품수구짬’ 에 전화를 걸어 차를 돌대문촌에 띄울 수 없느냐고 물었다. 수구짬에서는 운수차가 이미 다른 촌으로 떠나고 없는 상황이란다. 그것도 근근이 두 대의 ‘쌍파이쮀’ 같은 작은 트럭으로는 전 향 열 몇 개 촌을 상대로 뛰기에는 역부족이라고 했다.

거기에다 한 술 더 떠서 연길에 세운 ‘농부산품도매점’ 에서도 산품이 없어 못 팔고 있으니 빨리 방법을 강구해 물자를 실어오라고 득달이란다.

박 향장은 이 즐거운 비명소리에 빙그레 웃으면서 전화를 끊었다. 그리고 다시 쑈리를 불러 자기의 지프를 돌대문촌에 보내어 급한 물자부터 실어내리라고 했다는 것이었다.

이제 한창 스무 살인 뚝길은 초중 필업생으로서 입단 적극분자로 활약하고 있는 중이었다. 그래서 단지부서기인 앵화가 '청년단봉사연합체' 의 공작을 그에게 떠맡겨 그를 단련시키고 있는 중이었다.

뚝길은 좀 너무 고지식하고 융통성이 없이 무양무양하고 이름처럼 무뚝뚝한 성품이지만 무슨 일이든 맡겨만 놓으면 책임성이 강하고, 진취심 또한 높은, 싹수가 보이는 청년이었다.

뚝길도 그 사이 많은 공작을 해왔다. 향농부산품수구짬에서 제공한 시장정보와 농부산품의 수구가격, 품질표준, 채집시기, 포장방법 등등의 지표들을 카드로 작성하여 가가호호에 나누어 주기도 했고, 갖가지 농부산품의 채집 시기가 돌아오기 전에 촌민들을 동원시켜 학습강좌를 조직하기도 했었다. 그리고 무릇 촌민들 손에서 만들어진 농부산품들은 수량이 많던 적던 간에 뭐든지 권태증을 없애고 받아들였다.

농민들이 들고 오는 농부산품은 그야말로 오만가지였다.

배오복은 한 오백 개나 되는 계란을 모아놓고 여태껏 팔지 못해 속을 썩이다가 오늘 향수구짬에서 박 향장의 지프가 수구하려 왔다는 소식을 듣고 그 큰 입을 널어놓고 웃으면서 겉겨 속에 정성스레 파묻어 두었던 달걀을 광주리에 담아들고 내달아 왔다. 그 외에도 피나무

속껍질로 꽁꽁 동인 도라지묶음, 고사리덩이며 갖가지 마른 버섯 등 하여튼 품종이 제일 많고 수량도 코치여서 모두들 혀를 내두르게 했다. 겉보기와는 다르게 굳건한 여자였고 무서운 짠순이였다.

길녀네 집에서도 많은 품종들이 나왔다. 손부리 매운 거북살이 영감 노친의 손에서 만들어진 크고 작은 키며, 삼태기 종다래끼 방비에 심지어 자작나무 잔가지로 묶은 가마 닦는 솔과 마당비까지도 수두룩해서 그것을 보는 사람들로 하여금 실로 경악을 금치 못하게 했다.

뚝길이 작성한 카드에는 향수구짬에서도 가격을 정하지 못해 난감해하는 물자들이 너무 많아 농민들의 요구를 만족시키지 못하는 형편이었다. 즉, 뚝길이네 봉사체에서는 이직도 공급과 수요 간의 유대작용을 원활하게 하는 경제정보망이 건전하지 못하며 튼실하게 기초를 닦자면 이직도 비교적 긴 거리가 있었다.

'대부등에 곁낫질' 이라고 지프차 한 대로는 그만 너무도 억이 막혀 오늘은 화급한 물자만을 실어 나르고 그 외에는 봉사조의 창고에 저장해 두었다가 다음번에 큰 트럭으로 실어 나르기로 했다.

향농부산품수구짬이 탄생된 지 두 달밖에 안 되지만 호황세를 보여 경기가 아주 좋았다. 돌대문촌뿐만 아니라 돌대문골에 있는 촌마다가 무진장한 농부산품 내원에 짬장보다도 박 향장의 골머리가 더 아팠다.

짬장은 적재함이 큰 트럭 두 대는 시급히 갖춰야겠다고 박 향장과 동을 달았다. 박 향장은 향의 재정상황을 보아 지금은 불가능한 일이니 짬에서 점진적으로 규모를 늘리면서 발전시키라고 했다.

그리고 짬에서 요사이 적재함이 큰 트럭 두 대를 잠시 세 맡아 돌대

문촌의 배광주리를 룡정과수농장으로 실어 나르라고 지시했다. 거기
에다 동을 달아 지금 돌대문촌에서는 집집마다 뜰에 배광주리가 도끼
봉처럼 쌓여가고 있으니 열심히 운수하지 않으면 안 된다고 했다.

성정이 '면도칼' 같은 황철의 아내 천금은 집안에서 창문을 쾅쾅
두드리며 밖에서 인부들의 작업을 지휘하고 있는 남편을 부르고 있
었다. 황철이 돌아다보니 아내가 전화를 받으라고 벙어리 시늉을 하
고 있다.
"누구 전화요?"
황철이 집안에 들어서서 수화기를 집어 들며 묻는다.
"누구겠습꺄? 박 향장이지."
"예, 전화 받았습니다. 박 향장입니까? 예, 바쁘시겠는데 이렇게,
예? 아, 그렇습니다. 그건 문제 마십시요. 내가 세대주인데 제 됩니
까?"
면도칼이 곁에서 남편이 들고 있는 송수화기에 귀를 기울이고 있다.
"예, 겉보긴 사무러워도 훗대는 없는 사람입니다. 예, 됩니다. 시름
놓으십시요."
"동무 뭐랍꺄? 가져오쇼."
천금이가 남편의 손에서 송수화기를 와락 낚아채어 제 입에 갖다
댄다.
"안 됩꾸마. 못 가겠습꾸마. 박 향장두 내 훗대 없는가구만 여겨보
시요. 나는 안 된다믄 절대 안 되는 성밉꾸마 원래."
말을 끝내기 바쁘게 일방적으로 송수화기를 덜컹하고 놓아버린다.

“여보, 거 누구라구 그렇게 고약하게 일방적으로 전화를 덜컹 끊는 거요, 야앙?”

“누구믄 어떻습까? 그래 향장이믄 남의 가정까지두 제 마음대루 쥐었다 놨다 해두 됩까, 예?”

“그게 어디 쥐었다 놨다 하는 게요? 의견 청취하는 게지.”

“싹싹 걷어 치우시요, 안 됩다. 가겠으믄 동무 혼자 가시요.”

“동무는 정말 시비도리두 없는 아다먹기요, 야앙?”

“내 아다먹깁까, 동무 머절썩합까, 예? 이제 좀 약간 입벌이나 겨우 할 만하이까 무시레 배쑤셔나서 호박쓰구 돼지 굴루 들어가지 못해 동무 그 야단입까, 예? 흥, 난 죽어두 안 갑다, 그런 줄 아시요, 예?”

천금은 등을 돌려대고 앵돌아져 버린다.

천금이라는 ‘면도칼’ 같은 여인이 어떻게 황철의 ‘사랑의 포로’ 가 되었던가? 그것은 울지도 웃지도 못할 일이었다. 귀신이 곡할 노릇이라고나 할까!

점심참이었다. 인민공사 사원들이 삼삼오오 떼를 지어 일 밭에서 돌아오고 있었다. ‘큰 가맛밥’을 먹을 때까지만 해도 농촌에는 청년들이 왁시글덕시글했다. 골 어귀에 있는 집 마을이 멀거니 내려다보이는 골짜기로 처녀총각들이 웃고 떠들면서 떼를 지어 좁다란 수레 길을 꽉 메우면서 내려오고 있었다.

그때 마을로부터 웬 사람이 바장대며 올라오고 있었다. 생소한 사람이었다. 얼굴은 있었으나 눈도, 코도, 입도 없는, 그렇게 그 꿈에 보던 사람도 아니었다. 그 생면부지의 사나이와 점점 가까워지면서

총각들은 낯이 간지러울 지경으로 그를 훑어보고 있었고, 처녀들은 힐금힐금 속눈으로 훔쳐보고 있었다. 작달막한 키에 두루뭉술하게 생긴 청년이었다.

그 청년은 뭇사람들의 눈총을 받으면서도 도전하고 나서듯 가슴을 내밀고 당당하게 다가오고 있었다. 서로 이마가 마주칠 지경이 되었건만 청년들은 이 불청객을 골려줄 예정으로 길을 내주지 않고 있었다. 그 속에 림대옥이처럼 병색을 띠고 있는 듯이 섬약하면서도 요나하게 아리따운 천금이란 처녀가 끼어있었다.

이제 청년들 속에 들어선 그 청년이 불시에 "천금이!" 하고 한 처녀의 이름을 부르면서 그녀의 손을 덥석 잡았다. 그리고 "집에서 기다리고 있자니 너무도 갑갑해서 마중 나왔다"고 했다. 그 소리에 마을청년들이 쇼크할 지경으로 경악하여 굳어지고 말았다. 마른하늘에 날벼락을 맞은 천금은 머리가 아찔해지는 순간인데, 재차 생벼락이 날아든다. 그는 또 "오늘 사돈보기를 오면서도 미리 연통을 못해 미안하오" 하면서 일이 그렇게 되다보니 별 수 없었단다.

귀신이 곡할 노릇이었다. 서로 옷깃만 스쳐도 인연이라 했지만 이거야 도깨빈지 귀신인지도 모르는 사람을 내가 언제 대한 적이 있다고 '사돈보기' 운운이란 말인가? 사돈보기란 이미 쌍방의 혼약이 성립되었다는 뜻이고, 또 오늘 잔치 날짜를 받는다는 의미까지도 부가되어 있다. 그리고 그것을 공중에 피로하는 절차이기도 하다.

그 총각이 바로 황철이였다. 그는 손을 빼내려고 비틀리는 천금의 손을 꽉 틀어쥐고 흔들면서 눈빛을 보내고 있었다. 숱한 사람들 앞에서 망신당하지 않으려면 배합해야만 한다는 뜻이었다. 처녀와 총각의 눈총이 서로 맞부딪치면서 불꽃을 튕기고 있었다. 황철의 눈총은 당돌하고 강경하였으나 천금의 눈총은 당혹하고 경악스러웠다.

천금은 어리석은 여자가 아니었다. 이 자리에서 이게 어디서 나타난 물귀신이냐며 길길이 뛰게 되면 나만 불순한 여자라는 누명을 쓰게 된다. 입이 열 개라도 할 말이 없다. 주머니이니 속을 뒤집어 보인다던가! 그러니 우선 이 곤경을 넘기고 다시 볼 판이다. 별 수 없이 이 꼭두각시극에 동조하여야만 했다. 그래서 데꺽 기색을 바꾸고 앵돌아지며 불퉁한 소리를 했다.

"암만 그래두 그렇지, 이렇게 불현듯 뛰어들믄 우리는 어떻게 합까?"

'요망한 계집애, 뒷구멍으로 수박씨 까고 있었잖아!'

'비둘기의 마음은 콩밭에 가 있다더니, 엉뚱한 년이야!'

처녀들은 속으로 이렇게 말하고 있었고, 총각들은 허구픈 웃음을 지으며 돌아서고 있었다.

"애들두, 가지 않구 뭘 그렇게 큉해 보구 있니? 사람 못 봐?"

천금이 짐짓 '시어미 역정에 개 배때기를 찬다' 는 태도로 처녀들과 이렇게 을러멨다. 그제야 처녀들은 야살을 부리며 "와!" 하고 뿔뿔이 달아났다.

이제부터 황철은 주도권을 틀어쥐고 좌지우지할 수가 있었다. 부모들과 함께 음식까지 다 갖춰가지고 왔다고 했다. 귀신이 통곡할 일이었다.

천금은 불같이 화를 내면서 "어디서 나타난 도깨빈데 나를 어떻게 알며 집은 또 어떻게 아느냐?"고 했다.

황철은 쇠 좋게 피식 웃으면서 "그저께 태양진에 가서 조선 영화 〈꽃 파는 처녀〉를 보고 오지 않았는가?" 하고 되물었다. 그 당시 조선 영화가 중국 대지에서 센세이션을 일으키고 있었다. 그 중에서도 특히 〈꽃 파는 처녀〉는 중국 대지를 눈물바다로 이루게 하고 있었다.

천금은 너무도 기가 막혀 멍하게 섰다가 어제 친척집에 볼일이 있어서 태양에 갔다가 여덟 번째로 〈꽃 파는 처녀〉를 또 한 번 보고 왔노라고 인정했다. 그게 탈이었다. 그러나 황철은 그것이 바로 우리 둘의 연분이었다고 했다…. ♣

【제2권으로 계속】